講談社文庫

ハゲタカ5

シンドローム(下)

真山 仁

講談社

目次

上巻／目次

ハゲタカ5　シンドローム　下巻

ハゲタカ５　シンドローム・下巻◎主な登場人物

サムライ・キャピタル（投資ファンド）

鷲津政彦　社長

リン・ハットフォード　会長。鷲津の公私にわたるパートナー

サム・キャンベル　調査部門担当専務

前島朱実　投資事業部マネージング・ディレクター

アンソニー・ケネディ　アソシエイト

母袋堅三　経済産業省 OB。アンソニーのパートナー

堀嘉彦　顧問。元日本銀行理事

首都電力

濱尾重臣　会長・経団連会長　　**安江惣一郎**　社長

森上 誠　原子力本部管理部長　　**郷浦秀樹**　広報室社員

萩本あかね　MP アトムズ（首都電・女子サッカーチーム）選手

磐前第一原子力発電所

串村勝之　所長

首相官邸・与党（民政党）関係者

古谷光太郎　総理大臣　　**水野義信**　官房長官

佐伯 昇　経済産業大臣　　**湯河 剛**　内閣府事故調査委員会事務局長

宮永駿作　内閣府原子力事故対策及び調査大臣

東海林完爾　衆議院議員、保守党最高顧問

芝野健夫　事故調査委員会委員長

北村悠一　暁光新聞記者

松平貴子　日光ミカドホテル社長

第四部　解体か創造か

1

二〇一一年四月一日午前一〇時〇五分　東京・芝浦

〝人生もやまのぼりだし、事業もやまのぼりだ。大きな長い目で見ると、国家、民族も皆、山をのぼったり、おりたりだねえ。今の日本は、のぼったり、おりたり、ならまだいいが、高い頂上から谷底に転げ落ちたところだ。大ケガも仕方がない。まだ命があったのがめっけものよ。だがもう一度なんとか、この谷底から這い上がらぬ限り助からない。それも自力でだ、気力でだ、頑張りでだ――〟

『電力の鬼　松永安左エ門自伝』を読んでいるうちに、秀樹（ひでき）は胸が熱くなった。

まるで現在の首都電力そのものだ。

今日から新年度が始まるというのに、首都電社内にはそんなムードは皆無だった。それどころか、灰色にくすみ淀んでいくばかりだ。

多くの優秀な先輩社員が辞めていった。そのせいか、空席がやたら目立つ。

このまま首都電は破綻してしまうのだろうか。そんなことになったら、一体、誰が首都電管内に電力を供給するのだろう。

憂鬱で悲愴なことばかりが頭に浮かんでくる。そうなる度に、秀樹は『松永安左ヱ門自伝』を手にした。

松永安左ヱ門は、秀樹の地元、長崎県壱岐(いき)では、知らぬ人のいない偉人だった。秀樹が小学四年生の時に、社会科見学で訪れた地元の記念館で、日本の電力事業の父と言われた松永の偉業に触れた。

一〇歳の少年の記憶に、何より衝撃を与えたのは、記念館に飾られていた肖像写真だった。写真なのに、目だけが生きているように、力が漲(みなぎ)っている。

こちらを睨みつける両目は、その場から動けなくなるほど恐ろしかった。暫く、夢の中に出てきたほど、秀樹にはインパクトのある目だった。

就活を始めたばかりの頃、会社選びに悩んでよく書店をうろついていた。その時にあの肖像写真と再会してしまったのだ。

『電力の鬼』というタイトルにも惹かれて、秀樹は松永の自伝本を購入し、貪るように読んだ。

そして、それまでの総合商社志望を転換し、首都電を第一志望にしたのだ。

入社後も、ことあるごとに、『電力の鬼』を読み返した。

〝この谷底から這い上がらぬ限り助からない。それも自力でだ、気力でだ、頑張りでだ――〟

その通りだ。なのに僕は何をへこんでいるんだ。首都電マンの使命を思い出して、行動しなければ。

「郷浦君、ちょっと」

広報本部広報室第三課長の稲葉加奈子が妙に嬉しそうな声で秀樹を呼んだ。返事をすると、広報室長室に連れていかれた。

全身から疲労を滲ませた若田室長が待っていた。秀樹が入社した時は豊かだった髪が、すっかり薄くなり、真っ白になっている。

「君が書いたイチアイ（首都電力磐前第一原子力発電所）の事故リポートなんだがね、会長が大変、褒めておられた」

新人に近いひよっこ社員のリポートを、日本経団連の会長も務める濱尾会長が読んだのか。

「ありがとうございます。でも、なぜ会長が私のリポートなんてお読みになったんですか」

「なに言ってるの、郷浦君、会長は社員一人一人に、常に気を配ってらっしゃるのよ」

だが、その濱尾の威光も地に堕ちてしまった。世間からは、濱尾こそが原発事故の元凶と激しく罵られ、社内の一部からも批判の声が上がっている。

「君と直接お話しになりたいそうだ」

「なぜですか」

反射的に答えたら、若田の顔が歪んだ。

「会長がお会いになりたいとおっしゃっているのに、その理由を問う必要はないだろう。くれぐれも失礼のない態度で頼むよ」

秀樹の答えを待たずに、若田は立ち上がった。

彼も一緒に会長室に行くようだ。

「リポートのどこがお気に召したんでしょうか」

若田から離れて歩きながら、秀樹は稲葉に尋ねた。

「あのリポートって、ものすごく迫真的だった。私も読んでいて息苦しくなったもの。イチアイで何が起きているのかを知る第一級の資料だと思う。会長もそういう点を評価されたんじゃないかしら」

課長は褒めているのだろうが、あのリポートは資料ではない。イチアイで何が起きていたのかを洗いざらいぶちまけた叫びだ。

そして今も、串村所長以下、大勢の所員がイチアイの中で命がけで闘っているのだ。

本社ビル最上階にある会長室の前に、中年の男性が立っていた。名札で、会長室長の丸鍋だと分かった。

「広報室員の郷浦君を連れてきました」

「ご苦労様です。すでにお待ちです」

丸鍋が重厚な扉を開き、三人を招き入れた。

「失礼致します。広報室の若田でございます。郷浦を連れて参りました」

普段聞いたこともないような硬い声で、広報室長が挨拶した。

「やあ、ご苦労さん」

濱尾会長が悠然とした態度で秀樹に声をかけた。

その時気づいたのだが、首都電幹部社員が着ている防災服を、会長は身につけていなかった。通常勤務の時のようなスーツ姿だ。

「素晴らしいリポートだったね」

「ありがとうございます！」

広報室長らの緊張が伝染したのか、声が裏返ってしまった。

「Ｊファームで被災し、その後イチアイの免震重要棟で事故対応に当たった若き社員の手記として、メディアに公開したいと思っているんだが、異論はないね」

「私は事故対応に当たったわけではなく、ただ、あの場にいただけです」

「だが、余震が続き、高濃度の放射性物質があるかも知れない中で、君がブタの鼻をチェックしたのは事実だろう。さらに、事故直後のイチアイのすべてを記録している。充分、事故対応をしているじゃないか」

「しかし、私は無力で」

「おい郷浦、言葉を慎め！」

背後から広報室長の叱責が飛んだ。

「若田君、いいんだ。謙虚な若者じゃないか。君は、松永安左エ門氏を尊敬しているそうだね」

「はい。就職活動をする中で、松永さんの自伝を読みました。それで一生を電力事業に捧げた松永さんのような男になりたいと思いました」

濱尾が白い歯を見せた。

「今時珍しい若者だな。確か、リポートにも松永氏の言葉が引用されていたな」

濱尾がリポートのページを繰っている。

「人生もやまのぼりだし、事業もやまのぼりだ。大きな長い目で見ると」と濱尾が読み上げた。

「これは、まさに今の我々に相応しい至言だね」

「私もそう思います」

「じゃあ、先程のこと、進めていいね。ただ、少し加筆修正させる。ちょっとリポートは長いんでね」

「光栄です」

「おそらく、このリポートが発表されたら、君はメディアから引っ張りだこになるだろう。その覚悟も頼むよ」

「それは……。私ごときがそんな重責を担うのは荷が重いかと」

叱責こそ飛んでこなかったが、背後から厳しい視線が注がれている気配を感じた。

「なぜだね？」

「私がそこに書いたのは、地震発生から私が避難するまでの期間の記録です。注目されるべきなのは、いま現在も冷温停止に向けて闘っていらっしゃるイチアイの諸先輩方で、私ではありません」

「だが、君がしっかりと記録してくれたから、東京にいる我々は初めて、イチアイ構内での奮闘を実感できたんだ。だからこそ、この記録は貴重だと判断して発表するんだぞ。メディアだって、書き手に直接話を聞きたいと思うのは当然じゃないかね」

広報マンとしては、異論はない。だが、敵前逃亡したという負い目が自分にはある。

「気に入らないようだね。だったら、要請があった場合、一度だけ記者の前で取材に応じるというのはどうだね」

社内では、絶対的な存在と言われる会長が譲歩しているのが不可解だった。命令一下、俺の言うことを聞け！　とでも言われたら、反抗する勇気は秀樹にはないのに。

「畏（かしこ）まりました。会長、生意気ですが、一つお願いがあります。取材が終わったら、私をもう一度、イチアイに戻して戴けませんか」

「戻ってどうする？」

「皆さんの奮闘ぶりをしっかりと拝見して、引き続き記録に残したいと思います」

会長は暫し思案するかのように、顎を上げて天井を見回している。

「それは出来ないね」

「なぜですか」

「君のような若者には、これからの首都電を背負ってもらわなくてはならないからだ」

だから、危険な場所には戻せないのか。

「それに、私は君に今後、私の会見の際の仕切り役も務めて欲しいと思っている。なぜなら、君は首都電東京本社内で、最もイチアイの様子が分かる社員だからだ。受けてくれるね」

僕が会長会見の仕切り役だって！

思わず後ろを振り向くと、若田も驚いている。

「君は、あんな大震災を予想したことはあったかね」

「いえ、まったくありません。千年に一度の大地震と大津波だという言葉は誇張ではないと思います」

「同感だな。にもかかわらず、総理もエネ庁も保安院も、皆原発事故の責任を我々だけに押しつけようとしている。こんな状況を見たら、松永安左エ門氏はどう思うだろうねえ」

確かに現在の首都電が置かれている立場は異常だ。誰もが責任の擦り合いをしている。そして、事故当事者の首都電が悪の権化であるかのように罵られている。

そのことについては秀樹も憤りを感じているが、もし松永翁が存命なら、そんな些末なメンツにこだわる我々を叱り飛ばしたのではないかとも思う。

「私には偉大な松永さんがどう思われるかなんて、想像もつきません。しかし、一刻も早く事故を収束する一方で、徹底的な事故原因の究明を求められると思います」

それまで柔らかだった濱尾の目つきが険しくなった。

「我が社で、事故調査委員会を立ち上げよと言いたいのかね」

「はい」と言った途端、背後から肩を摑まれた。

「会長、大変申し訳ございません。何分、郷浦は事故現場から避難してきて日も経っておりません。不遜で無礼な態度をお許し戴ければ」

若田が声を震わせている。

「若田君、今のような提案は、君の口から言って欲しかったな」

若田は信じがたいとでも言いたげに目を見張っている。

「郷浦君、私も一刻も早く首都電による事故調を立ち上げるべきだと思っている。とはいえ、当事者主導でやれば、手心を加えると非難されるだろう。だから今、第三者機関を社外に設けて、そこに専門家を集めて事故調を立ち上げようと考えている。その場合は、君には事務方として入ってもらいたい」

今、自分が何よりやりたい仕事だ。

「私のような非力な未熟者でお役に立つのであれば、ぜひ末席に加えて下さい」

「世間では、我が社を国有化せよという圧力が高まっている。それでは、電力事業は民有民営でなければならないという松永氏の教えに背いてしまう。そう思わないか」

電力会社の国有化は、政府の長年の夢だと言われている。電力は産業の血液だし、電力を統制できれば、すべての産業そして国民生活について、政府は圧倒的な影響力を行使できる。だが、日中戦争からGHQ（連合国軍総司令部）統治時代までの短期間以外、政府は電力事業を掌握できないまま今に至る。

それが今回の事故で、再び政府は電力事業の首根っこを掴もうとしているし、明らかに世論も民間企業では発電の安全性を保証できないというムードが圧倒的だ。

しかし、一分一秒たりとも無駄にできない極限状態下で事故の収束活動を続けているイチアイに、いきなりヘリコプターで乗り込んできて怒鳴り散らした挙げ句、作業の手を止めさせるような総理が率いる政府に、本当に安全な電力事業なんて実現できるのだろうか。

電力の鬼と言われた松永は、電力の国家統制は日本を貧しくすると訴え続けた。安全性を含め、量と質の安定を維持することは、民間企業の愚直で真摯な行動でしか実現できないという持論を、松永は戦前、戦中、戦後と一貫して説いてきた。

それもまた、秀樹が電力事業に身を投じようと決めた理由の一つだった。

「もう一度なんとか、この谷底から這い上がらぬ限り助からない。それも自力でだ、気力でだ、頑張りでだ、と松永さんはおっしゃっています。我々が自力で、失った信頼の回復と安定供給を目指すべきだと思います」

「そうだ。よく言った。私もまったく同じ思いなんだ。だから、君にも大いに働いて欲しい。そして、新しい首都電創造に力を貸してくれないか」

新しい首都電創造というような言葉を発するには、時期尚早ではないのか。

そう反論したかったが、濱尾に手を握りしめられた瞬間、「粉骨砕身努力致します！」と答えていた。

2

二〇一一年四月一日午前一〇時一二分　磐前県立田町・Jファーム

早めに陣取って正解だった。北村は、一部の記者が会見場に入れず抗議の声を上げているのを聞きながら、取材の準備をしていた。

イチアイ事故対策の前線基地であるJファームのプレスルームでは、毎日午前一〇時と午後五時に定例の記者会見がある。通常は、Jファームに泊まり込んで取材を続けている三〇人ほどの記者やカメラマンが出席する程度の会見なのに、今朝は殺気だっていた。

イチアイの串村所長が、事故後初めて記者会見に臨むからだ。

首都電の配慮でロビーでもモニターで会見が視聴できたが、満員のプレスルームにどうにかして入ろうとするメディア関係者が後を絶たず、大混乱していた。

Jファームに寝袋を持ち込んで滞在している北村は、この混雑を予想して、昨夜はプレスルームで夜を明かした。

混乱はいっこうに収拾がつかず、予定の時刻を過ぎても、記者会見は始まりそうにない。

「今朝の暁光さんは、首都電の国有化についてやけに踏み込んでいたけど、あれってどこの筋の情報なの？」

日本政治経済新聞の記者が尋ねてきた。いつも布団のようにぶ厚い防寒着姿で会見に臨む男だが、人いきれのせいか、今日は上着も脱いでセーターを腕まくりしている。

「さあ、俺は随分長い間東京に行ってないからねえ、分からんよ」

「国有化って簡単に書くけどさあ。いくら税金がいると思っているのか」

多くはそこに憤っているが、そうならないと北村は見ている。数日前に暁光新聞が「首都電破綻危機回避のために、総理が奉加帳強要」とスクープしたように、事故の収束どころか事態把握すら出来ていない体たらくの首都電に対して、民間の金融機関は融資を尻込みするだろう。

それよりも北村の興味は、首都電社員に向けられている。

Ｊファームに勤務している社員の大半は、地元採用だった。磐前県内では県庁職員と並ぶエリートだと自他共に認めている。

だが、今や日本中を恐怖に陥れた元凶というレッテルを貼られ、名声は地に堕ちた。そんな悲惨な状況の中で、彼らは日々、歯を食いしばって仕事に従事している。首都電本社は、若い社員はイチアイから三〇キロ圏外に避難するように指示しているものの、彼らの多くは現場に残っている。

首都電の東京本社で取材している同僚記者の話では、首都電は、磐前県内の社員のみならず、総勢で一万人以上の退職勧奨（リストラ）を計画しているらしい。

果たして彼らはどんなモチベーションで働いているのだろう。事故が収束すれば、再びイチアイに戻ってくるのだろうか。

現場社員には命がけの対処を強要するくせに、東京では幹部たちが責任逃れのような発言ばかり続けている。その上、日本中から罵られるのだ。俺ならとっとと辞めて、新しい人生を歩むだろう。

だが磐前県内随一の優良企業に籍を置く者たちに他の選択肢があるのだろうか。

Jファームに泊まり込むようになってからは、北村は積極的に、ここで働く人々のホンネを取材していた。

事故が小康状態になり、関係者らの精神的な苦痛が顕在化してきてやり場のない憤りや不安に苛まれているのが分かった。それを掬（すく）い取り、伝えたいと思っていた。

「大変お待たせしました。まもなく記者会見を開催致します」

Ｊファーム所長の永射（ながい）が、舞台中央に立った。永射は、充分な広さの会場が用意できないことを詫びた上で、節度とマナーを守って取材活動を続けて欲しいと言った。

どれほどの記者が、そのお願いを聞いていたかは疑わしい。会見の開始が近いと分かると、人の動きが活発になった。皆、カメラの準備とポジション取りに余念がない。ロビーから生中継するテレビ局もあるらしく、節度とマナーが守られた穏やかな会見など望めそうになかった。

廊下が騒がしくなったかと思うと、串村が姿を現した。

カメラの放列から一斉にストロボが瞬（また）いた。稲妻が四方八方から集まってきたようで目が眩（くら）む。

うつむき加減で舞台に上がった串村も驚いて顔を上げた。

暫く見ない間に別人のように頬が痩（こ）けている。

「報道関係からの強いご要望にお応えして、本日は現場責任者の串村がイチアイ内での事故対応についての所見を述べます。具体的な事実関係の質問については、東京本社にお願いします」と永射が釘を刺したが、誰も聞く気はなさそうだ。

串村にマイクが渡された。

「首都電力磐前第一原子力発電所所長の串村です。この度は、国民の皆様、中でも磐前県内の周辺住民の方々に多大なご迷惑をおかけしたことをお詫び致します」

鷹揚で親分肌の印象があったが、今や見る影もない。

「現在のイチアイの状況を簡単に申し上げると、電力の復旧が進み、一号機から六号機まで、すべての施設内で冷却作業が進んでいます。水素爆発が起こった一号機および三号機の建屋破損による放射性物質の流出もピークを過ぎ、現在では低下傾向にあります。本日までに、二度ほど一時避難せざるを得ない状況はございましたが、随時交代要員も投入し、事故の収束に当たっております」

串村がマイクをテーブルに置いたのを合図に、記者が一斉に質問を始めた。大半は挙手もしていたが、勝手に質問を発する者も少なくなかった。

北村は、じっと串村の表情を見つめていた。会見場を見渡してはいるが、放心しているようだ。たとえは悪いが、長期間拉致されていた人質が、解放直後に会見に臨むとこんな表情をするのではと思った。

永射が、地元記者を指名した。

「磐前民報の若森(わかもり)です。串村さん、イチアイは安全だと考えてよろしいのでしょうか」

「大爆発を起こすような可能性は低いでしょうな。だが、安全かと問われれば、予断を許さないとしか言えません」

「不安材料は何ですか」

「全部ですな。とはいえ、日々危険度は下がっています」

続いてNHKの記者が指名された。

「イチアイの免震重要棟内の緊張感は凄まじいと推察しますが、作業を続けておられる所員の方は、何をモチベーションに頑張っておられるのでしょうか」

「私たちは、この地で原発の運転を開始して以来、ずっと原発は安全ですと言い続けてきました。その言葉を証明したいという意地と責任感が、エネルギー源だと思います」

その一心で、あの極限状態の中を踏ん張っているのだから、所員の精神力は凄まじいものだ。

「イチアイで何が起きているのかということを、全国民が知りたいと思っていますが、なかなか具体的な情報が出てきません。もう少し、迅速な情報提供をお願いしたいのですが」

全国紙の女性記者がぶつけた言葉に、串村の表情が動いた。笑ったのだろうか、それとも呆れているのだろうか。

「おっしゃる通りだと思いますが、そこは東京本社に言って下さい。免震重要棟と首都電東京本社はテレビ電話等で繋がっています。我々が把握した情報や状況の変化は、逐次本社に上げていますから」

「総理がイチアイに来たことについては、どう思われましたか」

派手なスーツを着た女性リポーターが問うた。

「びっくりしましたねえ。まあ、それ以上はコメントを控えます」

「いや、串村さん、ここははっきり言った方がいいんじゃないの。一刻を争う時にとても迷惑だったと！」

記者の発言を串村は、無表情で聞き流した。

そこで北村が手を挙げた。

「暁光新聞の北村です。串村さん、事故発生直後からの皆さんの頑張りには頭が下がります。ずっと気になっていたのですが、事故を確認された段階で、消防なり自衛隊なりに収束作業を代わってもらうべきだったとはお考えにならなかったのですか」

火事が発生したら、現場にいる者が消火活動に当たるというのは当然だ。だが、消防が到着したら消火はプロに委ねて、あとは避難すればよいはずだ。

この構図が、なぜ原発では成り立たなかったのか。

串村は北村と目を合わせたまま、暫く答えなかった。周囲がざわつき始めた頃、ようやく辛そうに口を開いた。

「北村さん、事故が起きたら、原発と事故を最も理解している者が対応に当たるべきでしょう。だとしたら、その適任者は、我々なんですよ。消防にも自衛隊にも原発事故対応の専門家なんていやしません」

「国内に五〇基以上もの原発を抱えているのに、国家レベルで事故対応の専門家がいなかったのは、問題だったと思われませんか」

「思いますよ。でもね、安全神話のせいでしょうな。原発では事故が起きないという立場を取ると、事故対応の専門家を養成すること自体が、安全神話の否定になるでしょう」

こんなにストレートに返されるとは思わなかった。

今の発言は、首都電の幹部、さらには四〇年以上も原発を推進してきた政府に対する強烈な批判だ。おいそれと、いち原発施設の所長が言える言葉ではない。

俺たちは命がけで原発事故の悪化を防いでいるんだという強い思いがあるからこそ、口に出来たのだろう。

案の定、会見場は騒然となった。

永射が会見の終了を告げ、串村に退場を促した。だが、串村はまだマイクを放さない。

「原発は安全だという言葉にウソはなかったと、私たちは今でも信じています。今回の大地震と津波は、誰も想定していなかった激甚な災害です。それでも、我々は当事者として原発を安全に止めたいと日々闘っています。これで終わりかと思うほどの恐怖を味わった時、誰も助けに来てくれないのだ、と初めて自覚しました。だから、この事故を教訓に、しっかりとした事故対策と専門家の養成を訴えたいですね」

凄い男だ。

北村は感動して拍手しそうになった。

こんなに追い詰められ、疲れ果てているのに原発の専門家として重大な発言をした。

不祥事や事故が組織と人を強くする——。

メディアは、まるで道徳の授業のようにそんなきれい事に言及する。だが、他ならぬ日本随一のオピニオン紙を標榜（ひょうぼう）する暁光新聞社でも、社内のインサイダー事件をもみ消したことがある。そして、それを糾弾しようとした時から、北村の流転は始まった。

だが、あの時の北村よりも、串村が置かれている立場は遥かに過酷だった。それを撥ねのけて言い放った言葉のすべてを記事にしたいと、北村は強く思った。

串村がプレスルームから出て行くと、ほとんどの記者が彼を追いかけた。北村一人がその場でノートパソコンを開き、会見の模様、そして串村の言葉をあまさず打ち込んだ。

暁光新聞社は社内批判を認めないが、他者に対しては徹底的に問題点を攻撃する。おそらく串村の言葉を、一言一句、首都電と政府首脳部への攻撃材料として載せるだろう。

記事になれば串村は社内的には死ぬ。それを承知で彼は発言したのだ。ならば、その勇気を称え、原稿にするのが俺の使命だ。

三〇分も経過すると、プレスルームには誰もいなくなった。北村一人が残って原稿を書き、念入りに推敲してから送稿した。そして、東京本社編集局次長の志摩に、衛星携帯電話で連絡を入れた。

「先程イチアイ所長の串村氏の会見原稿を送りました。痛烈な安全神話批判をしています。ぜひ、コメント全文を載せて下さい」

「会見でしゃべった話だろ。他紙との差別化は大して出来んだろ」

独自性こそが最優先される。それは分かっていたが、このコメントは特別だ。

「私は、地震発生時、串村所長にインタビューするために免震重要棟で待機してたんですよ。地震直後の所長の様子も含めて、原稿を書いたんです。他紙とは迫真性と、所長の言葉の重みに対する理解が違います。絶対使って下さい」

滅多にない強い口調で押した。

「まあ、我が社のエース記者がそこまで言うなら、拝読しよう」

通信環境の良い地点を探して窓際に立った北村は、グラウンドに串村の姿を見つけた。一人で悄然と立っている。

電話を切り上げてグラウンドに向かった。

近寄ってはみたが、声はかけなかった。串村は、北村を認識していたからだ。

北村はポケットからタバコを取り出した。

「一服、いかがですか？」

「戴くよ」

うまそうに串村は煙を吹き上げた。

「勇気ある発言でした」

「あんたの挑発に、まんまと乗せられたよ」

苦笑いを浮かべているだけで、怒った様子はない。

「事故を教訓にするなどと責任者や権力者はすぐ言いますが、それが徹底されたことはない。それだけに、串村さんの指摘は重い」

「あれで俺は、首都電マンとしては終わったけどな。でも、どうしても言っておきたかったんだ」

かける言葉はなかった。だが、その必要もなさそうだ。

煙を吹き上げ、空を飛ぶトビを見上げる串村の目に生気が戻っていた。

3

二〇一一年四月四日午前八時二六分　東京・永田町

その日は、四月一日付で内閣府に異動となった湯河の、初登庁の日だった。

向かう部署は、「首都電力磐前第一原子力発電所事故の収束及び原子力発電所事故の再発を防止するため企画立案及び行政各部の所管する事務の調整対策室」、通称

「イチアイ対」の名で発足したばかりの組織だった。

イチアイ対は、四月一日付で行政担当特別顧問から、内閣府特命担当大臣（原子力事故対策及び調査担当）となった宮永の直轄組織で、湯河は室長に就任した。だが、室長とは名ばかりで、小部屋のような狭い部屋に、専従職員が二人いるだけだ。一人は資源エネルギー庁のホープ、歌川亮で、もう一人は、電力中央研究所（電中研）から出向してきた佐久間郁美だった。

湯河が目を掛けている歌川には、まもなく立ち上がる事故調査委員会と政府とのパイプ役を任せた。また、佐久間は三ヵ月前まで国際原子力機関に勤務しており、日本では数少ない国際的な原発ネットワークを持つ科学者だった。

女性の部下の扱いが苦手な上に、ＩＡＥＡという組織にも不信感がある湯河は当初、佐久間の登用が不満だった。しかし、「今後、世界の原子力村との調整役が必要で、彼女が最適なんだ」と宮永に押し切られた。

湯河が部屋に入ると、すでに出勤していた歌川が起立して挨拶した。

「おはようございます」

「ご苦労さん、今日からよろしくな」

「身を粉にして頑張ります」

年齢は三三歳だが、いまどき珍しい体育会系の歌川には、さっそくやる気が漲っている。

「佐久間は？」

「まだのようです」

初日ぐらい上司より早く登庁して準備して欲しかったのだが。海外暮らしが長くて何事にもマイペースだという佐久間の本領発揮か。

「首都電の森上(もりがみ)さんから至急お会いしたいと、お電話を二度ほど戴いています」

湯河の携帯電話にも着信があった。

だが、今後は首都電力関係者とは一定の距離を置きたいと考えているので、無視していた。

「用件は、何だ？」

「詳しくはおっしゃいませんでした。ただ、政権が事故調を立ち上げようとしているのかと鎌をかけられました」

鎌をかけるまでもない。宮永が原発事故の担当大臣となったのだから、その程度の想像力は働くだろう。

「何て答えたんだ」

「自分は、まだ何も聞いていないと」

模範解答だな。

「では、森上さんに連絡して、用件を知りたいと伝えてくれ。内容が分からない状況では、時間を割けないと」

「そのように申し上げてよろしいんですか」

歌川は驚いているようだ。これまで原発問題については、首都電がエネ庁より優位に立っていたからだ。最新情報や発電ベストミックスの問題、さらには温暖化対策についても、常に情報と提案は首都電から出され、エネ庁は従属的に追認していた。したがって、首都電から話があると言われれば、エネ庁の職員は何を措いても芝浦の首都電本社に出向いたのだ。

「これが、イチアイ対のスタンスだと思え、歌川。もはや我々が芝浦に出向くことはない。彼らに足を運ばせるのだ」

「畏まりました」

そこに佐久間が姿を現した。彼女は携帯電話を片手にフランス語で誰かと話している。湯河と目が合うと、会釈はしたが踵を返して廊下に出ていった。

なんだ、あの態度は！

「おはようございます。先程は失礼しました。ボンヌの副社長と話しておりましたので」

部屋に戻ってきた佐久間は、湯河のデスクの前に立って説明した。ボンヌとは、フランスに本社を置く世界最大の原発企業だ。

「ボンヌの副社長が、何の用だ」

「事故調に危機管理担当の主席研究員を派遣してくれるそうです」

宮永と芝野(しばの)の強い要望もあって、来月立ち上げ予定の事故調には、海外からも広く専門家を集めるようにと命じられている。だが、ボンヌに声をかけた覚えはない。

「なぜ、ボンヌが事故調の件を知ってるんだ」

「どういう意味ですか」

「俺はオファーしていない」

佐久間に視線を向けられた歌川も、首を横に振っている。

「私も連絡していませんよ」

「早くも情報漏洩しているわけか」

佐久間は、わざとらしい困り顔で肩をすくめた。嫌な仕草だ。

「室長、世界の原発村は狭いんです。こういう情報は、あっと言う間に拡散します。

なので、情報漏洩というのとは違うかと」

それは理解している。だが、フランスの前のめりの介入は、気に入らない。

「推薦している人物は、優秀なのか」

「フランスの空挺部隊で、原発事故担当の隊長をされていた方です」

「軍人か……」

「元軍人です。ただ、軍から派遣されて、グルノーブル工科大で原子エネルギー学の博士号（Ph.D.）を取得しています」

凄い人材がいるものだ。

日米と並ぶ原子力大国のフランスは、原発開発と推進のために、様々な専門家を現在も養成している。まさかの時に備えた事故対策についても、国が軍や大学関係者と共同で徹底していると聞いていた。だから、こういう経歴の人物も存在するのだろう。

「そんな優秀な人物を、なぜ我々に貸してくれるんだ」

「当然ですよ。イチアイの事故は、原発関係者にとって脅威であると同時に、格好の教材です。二五年ぶりに起きた激甚事故のデータは、フランス原発界にとっても大きな財産となるからですよ」

酷い話だが、滅多に起きない事故だからこそ、専門家としてその発想は当然だった。

「分かった。その人物も候補に入れるから、プロフィールを送れと伝えてくれ」

「通知済みです。あともう一つ、副社長からの提案があります。ボンヌは、汚染水を処理する最新鋭装置を開発したそうなのですが、それをぜひ、イチアイで使って欲しいと」

それも実験のためだろう。

「どんなものか、君は把握しているのか」

「いえ。資料を請求しています。でも、それは私たちの仕事ではないのでは？」

確かにそうだ。「首都電力磐前第一原子力発電所事故の収束及び原子力発電所事故の再発を防止するため企画立案及び行政各部の所管する事務の調整対策室」などという長ったらしい意味不明の名が付いているが、実質的には、事故調準備委員会だ。イチアイの事故収拾について直接の関与はしない。宮永の管轄には事故収拾も含まれているのだが、実際にはそれを担当する部署がまだないのだ。

「どこがやるかは、俺が大臣と相談する。ひとまずメールを確認して、素人でも分かるようなサマリーを作成してくれ」

また肩をすくめたが、無視した。

「湯河さん、森上さんとつながりました。二番の電話に出て下さい」

「お電話代わりました」

「用件を言えとは、偉くなったもんだね、湯河君」

早くもお腹立ちのようだ。

「相済みません、森上さん。まだ、部署が立ち上がったばかりなのに、大臣からの注文が多すぎて身動きが取れないのです。そこで、大臣から優先順位をしっかりと付けた上で事に当たれと厳命されておりまして」

ウソ八百を並べ立てた。

「なるほど。さすがはエネ庁のエースだけのことはおありだ。じゃあ、単刀直入にお伝えするよ。会長が、早急にイチアイの事故調査委員会を立ち上げたいとお考えなんだ。そこで、ぜひ君に政府と首都電との調整役をお願いしたい」

濱尾は早くも保身を始めたわけか。事故を起こした当事者として、事故調を立ち上げるのは、経営者の責任として当然だというアピールが出来る。その上で、事故は首都電の落ち度ではなく、誰もが想定していなかった巨大地震による津波が原因だったと結論づけたい——。

そうすれば、財界総理としての濱尾の地位も安泰だ。

「さすがは、濱尾会長、勇気あるご決断です。ただ、ご期待には添いかねます」

「おいおい湯河君、君は宮永大臣が指揮する事故調の事務局長になるために、内閣府に異動したんだろ。我々と共同戦線を張るというのは、君にとっても願ったり叶ったりだろう」

それを言うなら首都電にとって、だろ。部下に視線を向けると、二人とも興味津々でこちらを見ていた。湯河は、スピーカーボタンを押した。

「事故調が立ち上がれば、御社とは密接な情報交換をお願いしたいと思います。そのために私も汗をかくつもりですが、共同戦線を張るというスタンスは無理だと思います」

「じゃあ、なんだね」

「御社は事故を起こした当事者です。事故調の立場からすれば、調査対象になるかと思います」

「ふざけたことを！　そもそも事故が拡大した最大の理由は、総理が米軍の支援を断ったからじゃないか。自身の責任を棚に上げて、我々だけに罪を被せようとする事故調なんぞ、我々は断固抗議をするぞ」

いくらでもやってくれ。

何を言おうとも、首都電の抗議を聞いてくれる者などいない。

「森上さん、熱くならないで下さい。なぜ事故が発生したのか、そして事故が拡大し、なぜ現在も収束できないのか——。それを調べるための事故調なんです。誰かに罪を着せるためだなんて、絶対口にすべきではありません」

「あんたに忠告されるほど、俺は落ちぶれていないよ」

もはや、あなたは終わっているよ。いずれは、濱尾会長から事故の責任を押しつけられるに決まっている。

「失礼しました。私にそんなつもりはありません。それに、私たちは首都電を敵視していません。何が起きたかを徹底的に調べることが、原発事故を起こした当事国としての義務だと考えているだけです。ですから、友好的な調査協力をお願いします」

「お断りする。我々は独自の事故調を立ち上げて、総理とエネ庁、保安院の関係者の犯罪を告発してやるよ」

なぜ、こんな愚かな発言をするのだろうか。

首都電が最優先で行うべきは、イチアイ事故の収束だ。経営者の保身や事故原因から逃れようとする愚行ではないはずだ。

「今の発言は聞かなかったことにします。御社は日本国民から疑惑と敵意の目を向けられています。そんな状況下で御社が事故調を立ち上げるという行為の意味を考えてみて下さい。無論、政権も政府も同罪でしょう。だからこそ、皆が各人の義務を果たすべきなのです」

森上は最後まで聞いていなかった。すでに電話は話し中音（ビジートーン）になっていた。

気がつくと部屋の入口に宮永が立っていた。

「おはようございます、大臣、気がつきませんで失礼致しました」

「よお、お疲れさん。これがイチアイ対の精鋭たちか。よろしく頼むよ。それから湯河君、ちょっと来てくれ」

湯河が大臣室に入ると、宮永はさっそくタバコをくわえている。

「政権内から、アホな意見が出始めた。そのため、可能な限り早く事故調を立ち上げたい。来週には何とかならんか」

「どんな意見が出たんですか」

大きな鼻から勢い良く煙が吐き出された。

「事故の原因のすべては、首都電にあると明言しろだとさ」

どいつもこいつも、なんでそんなにさもしいんだ。

「なんだ、その顔は？」

「首都電の濱尾会長が、独自に事故調を立ち上げたいそうで、それに協力しろと言ってきました。おそらくは、自分たちには責任がないという主張のためでしょう」

「情けない話だな。ところで一部では、外国から専門家を招くなんてあり得ないと言っている者もいる」

「いずれも発言の主は、総理ですか」

もの凄い顔で睨まれた。

「そんなことは、どうでもいいだろ。とにかく、雑音が妨害に変わる前に、既成事実をつくってしまいたい。今晩にでも芝野氏を呼んで、一刻も早い事故調の立ち上げを頼む」

簡単に言うが、それなりの有識者を世界中から集めるとなると、手間もカネも掛かる。

「費用については、気にしなくてもよろしいですか」

「いや、気にしてくれ。俺たちにさしたる予算はない。できたら、皆ボランティアで参加して欲しいぐらいだ」

4

二〇一一年四月四日午前九時〇二分　東京・浜松町

イチアイ事故調査委員会との連絡窓口として借りた浜松町の雑居ビルの一室で、鷲津は芝野を待っていた。

事務所は、芝野名義で借りており、芝野総合研究所（芝野総研）という仰々しい名前がついている。

スタッフは、三〇代の女性秘書・会津葉月、加賀登志彦という元内閣情報調査室（内調）の調査官、そして、日本原子力発電（日原発）の元技術部長・伊予則夫だった。

もちろん、サムや前島、母袋も大手町のサムライ・キャピタル本社でここをモニタリングしている。それについては、芝野にも伝えていない。

「来週には事故調を立ち上げたいと、湯河君が言ってきましたよ」

芝野が現れるなり、鷲津に言った。

想定内ではあったが、鷲津としては理由が知りたい。

「どういうことです」

「首都電の濱尾さんが、事故調を立ち上げると言い出したらしい。その上、官邸や与党内部からの雑音も、色々と増えているようだ」

「財界総理の面の皮は、相当厚いと見える」

鷲津がぼやくと、芝野が大柄な男性を招き入れた。初めて見る顔だ。

「久万田悟郎君を紹介するよ。マサチューセッツ工科大でロボット工学の研究をしていたが、現在は東大阪のNPO法人ファブラボ東大阪の代表をしている。彼が開発するロボットは評価が高く、世界中の先端科学技術の精鋭とのネットワークを持っている」

事故調事務局のメンバーとして推挙したいという。

「久万田です。マジテックがご縁で、芝野さんと知り合いました。僕がやれることなら何でもやりたいと、自分から志願しました」

ガッツもありそうだ。

「それにしても、この段階で首都電主導の事故調発足というのは、どうなんだろう」

鷲津が話題を戻すと、伊予が答えた。

「事故の当事者が、事故調を立ち上げるというのは、信用性に欠けますから、普通はあり得ませんな。ただ、濱尾さんのことだから、民間事故調でも立ち上げて、そこをコントロールするつもりなのかも知れません」

伊予は、東京大学原子力研究所で博士号を取得した後、四〇年にわたって日原発で、原発の運転に関わってきた。電力業界事情に詳しく、アンチ濱尾でもある。

「コントロールって、具体的には何をやるんですか」

久万田が疑問を口にした。イントネーションが思いきり関西弁なので、会津は噴き出しそうだ。

「イチアイの事故原因は、千年に一度の想定外の大地震と大津波で、首都電には責任はないとするか、総理と経産大臣に罪をなすりつけるか」

「濱尾さんは、電力業界のみならず財界のドンですからな。今までも事あるごとに横車を押してきた。それだけに、この事故で、ご自身の権威に影が差すのは我慢できないでしょう。だとすると、なりふり構わずやるでしょうな」

「なんや、それ。そんな無責任がまかり通るんですか」

伊予の解説に久万田は本気で憤っている。

この男、ますます面白い。

「ちなみに、与党は何が不満なんですか」

鷲津が話題を変えた。

「時期尚早、委員長人事への不満、外国人委員への抵抗エトセトラって感じだね」

「自分たちに危機感はないのかねぇ」

鷲津の耳には、そういう情報も届いている。

「責任を首都電に押しつけてしまえる証拠を握れと、政権が暗に言っているようです」

「冷温停止すら出来てへんのに、早くも責任のなすり合いって、そんな奴らが政治や経済の中心におるなんて、日本はもうあかんな」

「久万ちゃん、そうなんだ。だから、せめて我々だけでもがんばりたいんだ」

「加賀君、エネ庁や保安院の反応は？」

「彼らも与党と似たような意見ですね。まず冷温停止を優先すべきで、事故調査のせいでその作業に支障を来したらどうするんだと心配しています」

芝野は、事故調にサムを貸して欲しいとオーダーしたが、鷲津はその代わりに内調の元職員を推薦した。元々は霞が関の省庁間の連携を円滑に行うための根回し役を務めていたらしい。また、欧米の情報機関とのネットワークも広く持っており、四〇代後半で、民間の情報サービス機関のクーリッジに転職した。

事故調が欲する程度の情報なら、十分収集できるはずだと鷲津は太鼓判を押している。

「だとすると、とっとと事故調を立ち上げた方が賢明か」

「鷲津君、簡単に言わないでくれ。委員の選定には相当時間がかかるんだ。拙速に事を運ぶわけにはいかないよ」

慎重派の芝野らしい意見だ。

「宮永大臣に、第三者機関による事故調を立ち上げるとだけ発表してもらいましょう。委員は選考中とすればいい。委員長の芝野さんと、事務局長の湯河君の名前だけを公開して、二人で所信表明して下さい」

出席者全員が芝野の返事を待っているのに、当人は渋い顔で腕組みしたままだ。

「芝野さん、何が引っかかるんですか」

「事故調の権限について、湯河君と検討中なんです。我々は検察か警察ぐらいの強制的な捜査権を与えて欲しいと考えています。しかし、第三者機関となると難しいというのが大臣の回答です」

「つまり、証拠提出や取り調べを強制できる権限が欲しいわけか」

鷲津の指摘に芝野は大きく頷いた。

「それがなければ、事故の核心なんて到底摑めません。それに、事情聴取についても取り調べのプロが欲しいんです」

「宮永大臣は、認めてくれないんですか」

「必要性は分かるが、国家機関でない組織に、そんな権限は与えられないと仰っている」

「芝野さんのお考えも分かりますが、宮永大臣が認めないと言っているのであれば、無理なのでは。それとも、時間があれば何とかなるんですか」

「総理次第と言われている」

また、総理の壁か。

芝野が続けた。

「たとえばバブル崩壊後に設立された整理回収機構(RCC)のような機関にすれば、強制力が持てるんじゃないかって思うんだがね」

RCCは、国営の不良債権取り立て屋と揶揄(やゆ)されるぐらい、容赦なく債務者からあり金を搾り取った。その強制力と強引な手法に批判もあったが、弁護士出身の社長は構わず突き進んだ。

だが、あれは債権回収という強制力が認められている行為を厳しくしただけで、検察や警察が持つ捜査権があったわけではない。

「そういう権限が欲しい場合は、国の機関になる必要がありますが、それだと利益相反の誹り(そし)を免れない。政権もエネ庁や保安院も調査対象ですからね」

鷲津の指摘に芝野は頷いた。

「あの、よろしいでしょうか」

ずっと芝野の脇に控えて、記録を取っていた会津が発言した。

「事故調を、宮永大臣の諮問機関という位置づけにしてはどうでしょうか。そして事故調から要請があれば、大臣命令によって強制捜査が出来るようなスキームを検討中というのはいかがでしょうか」

芝野には会津を秘書として紹介しているが、実際は外資系調査会社クーリッジの優秀なリサーチャーである。

「だが、大臣命令にいかほどの権限があるかが分からないのでは?」

加賀が内調の元職員らしい指摘をした。

「だからスキームを検討中という言い回しにするんです。具体的な強制力の根拠については政令で定めるのか、震災特例法内に織り込んでしまうのかなどは後で考えればいいと思います」

良いアイデアだと思った。芝野も感心している。午後に湯河君と打ち合わせをするのでこの話をしてみよう。で、肝心の委員なんだが」

芝野、鷲津、伊予がそれぞれ候補者リストを出した。そのうち二名は全員が候補に挙げていた。

「素晴らしいなあ。それでやってみるか。午後に湯河君と打ち合わせをするのでこの
芝浦電気とユナイテッド・エレクトリック(UE)の社員だ。

「メーカーの専門家を巻き込むんですか」

加賀が驚いている。

「加賀君、事故があった原発を製造しメンテナンスしていたメーカーの責任者の参加は必須だろ。彼らがいなければ、どこが異常なのか、何が不具合だったのかも分からない」

伊予の言葉に、他の出席者が頷いた。

「しかし、政府や官邸、さらには首都電から相当な反発が予想されますが」

「だからこそ必要なんだよ。我々は政権や政府の御用事故調じゃない。彼らの顔色なんてうかがわないし、意向も汲まない。彼らから蛇蝎(だかつ)のごとく嫌われるぐらいでない

と、事故調の意味なんてないよ」

さすが芝野だ。こういう青くさい正義感を貫かせたら、右に出る者はいない。この男なら命がけで実行するだろう。宮永が踏ん張れるかという不安はあるが、それも説得するだろう。

「私の覚悟が甘かったんですね。失礼しました。では、そのお二人は決定ということで、私は米国と旧ソ連の原発事故調査に携わったお二人を強く推薦したいです」

加賀の提案には、伊予も無条件で賛成した。

芝野と湯河は、元東京地方検察庁特捜部出身の弁護士二人を推薦していた。一人は特捜部長経験者だった。

「ヤメ検を入れるのはどうだろうな」

鷲津が疑問を挟むと、芝野は即答した。

「湯河君が現役の特捜検事を入れるべきだと強く主張してね。捜査のプロとしての鋭い目と、聴取に際しての経験が重要だというんだ。ただ、検察官は国家公務員なので、第三者機関にはそぐわない。そこでヤメ検の推薦で落着したんだ」

理屈は分かる。だが、検察官の捜査と、事故調査とは根本的に違うのではないか。

「伊予さんは、どう思われますか」

「そうですな、芝野さんや湯河君の理屈は分かります。ただ、元特捜検事が参加するというのは、我が事故調の主目的が責任者追及だと思われませんかね」

「首都電や官邸からも激しく抗議されるだろうとは思います。しかし、結果として事故調が事故を起こした責任者を特定してしまうのは致し方ないのでは。それよりも、事情聴取を受ける人に対する重石（おもし）としての意味がある」

「分かりました。では、この二人は入れましょう」

さらに、鷲津が推薦した国際原子力機関（IAEA）の元原子力部部長も全員一致で選出された。

この人物の登用は、世界の原発村に対するメッセージだ。イチアイの事故は、日本一国の問題ではなく、原発保有国および保有を検討している国すべてが関心を持つべきだと伝えたかった。また、権威付けにもなる。

それ以外に芝野らは、地元の首長を二人指名している。また、失敗学の研究者や、コンピュータサイエンティスト、そして、精神科医をそれぞれ一人指名していた。

一方の鷲津らは、米国の原子力規制委員会のＯＢ、さらには地質学、海洋汚染学、放射能汚染の専門家を国外から招聘（しょうへい）したいと考えている。

「いっそのこと推薦者全員を提案しませんか」

総勢一六人に上る。少し多すぎる気がしたのだが、芝野は「政府との調整が入ったり、あるいは依頼しても固辞される可能性もあるので」と言った。

鷲津は、自分の推薦者は全員押し込むつもりでいたが、芝野らの推薦者も面白い顔ぶれだったので、提案を受け入れた。

「では、この候補者リストを持って、午後から湯河君と相談の上、宮永大臣と打ち合わせをしてきます」

とにかく前進あるのみで、突き進む――。

望んでいた環境が整いつつあった。

5

二〇一一年四月六日午後三時〇六分　東京・霞が関

原子力事故対策及び調査担当大臣の宮永に、濱尾本人から連絡が入り、この日の会談となった。

同じ空間にいるだけでも、周囲に緊張が走る人物――。首都電力の会長、濱尾はそいてきたのが意外だった。
ういうタイプだと、湯河は理解している。そんな濱尾が自ら永田町の内閣府まで出向いてきたのが意外だった。

いまだに原発事故が収束しないのが申し訳ないからというような、殊勝な理由とは思えない。下心があってのことだろう。

案の定、彼が大臣室に入ってきた瞬間、部屋の空気の重力が増した。濱尾に同行している森上などは両肩に力が入っているのが、一目見て分かるぐらいだ。

宮永一人が部屋の緊張感なぞ気にせず、タバコ片手に濱尾に話しかけている。

「少し、お痩せになりましたか」

「毎日、身が締まる思いで原発事故収束に当たっています。そのせいかも知れませんな」

「そんなお忙しい身を押して、わざわざお運び戴いた用向きを伺えますか」

煙が濱尾の方に漂った。

「弊社の今後について、ご相談したいと思いまして。以前、総理にはお伝えしましたが、このたびの事故については、原賠法（原子力損害賠償法）の第三条第一項を適用し、弊社の免責をお認め戴きたい」

厚顔無恥な提案も、濱尾が言うと正当な訴えに聞こえる。

「ご冗談を、濱尾さん。確かに今回の地震は『異常に巨大な天災地変』に該当するかも知れない。しかし、事故発生後の御社の対応のまずさに加え、約一〇万世帯にも及ぶ避難者を出したんです。免責なんてあり得ません」

この解釈については、官邸や資源エネルギー庁が、首都電の幹部に何度も伝え、交渉の余地はないと突き放している。

「しかし現状では、事故原因が不確かな状態のはずです。なのに弊社にだけ責任を押しつけるというのは、如何なものでしょうな」

「そんな姑息なことは致しませんよ。まもなく第三者機関として事故調査委員会を立ち上げ、事故原因を徹底的に調べます。それによって、政府や官邸の責任を追及しなければならないような事実が判明するかも知れません」

宮永は上機嫌だ。いつになく濱尾が守勢で交渉しているのが楽しいのだろう。

「大臣、あなたはご存じないかも知れないが、原発は政府と弊社が一蓮托生で進めてきたものです。にもかかわらず、あなた方は、事故の収束を我々に押しつけ、高みの見物をされている。挙げ句に、罪までなすりつけようというのは、あまりに卑劣な行為と言わざるを得ない」

「我々はとにかく事故の原因をしっかりと把握した上で、御社の将来について一緒に検討したいと考えています。したがって、調査には真摯にご協力戴けるものと考えています」

「調査より、まずは事故収束を優先するのが、弊社の使命です。無論、全面的な協力態勢を敷くことは吝かでない。しかし、宮永さんと我々が敵対的な関係になるのだけは、避けたいと思いませんか」

濱尾がわざわざ足を運んできた一番の理由は、これだと思った。

つまり、イチアイの事故対応については、政府と首都電が一つになって当たろう。つまらない責任問題なんて追及せずに、不幸な災害は予測不能だったということにしようじゃないか――という意味だ。

「濱尾さん、我々は敵でも味方でもない。確かに原発については、御社と政府が二人三脚で進めてきた経緯があったでしょう。だからこそ、両者がまっさらな気持ちで事故原因調査に当たらなければ。それこそが国民に対する義務でしょう」

「いやはや国民への義務が聞いて呆れる。原発事故を拡大させたのは、紛れもなく古谷総理の初動対応のミスと、米軍支援の拒否が原因ですよ。なのに、第三者機関による事故調とは、冗談もほどほどになさった方がよろしいな」

驚いた。こんなあからさまに非難を口にするとは、濱尾はよほど追い詰められているのだろうか。

「第三者機関による事故調とは、政府の意向も汲まないという意味ですよ。濱尾さんがご指摘されたような瑕疵（かし）が官邸にあったと判明すれば、そのように国民に報告致します。それよりも、経営の方は如何ですか。先月末に、緊急支援をお受けになったが、いつまでも持たないでしょう。次なる手については、何か腹案をお持ちなんですか」

宮永の問いに、濱尾が眉をひそめた。

「先程申し上げたとおり、事故の損害賠償を免責して下されば、弊社は何とか生きていける」

「それは、国民が許しませんから諦めて下さい。現在、我々が中心になって、事故の賠償金を集めるスキームを作成しています」

原子力損害賠償（原賠）機構と仮称した組織づくりを進めており、国や電力各社からの資金提供を受け、首都電に賠償金を貸し付ける方法を検討していた。

濱尾は唇を強く結んで無反応を通しているが、宮永はお構いなしだ。

「濱尾さん、事故前の首都電の栄光は棄てて下さい。もっと我々に協力的になって戴きたい。悪いようにはしません」

「会社更生法を適用して戴きたい」

「濱尾さん！　ご冗談を。そんな無責任がまかり通るとお思いですか」

「弊社に、賠償責任を押しつけるのであれば、今月末にでも資金ショートして、弊社は破綻します。ならば、早い方がいい。法的整理を進めたい」

首都電を破綻させて、新会社に首都圏の電力供給をさせればいいという乱暴な意見が、政府内や一部の国会議員にある。だが、そんなことをしたら、事故の責任を負わせる対象がなくなってしまう。

その上、首都電の社債は特殊で、破綻すれば、社債保有者が最優先で弁済を受けられる権利を有している。利用者よりも機関投資家の資産が守られるのだ。

「濱尾さん、今、首都電が破綻したら、誰がイチアイの事故を終わらせるんですか」

「それは、私の考えることじゃない。あなたがた政府が我々を追い詰めたのだ。そちらでやってもらえばいい」

話は以上だと言うように、濱尾が立ち上がった。

「鷲津政彦（まさひこ）氏に、御社を買われてもいいんですか」

「何をバカな」

「おや、さすがのあなたでもご存じないんですか。鷲津氏は御社の株と社債を買い漁っていますよ。とにかく今や首都電銘柄は大バーゲン中ですからな。あなたが本気で首都電を潰す気なら、私は鷲津氏に再建を託してもいいと思っている」

「あんた、自分の言っていることが分かっているのか」

「もちろん。鷲津氏がトップになれば、首都電の信用は回復するでしょう。海外からの投資も集まるかも知れない。それに、彼ならメタボ体質の首都電を容赦なくスリムにするだろう」

宮永はどこまで本気なのだろうか。

「ハゲタカごときに、首都圏の電力供給を任せるとは、亡国行為だ」

「あなたが免責条項を口にするよりは、ましだと思いますが」

結局、濱尾はそれ以上何も言わず部屋を出た。慌てて森上が続いた。二人を追いかけようとした湯河を、宮永が止めた。

「放っておけ。おまえさんが後を追えば、厄介事を頼まれるだけだ」

「しかし、こんな剣呑な関係はまずいですよ。あれじゃあ、濱尾は事故調の調査になんて応じません」

「そうかなあ。むしろ俺たちにすり寄ってくると思うけどな」

鷲津が首都電を狙っているからか。

「先程の鷲津氏の話は、本当にそのようにお考えなのですか」

宮永はうまそうにタバコを吸い始めた。

「本人に確かめていないが、奴が首都電を狙っているのは間違いないだろう。知り合いの証券アナリストに尋ねたら、連日下落が続いている首都電株を、密かに買い集めているグループがいるらしい。今、そんなことをするのは鷲津氏くらいだろう」

首都電を手に入れるなら、今は絶好のチャンスではある。だが、買ってどうする？

湯河の試算では、事故の賠償額だけで一〇兆円はくだらないそうだ。そんな会社を買う価値があるのだろうか。

「大臣は、それを容認されるんですか」

「容認も何も、鷲津氏が首都電株の過半数を押さえてしまったら、我々には何も出来ないだろ。それが資本主義だ」

「しかし、奴が首都電のオーナーになれば、賠償なんてしませんよ」

「首都電が潰れてしまったらそうかも知れないが、俺がいる限り潰させないよ。だから、一刻も早く原賠機構を立ち上げたいんだ。そうすれば、首都電を買った者には、賠償という負の遺産がついてくる」

つまり、キツネとタヌキの化かし合いか。宮永は自信満々だが、相手の方が一枚も二枚も上手のような気がした。

「大臣がお考えのプランは、とても危険な気が致します」

「危険上等だよ。もはや、首都電もニッポンもボロボロなんだ。まともな戦略じゃ、この国難は克服できん。ハゲタカだろうが財界総理だろうが、使えるものは何でも利用して、乗り越えるしかない」

「では、濱尾さんを怒らせるというのも、計画のうちだったんですか」

「まあな。しかし、俺みたいなヤクザな弁護士上がりの国会議員には、濱尾天皇のご威光なんて無意味だ。そこがお分かりになってないんだな。あれだけ怒らせたら、奴はなりふり構わず、首都電が生き残る方法を考えるだろう。それが妙案だったら、濱尾に再生を任せればいい」

いや、あの程度の挑発に乗るようでは、濱尾もヤキが回ったと思った方がいい。

そうすると、鷲津の独擅場になるかも知れない。

原発事故の収拾、東北太平洋沿岸の被災地復旧、そして、首都電の再生と問題が山積みされている中で、鷲津などという面倒な輩を巻き込んでいいのだろうか。

「ところで、このままだと事故調は鷲津氏の息がかかった組織になりますが、予定通り立ち上げてよろしいんですか」

「もちろんだ。さっきの濱尾の様子を見ていると、あちらも自分たちに都合の良い事故調を立ち上げるかも知れない。記者発表だけ、明日にでも出来ないかな」

　出来なくはないが、鷲津の動きを知った今、事故調のあり方をもう一度しっかりと考えるべきだった。

　芝野総合研究所に集められたスタッフも、あらためて身上調査をした方がいいかも知れない。

「捜査権については、どうなんでしょうか」

「当面は私の諮問機関的位置づけにして、必要に応じて大臣命令を出すつもりだ。検察庁や警察庁から捜査官を出向させるのは無理だな」

　だとすると、捜査能力のあるスタッフを独自に集める必要があった。

「先程は、売り言葉に買い言葉で言ったがね。事故調では、責任の所在についての深追いはしないつもりだ。もしかしたら誰かの判断がおかしかったかもしれない。しかし、あんな状況で、冷静な判断が出来なくても誰も責められない」

　しかし、世論はそれを「中途半端」と受け止めるのではないか。

　国民は、事故の責任を誰かに取って欲しいのだ。首都電か古谷総理か、あるいは双方か。いずれにしても、まずは事故発生からの経過を詳らかにしなければ。

「いいな、湯河。魔女狩りをしてもしょうがない。とにかく一刻も早く平常な社会を取り戻すのが我々の使命だよ」

何をもって平常と呼ぶのか。それに答えられる日本人は、皆無のような気がした。

6

二〇一一年四月七日午前三時四六分　磐前県立田町

腕時計のアラームで目を覚ますと、北村は寝袋に横たわったまま、手足の指先を動かして血行を促した。フルフェイスの防寒用マスクと毛糸の帽子を被っていたが、夜明け前の寒さは尋常ではない。春まだ遠い磐前県内で暖房もなく冷たい床に転がっているのだ。体の芯まで凍てつく寒さは、火の気なしでは耐えられるものではない。ゆっくりと時間をかけて全身をほぐし、寝袋から這い出た。

停電は解消されているが、それでも必要最小限の電力しか使用していないため、こんな時間だとほとんど真っ暗だ。廊下の至る所で寝ている人々を踏まないように足下に気をつけながら、北村は屋外に出た。

痛みを感じるほどの寒さに身震いする。北村は小走りでランドクルーザーに飛び乗った。イグニッションキーを差し込んで回すと、エンジンは一度でかかった。昨夕、バッテリーチェックをして、一時間ほど充電した甲斐があった。

ライトを点けてＪファームの正門前まで進むと、寝ずの番をしている警察官が近づいてきた。

磐前市への移動申請書を見せる。

「こんな夜更けに、大変ですね」

若い警官は寒さで震えながら、懐中電灯で北村の顔と車内を照らした。

「お互い、とんでもないカイシャで働いてるからね」

「気をつけて行って下さいよ」

「ありがとう。そちらも、風邪ひかないで」

イチアイの事故による放射能汚染の影響で、イチアイ周辺の取材については、行動範囲が厳しく規制されていた。

記者が自由に動けるのは、Ｊファーム内と限定されている。それ以外で利用できるのは避難指示区域外に出るための国道だけだった。

文字通り籠の鳥で、それではまともな原稿が書けない。

常に首都電や原子力安全・保安院からの官製情報を頼りにするしかなく、Ｊファームに泊まり込んで取材する意味がなかった。その上、官製情報すら減り始め、短信程度の原稿しか書けなくなっていた。事故は一向に収束せず、変化の乏しい日々が常態になりつつある。

にもかかわらず、本社からは「震災一ヵ月の節目になる四月一一日付の朝刊用に、インパクトのある原稿を出せ」というオーダーが来た。

無茶言うな、と返したいところだが、そんなことをしたら、「すぐに戻ってこい」と命じられる。

そこで、北村は籠から抜け出すと決めた。通行禁止を承知の上で、イチアイから西に約五キロ離れた緊急事態応急対策拠点施設を覗くつもりだ。

オフサイトセンターは、原発事故や災害が発生した時に、国、自治体、原子力事業者が集結し、被害拡大防止のための応急措置、住民の安全確保策など様々な緊急対策を協議し、対策手段を示す場所と位置づけられている。

しかし、三月一一日の地震発生直後に停電になった上に、非常用の自家発電機も故障して、機能不全に陥った。さらに、建物内部の放射線量が危険値を超えたため、四日後の一五日には約六〇キロ離れた磐前県庁に機能が移されてしまった。

事故への迅速な対応が使命の施設だったのに、立地や耐震性の不備のために、本来の使命を全う出来なかった。

北村は、その問題点を記事にするつもりだ。決死の覚悟とは思っていないが、立ち入り禁止区域を侵しての取材だけに、首都電や保安院には内緒だ。

万全の備えが必要だった。会社から支給された防護服を車に積み込み、さらに不測の事態に備えて三日分の食料や水、そして寝袋をリュックサックに押し込んだ。

国道六号線に出ると左折した。この辺りは、通行禁止区域が多い。そこで、遠回りになるが一旦南に行き、封鎖されていない道路を探して北を目指す予定だった。

真っ暗闇の国道を、ライトをハイビームにして進む。自衛隊の頑張りもあって、国道から瓦礫は撤去されているが、広角のライトは、周囲に積み上がった瓦礫や地震の爪痕を照らし出す。

強心臓だと自負しているが、さすがに孤独と恐怖に堪えかねて、カーラジオを点けた。ノイズの向こうで、笑い声が響いた。こんなにあっけらかんと人が笑うのを久しぶりに聞いた。

思わずホッとした。

〝ちょっと、そんな大声で笑うって、被災地の方に対して不謹慎ですよ〟

女性ＤＪが諫(いさ)めても、男性の声はほがらかだった。

〝お叱りは一身に受けます。でもね、僕、過剰な自粛って、いかがなものかって思うんです。前にも言いましたけど、僕は中学時代に神戸で被災したんです。家も壊れてしもて、三ヵ月は学校の体育館暮らしですわ〟

周囲は真っ暗闇だが、車内は暖房が効き、少し精神的余裕も出来て、関西なまりの男性の話に聞き入った。

〝これは、僕の個人的な体験ですけど、僕がいた避難所に、奥さんとお子さんを亡くした小学校の先生がいはったんです。でも、その先生、とにかく明るくて、僕ら子どもをずっと笑わせてくれてました。

そんな時に、その先生が担任するクラスの女の子が、先生、無理しすぎやわ。たまには無理せんと、悲しい顔もして欲しいって言うたんです〟

子どもは、繊細だが同時に残酷でもあるな。俺がその先生だったら、メチャクチャ落ち込む。

〝うわー、きっつい子ですね〟

〝そうでしょう。その子、今は僕の嫁なんですけどねえ。それはともかく、その時の先生の言葉を僕は今でも忘れません。

先生かて悲しいよ。毎日トイレで泣いてる。けどな、あたり構わず泣いてばっかりやったら、亡くなった家族に申し訳ないと思うねん。なんやお父さん、生き残ったくせに泣いてばっかりやん。普段から人を笑わせてんねんから、こういう時こそ元気でいこって言われてる気がするんや。せやから、先生は元気いっぱいです、って〃

北村は、不意に目頭が熱くなった。

どうしてだ。特別な話をしているわけじゃないのに。

〝すみません、私、ちょっと胸が熱くなってます。その先生は凄い方ですね〃

泣きそうになっているのは、北村だけではないようだ。女性ＤＪも鼻をすすっている。

〝そうでしょ。それで、僕はお笑いの仕事をやろうと思ったんです。どんなに悲しい時でも、人に笑ってもらえる仕事やなんて、めっちゃ凄いやないですか〃

〝じゃあ、ブラッキーさんのデビューのきっかけは、震災だったんですね〃

〝そうです。だから、こういう時やからこそ、せめて僕一人だけでも、泣いたりせんようにしてるんです。前向きに明るい話して、一歩踏み出そうとしている誰かの背中を押してあげたい。そして、またみんなが笑ってくれる日が来たらええなぁと願ってます。笑えるようになったら、人は強い。力強く前進できます〃

そうだ。笑う力の凄さを、俺たちは見落としがちだ。

封鎖されていない道を見つけて、北村は右折した。山道をうねるように上がっていく。

イチアイから三〇キロ圏内の道路は原則的にすべて通行止めになっており、警備も厳しい。だが圏内でも脇道や農道になると、封鎖をする余裕もなく、放置されたままのところもある。

これまでにも何度か原発事故による避難住民の取材に向かう途中で、北村は未封鎖の場所を見つけていた。そういう道を使えば、オフサイトセンターの近くまで行けるはずだった。

五分ほど走って北村は車を停めた。そして、カーナビで、オフサイトセンターの住所を打ち込んだ。

数パターンのルートが表示された。いくつかは国道六号線を利用するルートだったので、棄てた。代わりに県道三五号線を利用すれば、オフサイトセンター付近までまっすぐに行けるのを知った。

よし、これで行こう。途中、崖崩れなどのリスクはあるが、最後は徒歩でもいいとまで考えていた。

携行する線量計は、今のところ安全圏内の数値を表示している。一ミリシーベルトでアラームが鳴るように設定した。

花岡通信局に赴任した時に、放射線量の単位も一応覚えたが、実際はかなり曖昧だった。

それが、イチ、エフ、以来、一日に何度も放射線量情報を耳にしたおかげで、相場感が身についた。

放射線は地球上のどこにでも存在する。ただ、その量によっては人体に深刻な影響を及ぼすのだ。最近は首都圏を中心に、常に線量計を持ち、神経質なまでに線量を測る人が増えているらしい。

一ミリシーベルトというのは、自然の放射線や医療被曝を除く一般市民の年間被曝限度と言われている。だが、それを超えると人体に影響を及ぼすかと言えば、「まずない」というのが専門家の意見だ。たとえば、胃のレントゲン撮影での被曝量が二ミリシーベルト、CTスキャンだと六・九ミリシーベルトもあるが、CTスキャンを受けて、白血病やガンになったなどという例はないという。

そう考えると、世間は騒ぎすぎだという気がする。しかし、事故発生まで原発に関心を持たなかった人からすれば、とんでもなく危険な発電だったということになるのだろう。

中には、原発がこんなに危険なものだとは誰も教えてくれなかった、国や電力会社に騙されたと怒る人もいるようだが、以前から、電力会社のサイトには、それなりの情報が出されていた。

問題は、関心があったかどうかだ。

往来の途絶えた県道を走るのは気が滅入る。

時折、野生化した犬や牛がうろついていて、ライトに反射する瞳にギョッとした。闇だけでなく動物も恐ろしくて、北村は徐行運転を続けた。一部瓦礫が道路にはみ出しているところもあったが、何とか通り抜けた。

ようやく、カーナビが「目的地周辺です」と告げた時には、東の空が明るくなっていた。

オフサイトセンターは、住宅地の一角にあった。もっと人里離れた場所にあるのかと思っていたので意外だった。

車を駐車場に停めて、線量計を見た。〇・八ミリシーベルトとある。車外に出たら、アラームが鳴るだろうな。大きなため息が出た。

携帯電話を開いたが、圏外だった。中継塔が被害を受けているため、沿岸部ではほとんど携帯電話は繋がらなかった。

ケイコと志摩にだけは、居場所を伝えておきたかったが、諦めるしかなさそうだ。

一時間ほど仮眠しようと、北村はダウンコートを羽織ると、シートを倒して横になった。

無事に目的地に到着して安心したのか、瞬く間に、眠りに落ちてしまった。

目が覚めたのは、アラーム音のせいだった。発信源がどこなのか分からず慌てたが、やがて胸のポケットだと気づいた。

線量計が鳴っていたのだ。

数値は今や二ミリシーベルト近い。アラームを止めると、屋外に出る準備をした。

ダウンコートを着たままでは防護服を着られないので、コートは諦めた。

日差しのおかげで、寒さは和らいでいる。また、線量計のアラームが鳴った。二・五ミリシーベルト。急いで防護服を着てからアラーム機能を解除すると、北村はカメラ片手にオフサイトセンター内に入った。

薄暗いロビーを懐中電灯で照らして見回した。床は泥だらけで、至る所に文書が散らばっていた。事務室内は、ロッカーが倒れたり、什器（じゅうき）が床に散乱していた。放射線量を考えると、長時間の滞在は無理だった。とにかく、あまり深く考えずにカメラのシャッターを切り続けた。

階上に上がり、会議室とおぼしき部屋に入った。ここも、文書が散乱している。また、テーブルの一角に防護服やミネラルウォーターなどの緊急時用の常備品が積み上げられている。

シャッターを切っていくうちに、ホワイトボードに、視線が釘付けになった。

判読不能に近い文字と数字が並んでいる。

近づいて目を凝らすと、数字は、日付と時間のようだ。

3.11　15：30　オフサイトセンターに六人。
　　　17：23　1I、2Iの全ての原子炉、スクラム了、安定？
　　　18：30　1Iとの連絡不能。無線機も機能せず。
　　　19：17　1I、SBOとの連絡。確認中。

そこから先は、複数の殴り書きが錯綜してしまって簡単には判読できなかった。何カットもホワイトボードを撮影して、残りの部屋に移動した。

大半の部屋で、文書や資料が散乱しており、地震発生後、同センターがしっかり機能していたと裏付けられるものは見つからなかった。

むしろ、ここに集まった人たちのショックと狼狽ぶりばかりが脳裏に浮かんでくる。

線量計を見て血の気が引いた。

七ミリシーベルトを超えている。

早く退散しないと。

そう思いながらも、もう一度、会議室に入ってみた。

先程はしっかりと確認していなかったテーブルを重点的に見ていると、それが目にとまった。

ICレコーダーのようだ。手に取ってみたが、バッテリー切れなのか作動しない。

しかし、貴重な記録が残っていそうな気がした。

少し後ろめたさを感じながら、北村は拝借した。

階段を駆け下り、車内に飛び込んだ。

そして、引きちぎるように防護服を脱ぐと、車外に放り出し、エンジンをかけた。

線量計は、九ミリシーベルトを超えている。

さすがに恐怖を覚えたが、その程度では人体に影響はないんだと自分に言い聞かせて、車を発進させた。

誰一人いない道路を海に向かって疾走すると、太平洋の上で太陽が輝いていた。

7

二〇一一年四月一一日午前一〇時〇五分　東京・芝浦

記者会見場のステージに上がった濱尾は、まるで臣下を睥睨（へいげい）するかのように会場を見渡してから席に着いた。

舞台袖に控えていた秀樹は、なぜ会長があれほど堂々と出来るのか、不思議でならなかった。

首都電力東京本社の大会議室には、一〇〇人を超える報道陣が集まっている。濱尾が姿を現した瞬間には、ストロボの光が稲妻よりも凄まじく濱尾に浴びせられた。しかし、濱尾はまばたきもせずに超然としている。

そして、マイクを手にすると、落ち着いた口調で話し始めた。

「本日で、東日本大震災発生から一ヵ月が経過しようとしております。震災に伴い発生した弊社の磐前第一原子力発電所の事故については、多くの国民の皆様にご心配をおかけしていることをまずは、お詫び申し上げます。社員の命がけの奮闘によって、原発は着実に冷温停止に向かっておりますが、その間、原発周辺住民の皆様や行政関係者には、多大なご不便をおかけしていることについても、心からお詫び致します」

言葉としては詫びているが、気持ちがこもっているとは思えなかった。

記者の表情がどんどん硬くなっている。秀樹は心臓が痛くなるような気分だった。

一部からは「本当に悪いと思っているのか」というヤジが飛んできた。

しかし、それらもまったく耳に入らぬような態度で濱尾は話を続けている。

「本日は、弊社としてより積極的に事故原因の解明を行うべく、社内に事故調査委員会を設立したことをご報告致します」

「事故を収束できていないのに、事故調っておかしくないですか！」

非難する声が舞台袖にまで届いたが、濱尾は動じない。

「政府の方でも、事故調を立ち上げると聞いています。弊社としては、政府の事故調と連携しながら、激甚災害に見舞われた際に起きた事故の原因解明と、対策を真摯に検討する所存です」

言い終わると、濱尾は席を立った。

収まらない報道陣は一斉に立ち上がるとステージ下に駆け寄り、口々に質問をぶつけた。

「事故から一ヵ月経過しても、冷温停止できない理由を説明して下さい！」

「すべての責任を国に押しつけようとされているというのは、事実ですか」

「事故収束に向けて命がけで闘っている社員に対する労（ねぎら）いの言葉もなしですか！」

「事故のために、自宅や職場を追われた被災者に対して、そんな態度でいいんですか」

それらは質問というより、罵倒に近かった。だが、濱尾は表情ひとつ変えず、無言を貫いている。

事故調を発足するのであれば、これらすべての質問に真摯に答えるのが、経営者の責任ではないだろうか。

秀樹でさえも怒りがこみ上げてきた。そして何も言えない自分自身へのもどかしさで息苦しくなってきた。

「おい！　何をぼやっとしているんだ。早く会長をお連れしろ！」

誰かに怒鳴られ、秀樹の背中が押された。

しかし、濱尾は記者に取り囲まれ、近寄ることすら難しい。

「記者の皆さん、記者会見はまだ続きます。弊社事故調の詳細を、副社長の宮本よりご説明致します。なので、席にお戻り下さい」

広報室長が声を張り上げているが、記者たちはさらに濱尾に詰め寄っている。

原発事故についてどのような見解を持っていようとも、この場では、濱尾自身が記者の問いにしっかりと答えるべきだ。いや、答えて欲しかった。

警備員の制服を着た男たちが駆け寄ってきて、記者を払いのけるように進む。

やがて、数人の記者が将棋倒しになった。

その時、濱尾がステージに戻ろうとした。

「会長を擁護してください！」

秀樹が叫ぶと、警備員が「会長が壇上に戻られます。みなさん、道を空けて！」と大声で繰り返した。

ようやく記者の群れが割れて、濱尾がステージに戻った。そして、何事もなかったかのように言い放った。

「では、ご質問にお答えします」

8

二〇一一年四月一一日午前一〇時二一分　東京・大手町

大手町のサムライ・キャピタル本社の大会議室(ウォールーム)で、鷲津は思わず笑ってしまった。首都電の公式ホームページで会見の生中継を見ていたのだが、濱尾の様子があまりにもひどかったのだ。

さすがの財界総理も、これじゃあ形無しだな。

記者会見での態度に呆れていただけに、報道陣の逆襲は小気味よかった。

これから、記者たちにどんな風にいたぶられるのか楽しみだ。ところが、いきなり中継はシャットダウンされ、画面には首都電事故調の概要の文書が映し出された。

「これ以上の醜態は、晒せないってことか」

鷲津がぼやくと、隣にいたサムが首都電の記者会見場に潜り込んでいるスタッフに連絡を入れた。それで再び中継映像が復活した。

〝イチアイの現状について、教えて下さい〟

〝先程申し上げた通りです。徐々に冷温停止に向けての作業が進んでいます〟

〝具体的には、どんな作業をされているのでしょうか〟

〝それについては、答える立場にありません〟

〝首都電力代表取締役会長である濱尾さんはすべての質問にお答えになるお立場では〟

いいぞ。記者も納得できないようだ。

〝私は事故対策の責任者ではないので、細かいことは分からないと申し上げているのです。それは、午後の定例会見で原子力本部長からお答えします〟

会見場では記者からブーイングが上がったが、濱尾は知らぬ顔で別の記者を指して、次の質問に移った。

〝先月末に、御社は債務超過危機にあったと聞きました。事故を収束できないことが原因だと思いますが、破綻回避のための施策を教えて下さい〟

〝君、失礼にも程があるよ。そもそもどこからそんなデマを聞いたのか知らないが、首都電が潰れることは、万に一つもありません。そもそも我が社が潰れたら、誰が首都圏に電力を供給するんです〟

バカげたことを。首都電が潰れても、システムが残れば、それを継承した者が発電し、電力を供給できる。

これ以上は見るに値しないな。

鷲津はリモコンで中継映像を消した。

「明らかに、濱尾の会見は、今日の午後に予定している第三者機関による事故調査委員会（Third-party Organization of Accident Investigation）発足を意識して行われたと考えるべきだな。母袋さん、この会見が、どの程度影響すると思う？」

ウォールームには、ほかにサムと前島、そして芝野の秘書を務める会津がいる。母袋は、黒縁の眼鏡に触れながら答えた。

「濱尾さんからすれば、ＴＯＡＩを牽制したかったのでしょうが、逆効果でしょうな」

「というと？」

「おそらく濱尾さんは、世間から事故調が二つあるのは不自然だ、事故調を一つにすべきだという声を期待しているのでしょうな。しかし、世間は、この段階で首都電が事故調を発足させること自体に怒りを覚えるはずです。ＴＯＡＩはそれに付け込んで、首都電事故調に強く調査協力を要請できます」

ＴＯＡＩの調査に際して、首都電が一切協力しないのではないかという懸念があった。しかし、自社内での事故調発足は、積極的に事故原因を首都電も調べると宣言したも同然で、ＴＯＡＩの不安材料が一つ消えたとも考えられる。

「芝野さんや湯河さん、さらには宮永大臣の元には、首都電の社員をＴＯＡＩの委員に入れるようにという各方面からの声が届いているようです。芝野さんは、それを歓迎したいのですが、あとのお二人は断固反対しています」

会津が報告すると母袋が相槌を打った。

「当然でしょうな。ＴＯＡＩに委員を送り込めたら、首都電としては事前に調査対象を察知できるわけで、隠蔽も容易い」

「隠蔽できると思っているんでしょうか」

会津は義憤に駆られたようだ。

だが、首都電の落ち度が僅かでも見つかれば、濱尾はたちまち握り潰すだろう。

「首都電がこのタイミングで事故調を立ち上げたのは、それが最大の理由ですよ。事故が収束へと向かうにつれ、それに反比例して事故の責任を追及する声が大きくなってきている。濱尾さんからすれば、事故の責任のすべてを、官邸に押しつけたいでしょうからね」

「ＴＯＡＩは、官邸と霞が関が、事故責任を首都電に押しつけるために発足するという観測が、市場関係者の間に流れています。その結果、さらに首都電の株価が下落しています」

首都電株の買い占めと市場のウォッチをし続けている前島が報告した。

「まあ、宮永大臣はそういう憶測も承知の上だろう。しかし、あのオヤジは、たとえ相手が総理であっても瑕疵を見つければ、きっと容赦しないよ」

鷲津の見立てにサムが同意した。

「委員の人選が難航しているのは、エネ庁や保安院、さらには官邸が、自分たちに有利な評価をしてくれる人物を投入しようとしているのが最大の原因のようだね。ただ、私は政彦ほど、宮永大臣を信用していないが」

「サム、俺だってあのオヤジを信用なんてしていない。彼の目的は、獅子身中の虫を叩き出すことだよ。総理のスタンドプレイが事故を拡大させたことを、自分たちで処分したいんだ。そうすれば、政党は生き残り、政権維持が出来るからな」

加賀の情報によれば、宮永はすでにポスト古谷の人選にも動いているようだ。

「それにしても、芝野はなぜ相も変わらずお人好し街道をまっしぐらなんだ。奴には、情報保秘の感覚がないのか。会津さん、どう思う？」

「芝野さんも、それなりに意識してると思いますよ。でもそれ以上に、首都電の原発専門家を自陣に引き込んで、本当のところ何があったのかを当事者から聞き出したいようです」

気持ちは分かるが、ならば首都電が推薦する社員ではダメだ。こちらが適任者をスカウトし、極秘で情報を集めるべきなのだ。だが、首を傾げたくなるほど性善説を信じている芝野には、そういう芸当が出来ない。

「首都電の情報提供者については、我々で調査している。だから、委員には絶対に首都電関係者を入れないようにと伝えてくれるか」

それから、前島に首都電株取得状況を尋ねた。

「現在のところは四〇%を少し超えたぐらいです。そろそろ限界です。このあたりで一度止めて、タイミングを見計らって一気に行くべきかと」

それも良かろう。

株価はすでに、紙くずレベルに落ちている。

「我々以外で買い集めている奴は、いないんだな」

「まったく」

「一華(イーファ)は？」

「上海のチームと東京のチームの両方がウォッチを続けています。中国国内の政治案件でトラブルがあったようで、今、身動きが取れないようです」

ずっとそのままでいてくれ。

「ちなみにアンソニーはどうしている。今日は磐前県内で何かイベントをやるのか」

これにも前島が答えた。

「朝から、避難住民が一番多い磐前県立中央スポーツセンターに出向いて、苦情や相談を受け付けています。それと、子どもや高齢者を対象にした無料健診も行っています。午後二時四六分には黙禱を捧げ、夜には近くの川で灯籠流しをやるそうです」

相変わらずアンソニーは磐前県での支援活動を精力的に行っている。ただ、彼の支援者の中に、反原発運動の運動家や左翼の活動家などが散見されるのが気になっている。また、正義感の強いアンソニーが、心ない取材をする記者や行政関係者と何度も諍いを起こしているのも気がかりだ。

「今日はおとなしくしていろと伝えてくれ」

そこで散会したが、サムだけがウォールームに残った。

「首都電の協力者集めの方は、どうだ」

鷲津はタバコをくわえたが、なんとか我慢して火を点けずにキープした。

「一人、面白い若者の噂を耳にしました」

すでに、原子力本部の専門家や財務部門の幹部など一〇人近い社員協力者を確保している。皆、現在の濱尾体制を憂う社員で、事故の収束や経営改善と日々必死で格闘していた。

「入社二年目の広報マンなんですが、地震発生時にはJファームにいたそうです。そして、そこからイチアイに行って、数日間、所長らと寝食を共にしたとか」

「最近の若者にしては、根性があるな」

「東京に戻って、イチアイのリポートを提出したところ、濱尾会長の目に留まり、現在は会長室付になったそうです」

いずれ濱尾は、その若者をPRの道具にするつもりなのだろう。

「そんな大出世した若者を取り込むつもりか」

「出世欲はゼロだという話です。松永安左エ門氏に心酔していて、電力マンとしての使命を貫きたいとか」

生まれてくる時代を間違えた男か――面白い。

「自社に事故調を立ち上げて、二度と事故を起こさないように徹底的な対策を構築すべきだと濱尾会長に進言したそうです。そういう気概を濱尾会長が買って側近にしたそうですが、正義感の強い若者には、先程のような会長の態度は不満なのではないでしょうか」

「正義感が強い男は、厄介だぞ」

芝野がいい例だ。もっとも、あの男の場合は、かなり自分勝手な解釈が入っているが。

「会社を裏切るような行為を積極的にはしないでしょう。ただ、濱尾会長が自社の落ち度を隠蔽したり、責任転嫁を図ろうとした場合には、内部告発者となる可能性があります」

「名前は」

「郷浦秀樹」

9

二〇一一年四月一一日午前一一時四三分　東京・永田町

〝そもそも我が社が潰れたら、誰が首都圏に電力を供給するんです〟

湯河は永田町の内閣府庁舎内のイチアイ対で、首都電力の記者会見映像を見ていた。歌川が記者に紛れて会見場で撮影してきたものだ。そしてこの濱尾の発言に強い怒りを覚えた。

「何これ！　どういう思考回路をしていれば、こんな傲慢な発言が出来るわけ！」

佐久間が叫んだ。彼女とはどうにもソリが合わないのだが、この怒りだけは共感できた。

「ずっと、この調子です。濱尾会長が、これほどまでに当事者意識がない方だとは思いませんでした」

他者を批判しない歌川も、同様に憤っている。

「時代錯誤の極みだね。まあ、国民に何と思われようとも気にしていないんだろうけれど、いずれ大きなしっぺ返しを喰らうだろう。それより、このタイミングで、堂々と首都電が社内事故調を立ち上げると発表するとはねえ」

イチアイ対を訪れていた芝野がいつもながらの暢気な口調で言った。

ここにも当事者意識が薄い男がいる。

本人にそのつもりはないのだろうが、非常事態の渦中にあって、いかにも調整型という態度を貫く芝野には、対岸の火事というような無責任さを感じる。湯河はそれが気に入らない。

「芝野さん、これは想定内です。あのタイミングでの会見は、第三者機関による事故調査委員会発足を今日の午後に発表する我々の機先を制したかったからでしょう」

「その発想が間違っている。そもそも早い者勝ち的な発想をするようなものでもないだろう」

「濱尾さんは、そういう方です。何事もご自身の思い通りにやりたいし、すべての者は自分にひれ伏すのが当然だと思っています。したがって、意に沿わないＴＯＡＩなんて認めない。イチアイの事故調査は、首都電マターだと高らかに宣言したいんです」

「バブル以前の財界人のまま時間が止まった人なんだね。だけど、彼らが本気で社内事故調を立ち上げると言うのなら、ＴＯＡＩとの連携も探りたいなあ」

　こいつは、人の話をちゃんと聞いているのか。こちらから事故調同士の連携なんて提案したら、まさに濱尾の思う壺じゃないか。

「湯河さん、原子力行政に情熱を注いできたあなたが、濱尾さんのようなタイプを嫌うのは分かるし、首都電はもっと謙虚に事故と向き合って欲しいとも思いますよ。だからといって両方が敵視し合っていては、物事は前に進まない。我々が柔軟になって首都電事故調との連携を図るべきだよ」

芝野のお人好しが止まらなくなってきた。

「首都電事故調を上手に利用するという点では、異論はありません。しかし、彼らに都合良く利用されるわけにはいきませんよ。なので、我々の体制が整い、首都電に対して具体的にどのような協力を要請するかを固めた上で、交渉に応じたいと思います」

事務局長が、委員長を差し置いて方針を決定してはならないのだが、放っておくと能天気な芝野は、どんどん安直な方向へと進んでいく。

「そうだね。まあ、そこは君の意見に賛成しましょう。ただ、以前から言っているとおり、ＯＢでもいいので、首都電関係者をＴＯＡＩのメンバーに加えるべきだと思うんだが」

また、その話か……。

「その件で、私に一つ提案があります」

どんな時も、空気を読まない佐久間が割り込んできた。

「私が所属する電力中央研究所（電中研）の理事長の前職は、首都電の副社長で元原子力本部長でした。しかも濱尾会長と同期なんですが、利益より安全と安定供給こそが電力会社の使命だと訴え続けた人物です。その方を、委員として迎えてはいかがですか」

権藤良作(ごんどうりょうさく)か……。なるほど、そういうコマがいたな。バランス感覚があるうえに、電力供給に対する使命感が強く、人格的にも素晴らしい人物だった。

「権藤理事長は、来月退任されるはずでは」

「だからより好都合だと思うんです。電中研には顧問として残りますが、それでも大きな組織の代表者としての立場からは退くわけですし、何より濱尾会長に物申せる数少ない方だと思うのですが」

「まさにTOAIの委員に相応しい方だね。湯河さんは、どう思われますか」

さして熟慮もせずに芝野は飛びつく。これも、この男の悪いところだ。

「権藤さんが受けて下さるのであれば、ぜひにと思いますが、電中研理事長を退任したら、のんびりと隠居生活を楽しみたいとおっしゃっていた気がします」

「それって新聞のインタビュー記事ですよね。あれは、あくまでも社交辞令的なコメントだと思います。ホンネは、長年原子力事業に携わってきた者として、イチアイの事故収束と原因解明をしっかりと行うために何が出来るかと、日々考えているとおっしゃっています」

つまり、佐久間は俺の許可もなく、権藤に接触して相談していたのか。

「佐久間さん、権藤さんは、ＴＯＡＩについてどのように考えているんですか」

芝野がさらに前のめりになった。

「また、湯河さんに叱られそうですが、電力会社の関係者にもＴＯＡＩに参加してもらう方法が見つからなくて苦慮していると相談しました。そしたら、権藤理事長自ら、私でよければお手伝いしようかと」

勝手なことを。権藤を委員に迎え入れるなら、少なくとも俺か芝野が出向いて、頭を下げるのが筋なのに。

「それは朗報だ。湯河さん、ぜひ委員になっていただきましょう」

筋論も礼儀もあったものではない。だが、権藤に協力が仰げるなら、濱尾対策としても強みになる。

「権藤さんにお会い出来るよう早急にセッティングしてくれ」

佐久間はスマートフォンを手に席を立った。

10

二〇一一年四月一一日午後〇時一一分

湯河君には、旧態依然とした御上意識をなんとか抑えてもらわないとダメだな。

ミーティングを終えて、加賀と会津と三人で弁当を食べながら芝野は考えていた。

日本の発展は原子力発電のおかげであり、世界最高峰の原発メーカーを三社も抱える日本は、世界に安全な原発を供給する義務がある――というのが持論の湯河にとって、イチアイの事故は断腸の思いだろう。

だからこそ、TOAI事務局長という厄介な役回りも引き受けたのだろう。

しかし、その強い思いは、いずれ禍となるかも知れない。

イチアイの事故にしても、想定外の津波と、官邸と首都電の初期対応のミスで起こったものであり、原発本体には問題はなかったと、湯河は考えている節がある。だから、古谷総理と濱尾の露骨な保身についても憤りを隠さない。

そのことに共感はできるが、敵意を剝き出しにしたら何の協力も得られず、成果は惨憺たるものになる。

本当に日本の原発の信頼を回復したいなら、つまらぬ意地など捨ててすべての関係者が協力できる環境を整えるべきだ。

「鷲津さんから伝言があります」

会津が遠慮がちに言った。

「なんですか」

「首都電の事故調を敵視せずに、逆に上手に利用する方法を考えてはどうかと」

「だから、電中研理事長の権藤さんに委員になってもらって、パイプ役を務めてもらおうかという話になったわけでしょ」

「権藤さんの抜擢については、まだ報告していないので、鷲津さんの考えは分かりません。二つの事故調が円満に連携するために、鷲津さんは、首都電とＴＯＡＩの間に連絡協議会的な組織をつくってはどうかと申しておりました」

なるほど、鷲津らしい発想だな。

「加賀さんは、どう思いますか」

「良いアイデアじゃないですか。ただ、事故調は一つで充分だという宮永大臣や湯河さんがなんとおっしゃるか」

「一刀両断で、不要！　って言いそうだな。でも、我々は首都電を敵視してはならないと思っている。実際にその連絡協議会が機能しなくても、二つの事故調が協力し合っているという姿勢を見せるのは重要だね」

「大臣や湯河さんには、明らかに濱尾アレルギーがあります。濱尾会長が傲岸不遜であるのも間違いありません。しかし、会長は会長なりに、イチアイの事故の責任を感じていると思うんです。なので、濱尾会長を孤立させるのは得策ではないと」

多方面に情報源を持つ加賀の意見には重みがある。

「鷲津さんも似たようなお考えでした。濱尾はくせ者で、徹底的に首都電の生き残りと、自身の影響力維持を図るだろう。だからこそ、奴を孤立させてはいけないと」

会津が付け足した。

「加賀さんには、濱尾さんとのパイプがありますか」

「直接はありませんが、側近は何人か知っています」

「ならば、私が濱尾さんにお目にかかりましょう。ＴＯＡＩ委員長就任のご挨拶と今後の調査へのご協力お願いということで。そうだな、まもなく始まる会見で、私がそういう提案をしましょう」

加賀は驚いたようだが、それでも「芝野さんにお任せします」と言った。

「ちょっと、宮永大臣のところに行ってきます」

芝野が立ち上がると、加賀が同行すると言った。

「いや、これは私一人が行く方がいいでしょう。その代わり、加賀さんは湯河氏を説得して下さい」

ＴＯＡＩの記者会見には宮永大臣も同席する。

芝野が大臣室を訪れると、すぐに中に通された。宮永はデスクで、箱弁を食べていた。

「いやあ、濱尾のオヤジにはしてやられましたなあ。湯河君はカンカンに怒ってるよ」

宮永自身はそう思ってなさそうだ。

「その濱尾さんなんですがね。私が近々挨拶かたがた会ってこようと思うんです」

「それはお勧めしないなあ。あんな奴に会う必要はないよ」

「いえ、私は会うべきだと思っています。大臣の方にも連絡があったかと思うんですが、鷲津君は、二つの事故調を繋ぐ連絡協議会的な組織を設けてはどうかと提案しています。私は、グッドアイデアだと思う。それは、大臣も同様では」

食事の途中なのに、宮永はタバコに火を点けた。

「それでは濱尾の思う壺だろう。私としては首都電事故調は完全に無視したい」

「大臣、首都電は敵ですか」

「濱尾は敵だ」

「でも、その敵に協力してもらわないと、まともな事故調査なんて出来ませんよ。ならば、ここは宥和政策が重要なのでは？」

「芝野さん、あんた濱尾に会ったことは？」

「昔、財界の賀詞交換会とかでお見かけした程度です」

「あいつを甘く見ない方がいいよ。あの鷲津氏でさえ、日本電力(Jエナジー)買収に当たって酷い目にあっているんだ。失礼だが、奴の毒気に当てられて、あんたが打ちのめされるのを見たくないな」

思わず笑みを浮かべてしまった。

「私はどんなに威圧されても、それを受け流すのが得意なんです。それに、首都電に協力を求めるために、私が足を運んで仁義を切るのは、パフォーマンスとしても意味がありますよ。私たちはおたくらを敵だと思ってないし、首都電事故調の活躍も期待してますよって言うぐらいの余裕を見せたいじゃないですか」

　宮永はタバコをふかしながら、食後の腹ごなしをするように部屋を歩き回っている。まるで、迷走する蒸気機関車だな。

　宮永号が急停車した。

「いいでしょう。あんたがそこまで言うなら、どうぞおやりなさい。確かにおまえらは敵ではないというパフォーマンスは、意味があるだろうからな」

「ありがとうございます。それで、その件をまもなく始まる記者会見で言及しようと思うんですが、それもいいですよね」

　宮永の全身が良くない、いや、あり得ないと訴えている。だが、結局それらの言葉は呑み込んだようだ。

「お好きに」

「それと、委員に電中研の権藤理事長を推薦したいと思っているのですが、いかがですか」

「権藤ねえ。なるほど、それは良い人選だな。彼は濱尾の天敵だよ」

　そういう意味で入れるんじゃないんだがな。

　理由は何でもいい。宮永は賛成だと言ったのだ。

「それはそうと、委員の件で、総理からたってのお願いがあるんだ」

そう言って、宮永がメモを突き出した。

二人の名前がある。

一人は、著名な女優で、もう一人は、イチアイの事故発生後に頻繁にテレビ出演している原子物理学者だった。

「このお二人は、今回の事故について政府や首都電を批判しているだけではなく、原発即時撤廃を叫んでいる方たちですな」

「その通り。総理が、事故調にはバランスが大事だから、ぜひメンバーに加えよとおっしゃっている。まあ、これもパフォーマンスだよ」

宮永が、吸っていたタバコを灰皿に強く押しつけた。

11

二〇一一年四月一一日午後一時〇四分　磐前県立田町・Ｊファーム

発災直後から機能不全
問われるオフサイトセンターのあり方

荒れ果てた緊急事態応急対策拠点施設（オフサイトセンター）の内部写真と、センターで拾ったＩＣレコーダーに録音されていた発災直後の混乱ぶりを描いた原稿で構成された北村の記事は、見出しからして志摩を喜ばせた。

反響は予想以上だった。朝一番にインターネットで各紙の記事をチェックしているＪファーム駐在の記者たちから、記事についての意見や質問が次々と寄せられた。

原発事故の最前線で取材をしている記者にとって北村の記事は、衝撃的だったと同時に、顰蹙（ひんしゅく）ものだった。

「どうやってオフサイトセンター取材の許可を取ったんですか」という質問は穏便な方で、「あんなスタンドプレイが許されると思うのか」と激怒する記者も数人いた。さらには、事故を機に緩やかに結成されていたＪファーム記者クラブの幹事社から「当分の間、記者クラブへの出入り禁止」を宣告された。

バカげた報復だが、他社の記者は大目玉を喰らい、挽回を命じられたのだから、反感を買うのは当然だ。

そして、今日のうちには、Ｊファームからも追い出されるかも知れない。

案の定、Ｊファーム所長の永射に呼ばれた。

所長室には、思ったよりも大勢が集まっていた。

知っている顔は、永射とJファーム駐在の原子力安全・保安院の技官の二人。それ以外にも、偉そうな態度の二人がいる。

「お呼びだと伺いましたが」

永射は頷くと、見知らぬ二人と向かい合うように北村を座らせた。

「こちらは原子力安全・保安院の次長、南出（みなみで）さん。そして、こちらは原発事故処理担当補佐官の川上（かわかみ）代議士だ」

二人の名刺が欲しかったので、北村は一礼して名刺を差し出した。二人は渋い顔で要求に応じた。

「あとは川上先生、よろしくお願いします」

川上代議士は古谷総理のお気に入りの若手で、震災発生直後に、官房副長官から現職に抜擢された。テレビの政治討論番組の常連で、攻撃的で饒舌な、北村が苦手とするタイプだ。

「今朝のおたくの一面トップ記事について伺いたい」

テレビで聞くより甲高く神経質そうな声だ。

「誰の許可を得て、避難指示区域内にあるオフサイトセンターに立ち入ったんだ」

「許可は戴きませんでした」

「なぜだね？」

「許可を戴けるとは思いませんでしたので」

「法を犯したという自覚があるのか」

「どんな法ですか？　避難指示区域は単なる行政命令による区分でしょ。私自身の命は、私だけが責任を負えばいい」

川上はいきなりテーブルを叩いたかと思うと、北村の鼻先に指を突きつけてきた。テレビ出演の時も、こういうパフォーマンスがお好きな方だ。

「そんな屁理屈が通ると思っているのかね」

「記者は、屁理屈を言うもんでしょ。私の仕事は読者に今、イチアイ周辺で何が起きているのかを伝えることです。それに、震災発生から一ヵ月も経っているんですから、事故対応の検証をするのは当然では？」

「君には、遵法精神やマナーはないのか」

「川上先生、お言葉ですが、いきなり記者を呼びつけて恫喝するような方からマナーを指摘されたくないですね」

「オフサイトセンターで見つけたというICレコーダーだが、誰の許可を得てそれを拾得し、録音内容を開示したのかね」

肩を怒らせている川上の隣にいる南出が切り出した。

「落とし物を拾ったんです。誰のものかなと思って再生してみたら、重大な事実が録音されていた。それで記事にしました」

「そのICレコーダーは、どうしたんですか」

上着のポケットから取り出してテーブルに置いた。ジップロックに入れて厳重に保管してある。

川上が手を伸ばそうとしたところを見計らって言った。

「線量計で測ると、大変高い値でした。触れない方がお体のためでは？」

川上が手を引っ込め、南出が袋を手にした。

「持ち主は不明です。しかし、オフサイトセンターで拾ったので、南出さんにお預けします」

「おい、おまえ、俺たちを舐めてんのか」

「先生、言葉に気をつけた方がいいですよ。彼のようなタイプは、今のやりとりをICレコーダーに録音している可能性があります」

南出はそれなりに優秀なんだろう。

事実、北村はスーツに忍ばせたＩＣレコーダー二台で、録音している。

「ほんとうなのか」

北村は両手を挙げた。

「答えろ！」

「先生、興奮しないで下さいよ。答える義務はないですし、あなたが私を恫喝する権利もない。それとも、逮捕しますか」

川上がまた、テーブルを叩いた。

南出が口を開いた。

「あなたと暁光新聞に対してどのような告発が出来るかを検討しています。いずれにしても、Ｊファームからは速やかに退去して下さい。あなたには取材の場を提供できませんので」

予想していたが、念のため背後にいる永射の方を向いた。

「残念だが、北村さん、弊社の上層部からも、そういう命令が来ているんだ。ルールを守って戴けない方には、退去して戴くようにと」

「了解しました」

北村は立ち上がった。

「ちなみに、暁光新聞の記者の方には、保安院とエネ庁、経産省、そして首都電力の各所への取材もご遠慮戴きますので、あしからず」

南出が冷たく追い打ちをかけた。

「それは、言論の自由の侵害では？」

「言論の自由は、ルールに則（のっと）った者だけが得られるんだよ、バカ！」

なおも怒りが収まらないらしい川上が、大声で叫んだ。

「一〇分以内に荷物をまとめて、ロビーに来てもらおうか」

「永射さん、お見送りは結構です。一人で帰れますから」

「おまえが、また違法行為をしないように、三〇キロ圏外まで警察が同道するんだよ」

川上が嬉しそうに言った。

それは、ご丁寧なことで。

「おい、黙って出て行くのか。我々に謝罪の言葉はないのか」

「謝る理由がありますか、先生。私はジャーナリストとして当然の行為をし、本来、事故対応の中心基地となるべきはずのオフサイトセンターの機能不全をお伝えしたに過ぎないんですよ」

もはや誰も引き留めようとはしなかった。

部屋を出たところで、永射に声をかけられた。

「北村さん、あんたも困った人だね。もうちょっと穏便に済ませられなかったかね」

「すみません、こういう性分なんです。それより、永射さんも管理責任とか問われているんじゃないんですか」

「東京の偉いさんから、文句は言われたけど、別に気にもしてないよ。あの記事は、とても素晴らしかった。私は素直に感動したし、今後に備えて、絶対に検討しなければならない重要な課題にたくさん言及していた。お礼を言います」

永射に頭を下げられて、腹の奥底でたぎっていた怒りが少し和らいだ。電力の専門家にここまで言ってもらえたなら、本望じゃないか。

「ありがとうございます。また、しぶとく帰ってきます。その時はよろしくお願いします」

ロビーに向かう途中で、金髪の外国人とすれ違った。

「あの、北村記者さんですか」

なかなか流暢な日本語だ。

「そうですが」

「ご無沙汰しています。私、ニューヨークでお会いしたことがあるサムライ・キャピタルのアンソニー・ケネディです」

そういえばリーマンショックの取材の際に、いつも鷲津の側近が立ち会っていた。

あの時の若者か。

「これは奇遇だな。そうか、君はサムライ・ジャパン・エイドを展開しているんだったね」

「あなたを見つけたら、僕たちの活動をしっかりとアピールするようにと、鷲津に言われています。少し、お話しできますか」

さて、どうしたものか。

少し先のロビーに、永射と保安院の技官が立っているのが見えた。

文句を言われたら、出て行けばいい。

「喜んで」

北村は、壁際にあるベンチにアンソニーを誘った。

「ケネディさんは震災直後から、磐前県に入っているんでしょ」

「もちろん。最初は、岩手県や宮城県にも足を運びました。僕は、アフリカなどで難民支援活動を続けるＮＧＯやＮＰＯのコーディネーターをしていまして、その仲間を大勢、日本に呼んだんです」

ＳＪＡのサイトを覗いた時に、著名なカメラマンやジャーナリストの写真や寄稿が充実していたのを思い出した。

「一ヵ月経過した現在の磐前をどう思いますか」

「原発事故が収束していないので、被災地への支援が他所よりも遥かに遅れています。また、当初はこんなに長期にわたる避難所生活を想定していなかったので、多くの避難者は着の身着のままで逃げてきています。それだけに、今の暮らしが大変なんですよ」

その話は、過去にも何度か耳にしている。

「それで、ＳＪＡが活動するうえで、重点を置いているのは何ですか？」

「医療と生活用品の調達です。原発事故で避難した方の一番の不安は、放射能の影響です。なので、避難者の健診を実施しています。被曝量の測定などの他に、健康的な生活を送るためのアドバイスが出来る診療を心がけています。あと、生活用品が圧倒的に不足しています。それも調達しています」

大災害が起きると、世界中から様々な支援物資が届けられる。ところが、往々にして送る側の自己満足で終わる場合も少なくない。夏場にセーターなどの防寒着が送られてきたり、あるいはベビーフードが足りないと言うと、それればかりが大量に集まったりというバランスの悪さだ。

ＳＪＡは、量的な問題も含めて、必要なものを必要な場所に集めるための細かい情報提供をして、協力を求めている。

求めているものを、求めている方へ――というのがＳＪＡのモットーだったな。

「北村さんにぜひ、記事にして欲しいことがあります。僕たちの呼びかけに応じてくれた医師が、避難者の力になりたいと、世界中から集まっています。しかし、大半は治療が出来ません」

「なぜ？」

「日本の医師免許がないからです。したがって、外国人医師が治療するためには、日本の医師国家試験に合格したインターンや、医師の同行が必要なんです。こんな無駄はおかしいと思いませんか」

この問題は、ネットニュースの記事で読んだ。いち早く現地入りしたにもかかわらず、応急処置すら出来ずに、帰国した医師が大勢いたらしい。

「被災地は言ってみれば戦場と同じです。一人でも多くの人の心身の苦しみを救うために、医師は効率良く治療すべきです。絶対数が不足しているんですから、ボランテイアで、日本のためにやってきた外国人医師に、日本の免許がないから患者に触れるなって言うのはおかしくないですか」

「確かにね」

おかしいと思う。だが、そういう融通が利かないのが日本という国なのだ。

「政治家は何をやってるんですか。こういう時は迅速に、特別法を作れば済むはずです。何事においてもこの国は、トロすぎます。そもそも原発事故の収束だって、なんでこんなに時間がかかるんですか！」

興奮のあまり、アンソニーの声が大きくなり、周囲の注目を浴びた。

「その問題、しっかりと記事にするよ。それ以外にも何か不満はありますか？」

「ボランティアを受け入れる態勢の悪さです。結果として、各人が勝手な行動をして問題も起きています。特に僕らのような外国人の団体は、言葉や習慣の違いもあってトラブルになりがちなんです」

一九九五年に発生した阪神淡路大震災の教訓を生かしたボランティアの受け皿システムがあったのだが、それが機能していないのだ。津波によって、受け皿となる施設や人が被害にあってしまったからだ。

そういう意味では、オフサイトセンターと同様、現実的な災害の想定に対する甘さと、災害発生時の対応のまずさが問題なのだ。

「ちょっと！　北村さん、とっくに一〇分は過ぎてるよ」

北村は詫びる代わりに、永射にアンソニーを紹介した。

「どうも、Jファームの所長、永射です。ご活躍はかねがね伺っています。ただ、すみませんが、あなた方は、当施設では活動なさらないようにお願いします」

「なぜですか！」

北村とアンソニーがほぼ同時に尋ねた。

「よく分かりませんが、東京本社から、SJAは活動禁止という命令が来ておるんです」

「もしや、SJAの代表が鷲津さんだからですか」

北村の問いに永射は、唇を強く結んだ。

イエスか。

鷲津の息が掛かった団体は、首都電の関連施設での活動を認めない――。なんと狭量な発想なんだ。

「所長、僕らは皆さんのお役に立ちたいんです。日本の他のNPOではできないこともたくさんできます。それに、世界中から磐前を助けたいという思いの人々が集まってきているんです。その人たちの気持ちを踏みにじるんですか」

「申し訳ないですが、ケネディさん。社の方針です」

「しかし、永射さん、Ｊファームは、首都電が磐前県に寄贈した施設ですよ。だとしたら、そんな権利はないはずでしょ」

「施設の寄贈はしました。しかし、運営は首都電の子会社である株式会社Ｊファームが行っているんです。親会社の意向は絶対です」

理由になってない。

「オッケー、分かりました。必要とされていない方のお手伝いをするつもりはないので、撤退します」

アンソニーがあっさりと引き下がったのにも驚いた。

「北村さん、この続きは改めてやりませんか。この国の矛盾や問題点についてたくさんお話ししたい」

望むところだった。

12

二〇一一年四月一一日午後一時二二分　東京・芝浦→永田町

昼食を終え自席に戻った秀樹に、首都電力会長室長の丸鍋が声をかけてきた。濱尾のお呼びだそうだ。

会長室付となって日は浅いが、濱尾のタフさと精神力の強さには、目を見張るばかりだ。記者会見で、容赦なく突き上げられたにもかかわらず、濱尾には疲労の色が見られない。

松永安左エ門とタイプは違うが、人の上に立つリーダーとしての威厳というかオーラを持つ人物として、凄い人だと思う。

「会見を見ていて、どう思った？」

濱尾はいつも、前置きなしに尋ねてくる。

「我々が事故調を立ち上げる意義について、メディアに理解してもらうことの難しさを痛感しました」

丸鍋には「君はしゃべりすぎです。分を弁(わきま)えたまえ」と叱られるが、社交辞令を濱尾は許さない。

「我々は今、日本人の敵だからね。簡単には、主張を認めてもらえないんだ。君や私の思いを正しく理解してくれる者は誰もいない」

事故調査委員会の必要性を訴えた時、丸鍋をはじめ皆が「国民感情を無駄に刺激するだけだ」と言って大反対した。それでも、濱尾は秀樹の提案を受け入れた。

「申し訳ありませんでした。己の浅はかさと未熟さを、深く反省しています」

「反省なんてするな。秀樹、首都電社員は省みてはならない。ただひたすらに前を向いて進めば良い。リーディングカンパニーとは、そういうものだ」

それを世間では、傲慢と呼ぶ。しかし、濱尾が言うと説得力がある。

「私には、なかなか理解できないことですが、勉強して参ります」

「結構。ところで、君に使いを頼みたい」

「なんでしょうか」

「午後二時から、内閣府で第三者機関による事故調査委員会(TOAI)の記者会見が行われる。それに、出席してくれないか」

え？

「あの、私は記者ではありませんが」

「記者会見はオープンで行うそうだから、記者でなくても出席できる。それに君の名刺を見て拒絶するような者はいないよ」

首都電の威力なのか、それとも事故当事者として当然なのか。あるいは、濱尾のご威光に逆らえる者などいないという意味なのか、秀樹にはその意図が分からなかった。

「それから、質疑応答の時に、質問して欲しい」

「さすがに私では……」

「怯むことはない。事故直後のイチアイにいた君なら、どうってことはなかろう」

そんな風には言われたくないのだが、濱尾が行けというなら行くしかない。

「頑張ります」

「結構。それで、二つの事故調を一体化するべきではないかと尋ねてくるんだ。どうせうやむやにするだろうから、いったい何が問題なのかと詰め寄ってきなさい」

誰もやりたくない役目ではあるが、濱尾の考えには共鳴できる。

「承知しました」

「さらに、会見後、TOAI委員長の芝野氏に会って、我々の事故調との連携を進言してきてくれ」

「こんな時に？　私なんかがお願いして会って戴けるでしょうか」

これは命令だと濱尾の顔が言っている。

「畏まりました。必ず」

「ところで君は、磐前県の被災者支援を行っているNPOのSJAという団体を知っているかね」

「サムライ・ジャパン・エイド、ですか。知っているといっても名称程度ですが」

「代表はアンソニー・ケネディという人物なんだが、一度、どんな男か見てきて欲しい」

濱尾が、熱心に磐前県内の被災者支援を行っているのは知っている。その一環の話かも知れないが、そちらの方には、別の担当社員がいる。

「下川（しもかわ）さんではなく、私が行くのですか？」

「郷浦君、何度言ったら分かるんだね。会長のご命令には、絶対服従です」

濱尾に寄り添うように控える丸鍋がすかさずとがめた。

「丸鍋君、いいんだ。秀樹はこれでいい。実は、ケネディ氏の伯父上を知っていてね。甥のアンソニーに会ってみたいんだ。だが念のために、君にまず会ってきて欲しい」

「了解致しました。では、早速連絡を取ってみます」

会長室を出ると、思わずため息が漏れた。

濱尾や丸鍋と一緒にいるだけで、全身から汗が噴き出すような緊張感に襲われる。社員数四万人を数える首都電のみならず日本の財界に君臨する男と直接話をしているのだ。四万人の社員の最底辺に近い秀樹が、緊張するのは当然である。

「郷浦君、会長室長から言いつかったものよ」

先輩社員の西崎さやかがカメラバッグをデスクに置いた。

「なんですか、これは？」

「ビデオカメラとデジカメ。内閣府の会見に行くんでしょ。会見の様子を撮影するようにというご命令」

ご愁傷様という言葉まで聞こえた気がした。

誰か一緒に来てくれないかと思ったが、頼めるような相手もいない。秀樹は、室員動向を記すホワイトボードに一三時半〜一六時・内閣府と記して、部屋を出た。

約半年間、広報室に所属していた経験で、メディアへの対応はそれなりに出来るようになったし、企業ＰＲのための取材を受けたこともある。だが、政府の記者会見に、取材者の立場で参加するのは初めてだった。

秀樹を記者会見に参加させるのは、会見の模様を知りたいためではないだろう。それだけなら、内閣府のホームページで視聴できる。

秀樹が質問に立つことで、首都電事故調とＴＯＡＩは連携すべしとアピールするためだ。

それを実行した途端、秀樹はメディアに囲まれるだろう。なぜ、この会見場で、あんな質問をしたのかと。

その対応についても濱尾に聞いておくべきだった。

しかし、濱尾に思惑があれば、明確に秀樹に伝えたはずだろうし、これは自身の考えで答えよということだ。

神のように畏(おそ)れられている濱尾だが、秀樹に対しては、言動を縛ろうとはしない。それどころか、秀樹の意見に耳を傾け、時にそれを実践しようとしている。例えば事故調にしても、社内では「発案者は、郷浦秀樹君」だと、濱尾は明言している。

当然、濱尾の周囲は、それが面白くない。ことあるごとに「あまり調子に乗らないように」「会長のご命令には、黙って従うのが社員の務め」という教育的指導がなされる。

しかし、そのように振るまうと、濱尾からお叱りを受ける。

この状態を「会長からの信が厚い」というのか否か分からないが、とにかく記者に囲まれたらなんと答えるかは考えておかねばなるまい。

まずはイチアイ周辺住民へのお詫びか。それから首都電の事故調の重要性を理解してもらおう。そして、政府と首都電がいがみ合うのではなく、協力して未曾有の事故について調査すべきだと訴えよう。

内閣府は、総理官邸のすぐ近くにある。霞が関から離れているのは、総理を支えるための官僚集団であるという意思表示なのだろうか。

入口で身分確認はされたものの、会見場まではスムーズに進めた。

大勢の記者でごった返している。顔見知りの記者もそれなりにいた。願わくば、誰にも気づかれたくなかった。

なのに、受付でいきなり内閣府の職員が反応した。「あ」と言ったきり、秀樹が差し出した名刺を凝視している。隣で受付している記者に気づかれたらまずい。

「あの、資料を戴けますか」

息苦しくなって言葉を吐いた。

「失礼しました。どうぞ」

秀樹の眉間や首筋には汗が滲み出ていた。

大勢の記者で埋め尽くされている中、秀樹は最後列の目立たない席に座った。ビデオ撮影の準備をしたあとは、資料を読んで、ひたすら俯いていた。

「大変お待たせしました。それでは、記者会見を始めます」

慌ててビデオカメラを構えた。

雛壇に三人の男性が上がった。

宮永大臣と湯河の顔は秀樹でも知っている。白髪頭の男が、芝野だろう。

司会者が三人を紹介した。芝野がＴＯＡＩの委員長、湯河が事務局長に就任するという。そして、宮永は会見用のペーパーを読み上げた。

「首都電力磐前第一原子力発電所の事故収束の目処は、いまだに立っておりませんが、政府としてはこの度の原発事故の原因を徹底究明するために、第三者機関による事故調査委員会を発足する運びとなりました。時期尚早という意見はあるでしょう。しかし、現場検証をするのは、早いに越したことはない。私の実感からすれば、遅すぎるぐらいです。未だ事故の収束が見えない現状ですが、徹底究明のためにも、ある程度の危険は覚悟の上で現地の実況見分等も行い、今年度中には、中間報告をまとめたいと考えています」

抽象的な理想論ばかりをこね回す閣僚が多い古谷政権にあって、実務派である宮永の説明には不退転の決意と事故調としての明確なメッセージが込められている。

「なお、事故調は、あくまでも第三者機関としての位置づけですが、調査に当たっては不肖宮永の権限で、強制力を持って行いたいと考えております」

強制力を持った調査機関というのは、首都電や資源エネルギー庁、原子力安全・保安院に対する強烈な牽制球になるだろう。

俺たちは本気だ。隠し事は許さない。宮永はそう言っている。

「具体的な事故調の委員や組織編成等は、改めて事務局からお知らせします」

そこで、宮永はＴＯＡＩの委員長と事務局長の二人を紹介した。

「芝野健夫氏は、日本を代表する事業再生家として数々の企業の再生に尽力されました。また、近年では、ベトナムにおける原子力発電プラント輸出の日本交渉団代表として、日越の戦略パートナー調印で、成果を上げて戴きました。企業が抱える諸問題に精通しているだけではなく、原発にも詳しい芝野さんに、事故調査のために集まる専門家を束ねるという大役をお願いしました」

芝野が挨拶し、続いて湯河が紹介された。

その辺りから、秀樹は緊張してしまった。もうすぐ質疑応答が始まる。どのタイミングで、手を挙げて尋ねればいいのだろうか。最初はないな、最後の方がいい。しかし、その頃合いが分からない。そんなことばかり考えて、会見の内容が頭に入ってこない。

「それでは質疑応答に移ります。必ず挙手戴いて、指名された方がご発言下さい。その際、所属社名とお名前もおっしゃって下さい」

挙手の多さに驚いた。

これまでに立ち会ったことがある首都電の記者会見とはまるで違う。これは、うかうかしてると、質問の機会すら与えられずに終わってしまう。

「毎朝新聞の源義克（みなもとよしかつ）と言います。通常、事故調の委員長というのは、専門分野の大学の名誉教授のような方か、法曹界の重鎮が務められると思うのですが、原発や事故を調査するという分野においては、ずぶの素人である芝野さんに、委員長が務まるのでしょうか」

酷い言い様だが、雛壇の三人は余裕だった。答えたのは大臣だった。

「君、本人を前にして、よくそんな失礼を言うねえ。大学の先生にお願いすると、アカデミックな切り口ばかりをやりたがる。けど、政府が求めているのは、本物の調査なんだ。ここではっきりと言っておくが、ＴＯＡＩは、事故責任を追及する組織ではない。なぜ事故が起きたかを調査し、分析するためにあるんだよ」

宮永が言い終えると同時に、一斉に手が挙がった。凄まじい迫力だ。ダメだ、完全に気後れしている。

さあ、どうする、秀樹。

グズグズと迷っている間に、質問が次々と放たれた。委員の顔ぶれについてや、調査の具体的内容など、質問は容赦なく飛ぶ。やがて――。

「東西新聞の秋野（あきの）と申します。本日午前に、首都電力が事故調を立ち上げ、ＴＯＡＩと連携を図りたいと濱尾会長が発言していますが、それについてどう思われますか」

来た――！　今だ。このタイミングで自分が質問に立てばいい。

秋野という女性記者の質問には、芝野が答えた。

「首都電力がどのような趣旨と意図で事故調を立ち上げたのかについては存じ上げませんが、我々は敵同士ではないので、連携は吝かではありません」

「突然、失礼します！　首都電力の郷浦秀樹と申します！　芝野さんに質問がございます」

挙手するのも忘れて立ち上がって叫んでいた。

会場がどよめいている。秀樹は目眩(めまい)を起こしそうになった。

「郷浦さん、どうぞご質問下さい」

13

二〇一一年四月一一日午後二時二六分　東京・永田町

「突然、失礼します！　首都電力の郷浦秀樹と申します！　芝野さんに質問がございます」

そう叫ぶ青年の顔をよく見ようと、芝野は目を細めた。まだ、子どものような若者だ。それにしても首都電も大胆なことをする。彼が、このあと、メディアの餌食になるのも織り込み済みなんだろうか。

「郷浦さん、どうぞご質問下さい」

「この度、甚大な事故を起こしたことを、まずお詫び申し上げます。周辺住民の皆様、企業、行政関係者の皆様にも多大なご迷惑をおかけしております。本当に申し訳ございません」

その一生懸命さは好感が持てるが、明らかに場違いな言動だ。すぐさま、カメラマンが反応した。会見場の異様な空気に若者も気づいたようだ。

隣席にいた湯河が、メモを見せた。彼のプロフィールが書いてある。

震災直後に、イチアイの免震重要棟内におり、その様子を書いた手記を週刊エメラルドで発表した首都電の広報マンだ。

「失礼ですが、郷浦さん、早く質問に入って下さい」

司会者に催促されて、郷浦は慌てて続けた。

「大変失礼致しました。質問と申しますのは、芝野さんは、弊社で発足した事故調をどのように評価されているのか。さらに、二つの事故調を一つにまとめるとお考えなのかどうか教えていただきたい」

「週刊エメラルドを読みましたよ。生々しくかつ重要な手記でした。あれで、私も震災直後のイチアイの緊迫感が想像できました」

郷浦の周囲をカメラマンが取り囲んでいる。雛壇の三人はこの会見の主役をすっかり奪われた格好だ。

「それで、ご質問のお答えですが、残念ながら、御社の事故調の存在を知ったのは、今日の午前です。したがって、何の知識もないので、評価は出来ません。ただ、首都電が事故の原因を調査されることは、歓迎しております」

湯河から再びメモが来た。

〝二つ目の質問は、無視して〟

「それと、事故調は一つに統合すべきだと思います。その場合は、こちらに合流して欲しいですね。その件については、私が御社の濱尾会長にお会いしてお話をするつもりです」

誰かに指図されたのか司会者が慌てたように、会見を切り上げた。

会見場の出口に向かう芝野の耳元で湯河が責めた。

「どういうつもりですか。なぜ、相手の挑発に乗るような発言をするんです。奴は、濱尾会長が差し向けた刺客ですよ」

「刺客は、言いすぎでしょ。郷浦君の勇気に対して、あの程度はお答えするのが礼儀です」

「湯河、いいじゃないか。なかなか面白いショーだった。それより、青年は無事に会社に帰れるのかな」

湯河の背中を叩きながら、宮永が興味津々で、報道陣に囲まれた郷浦を眺めている。

確かに、暫くは会見場から出してもらえないだろうな。湯河が言うように、彼を遣わしたのが濱尾だとすれば、残酷な男だと改めて思った。

やられた。完全に、返り討ちだ……。

芝野に軽くいなされただけではなく、マスコミに秀樹の素性までアピールされてしまった。

「郷浦さん、会見に来られた理由を、教えて下さい」

椅子に座り込んで呆然としている秀樹の前に、マイクが数本突き出された。

「あの、第三者機関による事故調が立ち上がると聞き、お邪魔しました」

「どなたかの命令ですか」

「私個人の意志です。今日の午前に設立が発表された首都電内の事故調の事務局員を務めているので、勉強しようと思って参りました」

「濱尾会長の指示じゃないんですか」

「いえ、あくまでも私一人の判断です」

記者の人垣が多すぎて、押し潰されそうだ。すでに雛壇上に芝野らの姿はなく、会場は撤収作業に入っている。

「すみません、社に戻りますので通して下さい」

「民間企業の人が記者会見に飛び入りって珍しいんだけど、首都電は気にしないんだ」

秀樹は立ち上がったが、記者が多すぎて身動きが取れない。

「先程申し上げたとおり、上司の指示ではなく、あくまでも個人の興味として……」

「記者会見って社会科見学じゃないんだけど。なんか、メディアをバカにしてないか」

「そんなつもりはありません。もし、不快な思いをされたのなら、それはお詫びします」

「ちょっと！　一般人が会見に出てはいけないルールなんてないでしょ。そんな閉鎖性こそ問題でしょうが」

秀樹を差し置いて記者同士の言い合いが始まった。ここが逃げ時と記者をかき分けて進んだ。しかし、今度は別の記者が待ち構えていた。

先程、首都電の事故調との連携について芝野に尋ねていた東西新聞の女性記者、秋野だった。彼女は、丁寧に名刺交換をした上で尋ねた。

「首都電内に事故調を立ち上げよと強く進言したのは、郷浦さんだそうですね」

社内の一部では知られているが、社外には広報していない。

「そんなことはありません。そもそも私のような若輩の意見が通るわけもなく」

「謙遜しないで。あなたの手記が、濱尾会長の目に留まって以来、あなたは会長のお気に入りとして会長室にも出入りしていますね」

断言されてしまうと、反論しにくい。

「あなたがこの会見にいらしたのは、首都電としては、第三者機関による事故調査委員会が煙たい存在だからじゃないんですか」

「そんなことは、まったく思っていません。ただ、一緒にやる方が効果的じゃないですか」

「それは、首都電の方針でもありますよね」

「今のは、私の個人的意見です」

「首都電が事故調を一つに統合したいと思っているのは、こちらで取材済みなんです。それより、会見に参加されて、いかがでしたか？　首都電内の事故調は不要で、調査はＴＯＡＩに任せるのがベターだとは思いませんでしたか」

秋野は、質問しているというより、追認を求めているようだ。だが、彼女の思うとおりに答えるわけにはいかない。

「分かりません。しかし、芝野委員長が、一つに統合すべきだとおっしゃった点については、大変良いことだと思いました」

「芝野さんの発言は意味深でしたね。あれは、あなたが濱尾会長から遣わされたと承知の上でおっしゃったのでは？　つまり、このメッセージを濱尾氏に伝えよという」

そうなのか！　緊張のあまりそんな忖度をする余裕はなかった。

「いずれにしても、勇気がありましたね。記者がこれだけ詰めかけている中で、堂々と質問をぶつけるなんて、誰にでも出来るわけではない。今度、ご飯でもご一緒にいかが？」

機会があればぜひと返して、秋野から離れた。さらに次々と記者が話しかけてきたが、なんとか振り切った。

廊下を走って階段の方に向かったところで、防災服を着た女性が秀樹の前に立ちはだかった。

「イチアイ対の佐久間と言います。湯河がお話をしたいと申しております」

あの小僧は何を考えている！

芝野に堂々と質問をぶつけた郷浦の存在に、湯河は度肝を抜かれた。なぜ、この場に首都電の社員――しかも、よりによって濱尾のお気に入りがいるんだ。

おまけに、あのお気楽野郎が小僧の質問に丁寧に答えるから、メディアに格好のネタを提供してしまった。

何が、首都電事故調と合流だ。そんなものは不要だ。俺たちがねじ伏せて言うことを聞かせればいいんだ。その上、濱尾に会いに行くとまで言いやがって。

湯河は怒りに震えながら、〝郷浦君を捕まえて、イチアイ対に連れてきてくれ〟と佐久間と歌川に命じた。

このまま帰すわけにはいかない。

〝郷浦青年を確保しました。四階の第三応接室に連れて行きます 佐久間〟

宮永と雑談をしている芝野には何も言わずに、応接室に向かった。

郷浦の飛び入りがなければ、記者会見自体はまずまずだったと思う。何より、あれほど大勢の記者が集まったのは収穫だった。メディアと国民が、原発事故についていかに関心を持っているかが証明された。あとは、期待に応えるだけの成果が上げられるかどうかだ。

湯河が第三応接室に行くと、まだ誰も来ていない。ＴｗｉｔｔｅｒなどＳＮＳの反応をチェックしていると、佐久間と歌川に伴われた郷浦が現れた。

改めて見ると、郷浦は未成年かと思うほど若い。入社二年目だというのだから、若くて当然なのだが、年齢的なものではなく、世間知らずの未熟さが丸出しだ。

「さて、郷浦さん、首都電力の方がTOAIの会見に出られるのであれば、一言お声がけ戴くのが筋だと思うが」

「すみません。突然、思い立ったもので」

「事前連絡をしたら、我々が断ると思ったんじゃないですか」

「違います！　本当に、急に思い立ったんです」

ウソをつく時に視線を逸らすところも幼稚すぎる。

「会見のご感想を聞かせていただけますかな」

そう言うと、拍子抜けしたようだ。きつく高圧的に叱られるとでも思ったのだろうか。

「感想、ですか。とても期待が持てる事故調だと思いました」

「ならば、御社の事故調は不要では？」

「弊社の事故調も必要です。なぜなら、事故を起こした当事者が、事故原因を調べないなんて、あり得ませんから」

理屈は通っている。

「だが、事故調とまで銘打つ必要はないでしょう。まずは御社に冷温停止を最優先に取り組んでいただき、それから事故原因を調査してもらえばいい」

「見解の相違だと思います。事故を起こした当事者だからこそ、徹底的な調査を行うべきです。我々の事故調は、外部から識者をお呼びして、客観性を死守します」

「それは責任ある立場の方が口にする言葉だ。君が、いくら客観性を死守すると言っても、社内で権限のない者に何が出来るんですか」

「確かにそうですね。でも、濱尾会長以下、事故調立ち上げを検討している弊社の総意として、責任転嫁のための事故調ではないと認識しております」

勝手に言ってろ。

「先ほど芝野委員長が、君に答えた件だが」

「責任を持って、濱尾に伝えます」

「いや、それはやめて欲しい。芝野さんの発言は、君の一生懸命な姿に心打たれたもので、濱尾会長と芝野委員長が会うというような予定はないんだ」

「そうなんですか！　では、芝野さんに会わせて下さい。直接、その件を伺いたいです」

「その必要はないよ。郷浦君、君も我々も組織の一員として行動している。君は首都電の平社員に過ぎない。公式に濱尾会長から命じられて会談のセッティング交渉に来たのならまだしも、君は終始、個人の興味で来たと言ってるんだ。ならば、勝手な行動は慎みたまえ。我々の見解は、事務局長である私が言ったとおりだ」

14

二〇一一年四月一一日午後八時〇四分　東京都台東区今戸

鷲津は、台東区今戸の桜橋桟橋にいた。これから屋形船に乗り込んで、隅田川をゆっくりと下り、サムとリンと共に夕食を楽しむのだ。

屋形船は密談や接待に重宝する。最初に手に入れたのは、一九九〇年代の終わり頃だった。

船場(せんば)の豪商だった祖父も、屋形船を持っていた。幼い頃に大阪で船遊びを楽しんだ記憶が、鷲津にはある。

三代目の鳳凰(ほうおう)Ⅲは二年前に購入した。建造から二〇年を経たボロ船だったが、大幅にレストアした。

屋形の部分は、江戸時代と同じ上質の飫肥(おび)杉を惜しげもなく使っているが、船底などは、耐久性・防錆性に優れ、船体を軽量化できる繊維強化プラスチック(FRP)製だった。さらに、エンジンは、クルーザーエンジンのトップメーカーであるマーキュリー社製のもので、007張りの様々な仕掛けを施すなど、贅を尽くした。

鷲津とサムはブルックリン・ラガーを瓶飲みし、リンはよく冷えたカリフォルニアワインのレッド・カー　トロリー・シャルドネを水を飲むように楽しんでいる。

テーブルには、鷲津が所望した白身魚が中心の刺身、それに菜の花のおひたしやタラの芽の天ぷらなどが並んでいる。

「自粛ムードが続いているのに、こんな贅沢をするなんて気が引けるわ」

ビジネスでは冷酷なまでに強気なリンだが、世間の空気は人一倍敏感に読み取る。

「自粛して東北が復興するんだったら、いくらでも自粛すればいい。しかし、日本中がいつまでも災害の傷を抱えているのは、健全じゃないだろ」

被災地と被災者を慮(おもんぱか)ることは重要だろう。だからといって、何もかもが停滞していては、日本経済も社会も浮上できずに終わってしまう。

被災者でないならば、顰蹙を買ってでも、普通の生活に戻るべきだと思うのだが、せめて世間の目は憚(はばか)った方がよいとリンが言うので、屋形船での宴会と相成った。

四月とはいえ、川の上にいると夜風が冷たく、船内には火鉢が用意されていた。

「海外も日本の停滞ぶりに驚いています。地震大国というだけあって日本は災害に強いという印象があったのに、被災地のみならず国全体が機能不全に陥っているのが理解できないようです」

「サム、それこそが日本なのよ。この国は、常に一心同体の生き物なの。だから、どこかに大きな悲劇が起きれば、列島全体が激しく動揺する。アメリカのように州単位で好き勝手に生きている多頭生物とは違う」

「リンは、俺より日本人だな。俺は痺れを切らした。そろそろ勝負に出たいところだ」

ビールを飲み干すと、鷲津は日本酒に替えた。春にちなんで、櫻正宗という灘の酒を開けた。

「あなたには言うだけ無駄だけど、急いては事をし損じる。勝負の時はまだ先よ。首都電の再生について本気で考えているのは、限られた連中だけでしょう」

「おそらく、政彦と同じぐらい首都電の行方を気にしているのは、財務省の幹部ぐらいじゃないですか。それと、アメリカかな」

そう言ってサムも手酌で酒を飲み始めた。サムは端然と正座し、巧みな箸使いで刺身を口に運ぶ。その所作のすべてが美しい。鍛えられた武道の師範のようだ。

それにひきかえ鷲津は、胡坐をかいた足がすっかり痺れている。

「アメリカって？」

リンが尋ねた。

「知ってのとおり、アメリカ大統領は成長産業の創出と地球温暖化対策のために、十八年ぶりに新規原発の建設を進めています」

「グリーン・ニューディールでしょ」

共和党系を支援する米国の石油産業の増長を抑え込むために、温暖化対策を持ち出して、火力発電所の減少を謳った。代わりに、原子力発電所という危険物の新規建設推進で雇用を生み出すから、グリーン・ニューディールときた。

しかし、イチアイの事故で、その政策が立ち往生しているのだ。

「サム、アメリカからプレッシャーをかけたいんだが」

「どういうプレッシャーですか」

リンの咎めるような視線に気づいたが、気にしないことにした。

「首都電が破綻したら、日本経済は大混乱する。関連会社の連鎖破綻はもちろん、メガバンクも大きな傷を負うだろう。それはアメリカも望まないはずだ。そうでなくても、東欧では今なおリーマンショックの影響で、国家破綻危機が続いているんだ。そのうえ、先進国クラブの中で最も安定しているはずの日本で経済危機勃発なんてことになれば、世界が肺炎になる」

これについては、米国政府も国際通貨基金(IMF)もそろそろ懸念し始めているだろう。だが、さすがに露骨な干渉は出来ない。

「なるほど……」

「財務長官に、日本の財務相をプッシュしてもらえたらありがたいな」

「アメリカ財務省のお友達に聞いたけれど、そんなのは、すでにやっているわよ」

無関心なのかと思っていたリンが嘴(くちばし)を挟んできた。あれだけ被災者への配慮とか言うくせに、やることはやるリンには呆れる。

「それで？」

「首都電の債務超過を防ぐための奉加帳が回った頃から、財務省や金融庁と密に連絡を取っているらしい。日本は財務省が中心になって、首都電破綻を想定したシミュレーションを策定しつつあるそうよ。もっとも、官邸は耳を貸さないみたいだけどね」

リンが障子を閉めた。こんな場所で、盗聴もあるまいに。

「財務省は政治家抜きで、経産省とタッグを組むみたい。それで、首都電破綻のXデーに備えた受け皿のスキーム作りを始めている」

官邸が機能不全になったために、官僚たちが独断専行しているのか。いや、これは彼らの組織の中に埋め込まれたＤＮＡが、危機管理を優先せよと命じているのかも知れない。

「で、そのスキームとは？」

リンが肩をすくめた。

「それは、あなたが芝野さんに張り付けた新顔二人に探ってもらってよ」

「財務省からも生情報が取れるようにした方がいいな。サム、心当たりはあるか」

「なくはないですが、弱いですね。最近、財務省とは縁がないので」

鷲津もそうだった。バブル時代には、当時の大蔵省に複数の情報源がいた。だが、このところ海外での案件が多いため、手薄になっていた。

高級官僚を情報源にまで手なずけるのには、それなりの手間がかかる。今から探しても、大したピースにはならないだろう。

「堀(ほり)さんに、ひと肌脱いで戴くしかないですね」

かつて日本銀行の理事まで務めた堀なら、財務省の上層部にも人脈があるはずだ。

堀は熱海にいる。

船は横揺れして栈橋に横付けされた。

「あと、一五分ほどで竹芝です」

船頭に声をかけられて、暫くは食事に専念した。箸を口に運ぶうちに、船は横揺れして桟橋に横付けされた。

桟橋で待機していたケイタリング会社のスタッフ二人が船内に乗り込んでくると、七人がゆったりと座れるようにセッティングしなおし、新たに酒と軽食を並べた。

準備が整ったところで、全員が顔を揃えた。初めての乗船となる加賀と会津は、興奮して室内を眺めている。

鷲津はタバコをくわえると、舳先に出た。前島が続いた。一〇分ほど前に、スマートフォンに〝要至急ご相談〟というメールが来ていた。

「兜町に出入りする経済ジャーナリストの一部に、動きを察知されたかも知れません」

「どの程度、バレたんだ」

「我が社が、首都電株を買い漁っているというレベルまでは」

もう少し潜行したかったが、そろそろ限界か。

「日本通信の八島が精力的に取材をしているようです」

「あいつは、俺に恨みでもあるのか」

「ヒーローが嫌いだそうです」

思わず笑ってしまった。

「いつから、俺はヒーローになったんだ？」

「私にとっては、鷲津さんはずっと英雄ですが」

「それは光栄だな。では、そろそろ関東財務局に報告すべきか」

「明日には申告できるように準備を進めています」

前島は、仕事が早い。

「じゃあ、申告してくれ。そして、明日にでも記者会見を開こう」

リンは非難するだろうが、時期尚早と言っている余裕はなくなってきた。

「それと、もう一つご報告があります」

アンソニーが、Jファームへの立ち入りを拒否されたという。

「サムライ・ジャパン・エイドが、鷲津さんの息が掛かった団体というのが理由のようです」

濱尾も相当焦っているな。

「アンソニーに戻るように伝えてくれ。嫌がったら重大な話があるとでも言ってやれ」
そろそろアンソニーの慈善活動も終わりだ。
船頭が、出船の準備が出来たと告げに来た。
前島が船を下りるのを見届けて、鷲津は船室に戻った。
いよいよ俺たちの仕事も船出だ。

第五部　激震

1

二〇一一年四月一二日午前二時〇六分　東京・晴海

闇の中、轟音と共に免震重要棟が激しく上下左右に揺さぶられた。そして、いきなり屋根が吹き飛ぶ。見上げた空はオレンジ色に染まり、熱風が秀樹を襲う――。

汗だくになって目覚めると、携帯電話が鳴っていた。

また、あの夢か――。

寝ぼけまなこをこすりながらディスプレイを見ると、首都電力広報室長の若田とある。

「郷浦です！　お疲れ様です」

「寝てたのか」

「すみません」

寝ていてはいけない時刻かと目覚まし時計を見やると、午前二時過ぎだ。なのに電話の向こうはやけに騒々しい。

「日本通信のネットニュースで、首都電がハゲタカファンドに買収されそうだという記事が出た」

「すぐに確認します」

冗談だろ。今の首都電を買おうなんて、どうかしてる。

「それはいい。おまえ、会長のご自宅は知ってるか」

なんとなく、と答える前に、若田が住所を告げた。ベッドサイドに置いたメモ帳に何とか番地を書き留めた。

「今から、そこに行ってくれ」

「こんな時刻に大丈夫でしょうか」

「時刻なんてどうでもいい。とにかく行け」

電話を切ると、秀樹は慌ててノートパソコンを開き、日本通信のサイトを開いた。

特報！　ハゲタカファンドが
首都電株を大量購入　買収目的か

株を大量購入しているのは、世界有数の投資ファンドのサムライ・キャピタルだという。経済に明るくない秀樹でも、企業名は知っていた。トップの鷲津は、カリスマ的投資家だともてはやされている。

記事によると、サムライ・キャピタルは首都電株を少なくとも二〇％以上取得しており、過半数奪取を狙っているとある。

また、証券会社のアナリストが、暴落が続く首都電株が時折凪のように下落が止まっていたのはサムライ・キャピタルによる取得が原因だったのではないか、とコメントしていた。

記事は「買収目的」と断定しているが、サムライ・キャピタルのコメントはない。

もしや、これは、記者の独断記事ではないか。

分からないことだらけだが、とにかく出掛けなければ。下っ端社員の秀樹は、上司の命令に従うしかない。

秀樹は顔を洗うと、洗濯カゴに突っ込んだままの皺だらけのワイシャツの中から、一番ましなものを引っぱり出して羽織った。

首都電の社員寮は、晴海埠頭に近い。深夜は、タクシーがつかまえにくい場所だった。大通りを銀座方面に向かって一〇分ほど歩いたところで、ようやくタクシーをつかまえた。

移動中も、同様の記事がないかを調べた。

日本通信以外のメディアのウェブニュースでは、記事は見つけられなかったものの、ポータルサイトでは、トップ扱いされている。物凄い速度で情報が拡散されているのだろう。

広報室は、てんてこ舞いなんだろうな。だから広報室長自らが電話をかけてきたのだろうか。

そもそも僕は、会長の自宅で何をすればいいのだろう。

会長室に籍はあるが、秀樹は会長室の上司や先輩のように、濱尾自身をアテンドする業務には就いていない。

特に、会長肝いりの事故調査委員会の発足が決まってからは、その準備に追われていた。そんな立場の若造が、会長宅に行って役に立つようなことがあるのだろうか。

とりあえず、サムライ・キャピタルや首都電株大量取得関連について情報収集をしておこうと、検索サイトを開いた。

サムライ・キャピタルは、日本国内だけではなく、世界規模で投資活動を展開している。鷲津政彦社長は、「自分に買えない会社はない」と豪語しており、曙電機やアカマ自動車、さらには米国最大のメーカー、アメリカン・ドリーム社などの買収に関わっていた。ADの時価総額は、首都電よりも大きいようで、それを考えると、サムライ・キャピタルには首都電を買収する能力はあるようだ。

最近では、日本の政府系電力会社、日本電力を買収しようとしたが、失敗していた。もしかしてJエナジーで失敗したから、今度は首都電を狙おうとしているのだろうか。

だとしたら、迷惑な話だ。

ついでにSNSものぞいてみた。

〝鷲津が首都電狙ってるって、めっちゃヤバイ！　一体、値段は、いくらなんだ〟

〝腐った首都電を、買い叩く、買い叩く、買い叩く!!〟

〝ハゲタカ鷲津が首都電買収って、火事場泥棒みたいじゃん〟

〝どういう発想をすれば、あのボロ会社で利益を得られるのか。暫く、要注目！〟

深夜でありながら、ツイッターだけは元気だ。すでに〝ハゲタカ首都電買収〟のハッシュタグもついている。

画面をスクロールしていく中で、気になるツイートを見つけた。

〝これって、Ｊエナジーの時に、濱尾に買収を邪魔された復讐かな〟

そんな事実があるのだろうか。当時は学生だったので、秀樹には知識がなかった。

秀樹は、検索サイトで、「Ｊエナジー　鷲津　濱尾」と打ち込んで検索した。

すると、膨大な量の結果が出てきた。内容は、鷲津がＪエナジーを買収しようと試みたのを、濱尾会長が財界代表として阻止したとある。

新聞社のウェブサイトには、そのような記事は見つからなかったが、怪しげな経済アナリストのブログなどでは、様々な憶測が飛び交っていた。

あれこれ考えると、どんどん悪い方向へ突き進みそうで、秀樹はそこで思考を止めた。

2

二〇一一年四月一二日午前三時一九分　東京・永田町

内閣府の仮眠室で眠っていた湯河を、誰かが揺り起こした。

「お休みのところ、すみません」

目を充血させた歌川の顔がある。

「どうした？」

「首都電株をハゲタカファンドが大量購入、という記事が出ました」

「ハゲタカファンドってのは、鷲津のところか」

歌川が頷いた。

クソ！

やっぱり、あいつはそのつもりだったんじゃないか。

「芝野さんには伝えたか」

「いえ、まだです。さすがにこの時刻なので」

何時だろうが構わず叩き起こしてやれと思ったが、まずは事実確認が先だ。

歌川とオフィスに戻って、記事をチェックした。

日本通信だけのスクープ記事か……。

記事に署名があった。

「八島って記者を知ってるか」

「いえ、経産省の記者クラブには登録されていません」

「日本通信に知り合いは？」

「何人かいます」

それらの記者に当たるように指示したところで、携帯電話が振動した。日本政治経済新聞の記者だ。

「ご無沙汰だな、楢葉（ならは）君、こんな時間にどうした？」

「いやあ、びっくりしましたよ。いきなり日本通信が、とんでもないスクープをぶちかましてくれたんで。おかげで、こんな時間に叩き起こされた上に、経済産業省（METI）に事実確認しろと言われちゃいまして」

暢気な調子で話しているが、内心は怒り心頭に違いない。

「あのネタ、事実だと思うか」

「湯河さん、それを聞くために、私は失礼を顧みずご連絡したんです」

そうだろうな。そうでなければ、楢葉はもっと最初から斬り込んでくる。楢葉は特に電機メーカーやエネルギー問題に精通している。

「寝耳に水、エネ庁筋はそうとしか言えない」

「湯河さんが、事務局長を務めることになった第三者機関による事故調査委員会（TAOI）委員長の芝野さんって、鷲津氏と仲良しでしょ。芝野さんは、なんとおっしゃっているんですか」

「聞いていない。だが、知らなかったんじゃないかな」

知っていたら、国賊ものだ。

「ところで、もらった電話で悪いんだが、日本通信の八島ってどんな記者だ」

「兜町の特ダネ屋を自称していますが、やばいネタを、さして裏も取らずに書くタイプですね。しかも、ネタを取るためには手段を選ばない」

楢葉が嫌っているのは、すぐに分かった。

「よく知っているのか」

「そりゃあ、私だって一応は兜倶楽部のキャップですからね。八島もいますよ」

兜倶楽部は、東京証券取引所に拠点を置く記者クラブ名だ。全国紙や通信社、テレビ局の金融、証券担当記者が籍を置いている。

「つまり、彼は証券担当の記者ってことか」

「それなりのベテランなんで、遊軍的に東証の様々なニュースを拾っていますね」

「あまり裏も取らずに記事にすると言ったけど、今回もそうじゃないのか」

そうでないのは、深夜にもかかわらず楢葉が連絡してきたことで察しが付いた。それでも、聞かずにはいられなかった。

「だといいんですが、この件については断定できなくて。それで、湯河さんのお力を借りたいと思いまして」

「少し時間をくれないか。こちらでも調べてみる。そっちも何か分かれば、教えてくれ」

「了解です。私としては、芝野さんに当たって欲しいですね」

致し方あるまい。

「やってみる。それで、今、おたくが摑んでいるネタは？」

「手分けして証券各社に当たらせているんですが、ちょっと怪しいのが二社ほどあって、もしかすると、もしかです」

だとすると、ＴＯＡＩの組織再編も考えた方がいいかも知れない。

「首都電はどう言ってるんだ？」

「現在、絶賛パニック中です。証券担当役員とか総務部長から事情を聞きたくて探していますが、今のところつかまっていません」

双方で情報が入ったら連絡し合うということで、通話を終えた。

湯河は、今度は躊躇せず芝野に電話をかけた。

三度、留守番電話になった後、四度目で眠そうな声が応じた。

「夜分に申し訳ありません、湯河です」

「何事です？」

湯河が事情を説明すると、驚きの声が返ってきた。

「ご存じなかったんですか」

「まったく！　いや、それは何かの間違いでは？」

「断言できる根拠がありますか」

うなり声が返ってきた。

「鷲津さんに連絡を取って戴き、事実関係を質してもらえませんか」

「この時刻にかね？」

まだ、芝野には危機感が足りないようだ。

「ＴＯＡＩの存続に関わるので、一分の猶予もありません。もし、彼が本当に首都電株を買い漁っているなら、あなたに委員長をして戴くわけにはいかない」

「なぜ、そういう発想になるんだね。彼の投資行動と、事故調は別物でしょ」

「あなたは、鷲津さんの推薦で委員長になったんです。だとすれば、モラルとしてあり得ないと思いますが」

また、うなり声だ。だが、今度は明らかに怒りがこもっていた。

「芝野さん、すでに、メディアも首都電も政府も大騒ぎになっています。一刻も早く真実を知りたいんです。ご尽力戴けませんか」

「分かりました。ただ、事実だとしても、彼は何も話さないと思うがね」

それをしゃべらせるのがあんたの仕事だろ、芝野。

3

二〇一一年四月一二日午前三時三四分　東京・代々木上原

濱尾の自宅は高い塀に囲まれた豪邸で、邸宅というより要塞のようだ。大きなスライド式門扉のインターフォンを押すと、すぐに応答があった。

「夜分遅く失礼致します。首都電力会長室の郷浦と申します」

少し間があって、門が開いた。

広大な庭の先に大きな洋館が見える。しかし案内に立つ男性はそちらに向かわず、庭を横切っていく。そして煌々と明かりが点いたコンクリート造りの二階建ての建物に連れて行かれた。

中に入ると、所狭しとデスクやテーブルが並び、電話で声を張り上げている者、パソコンのディスプレイを睨み付けている者など、思いがけないほど大人数の男女が働いていた。

その中には、広報本部の先輩も大勢いる。もしかして、ここは買収問題の対策本部なのか。だが、なぜ、こんな場所に社員が集められているのだ。

二階に上がると、ドアの前で「暫く、ここで待つように」とまるで軍人のような口調で命令された。案内の男だけ、先に室内に入った。

中の物音は一切聞こえてこない。廊下もエアコンの音がするだけで、人の気配も感じられない。嫌な空間だった。

ようやく男がドアを開け、部屋に招き入れた。芝浦の首都電本社の会長室と同じしつらえの中央に濱尾がいた。

「やあ、深夜に呼び出して申し訳なかった」

こんな時刻にもかかわらず、濱尾は仕立ての良いスリーピースを着ている。

会長室長の丸鍋と広報室長の若田の二人が濱尾の両脇に控えている。

「日本通信の記事は読んだかね？」

一大事だと思うのだが、濱尾の口調からするとさほど気にならないようだ。

「ここに来るまでに、三回読み直しました」

「結構。ハゲタカ一羽に右往左往する必要はないのだが、鷲津という男は、少々厄介なんでね。私たちとしてもそれなりの対策をする必要が出てきたんだ。そこで君にもひと肌脱いで欲しいことがあって、呼び出した。実は、首都電サポーターズ・クラブを結成しようと思う。それで国民の皆様からの応援を募りたい。君がサポーターズ・クラブ勧誘部隊の若手チーム責任者になりたまえ」

「え？」

思いもよらないミッションだった。

「甚大事故が起きたのは事実で、それによって地元住民の方々には多大なご迷惑をおかけした。我が社の信用は毀損し、経営的にも苦しくなった。だが、我が首都電力は、自他共に認める日本を代表する企業であり、多くの方々に愛されている」

秀樹の視界には三人の社の重鎮が入っているのだが、リラックスしている濱尾と比べて、丸鍋と若田の顔つきは険しかった。

「その首都電力が危急存亡のときに、火事場泥棒のような真似をする輩を、我々は許すわけにはいかない。その対抗措置としてのサポーターズ・クラブだ。社内の精鋭による二人一組のチームを結成し、メディアや企業、さらには首都電力の営業エリアの有力者を巡り、サポーターズ・クラブへの参加と首都電支援を呼びかけたい」

ハゲタカに目を付けられたことへの対策としては、甘い気がした。しかし、深謀遠慮を巡らす会長に対して向ける言葉ではない。

「素晴らしいアイデアだと思います。しかし、私のような弱輩者にそんな大役が務まるのでしょうか」

「おい、郷浦、言葉を慎め」

すかさず若田の叱責が飛んできたので、「身に余る光栄です。頑張ります」と言い直した。

「期待しているよ。それで、このサポーターズ・クラブについては若田君に本部長を務めてもらう。今後、若田君の指示に従ってくれ」

「畏まりました。では、社内事故調の事務局の方は如何致しましょうか」

「そちらも続けて欲しいんだが、最優先で取り組んで欲しいのはサポーターズ・クラブの方だ。じゃあ、あとは若田君と話をしてくれ」

若田と部屋を出ると、秀樹は思わず大きな息を吐いた。首筋が汗だくだった。

「鷲津という人が、そんなに大量に株を買い漁っているんですか」

若田はそれに答えず、空室と表示された部屋に秀樹を連れ込んだ。そして、タバコを取り出して火を点けると、うまそうに煙を吐き出し、ネクタイを緩めた。

「下の階に人が大勢いたろ。あれは、社内の資産や株、社債などを管理している部署の連中と、専属の広報チームだ。彼らが国内外の証券会社や投資家に問い合わせているんだが、鷲津が買い集めた株は、日本通信が報じたより多いらしい」

「株価が暴落しているからお買い得だというツイッターの書き込みも読みましたが、事故が収束できず、被災者や被災地への損害賠償を考えると、我が社に買収価値があるんでしょうか」

「そんな質問を、丸鍋や会長の前で、絶対にするなよ。首都電は、日本で最も企業価値の高い会社だと思ってらっしゃるんだからな。もっとも、俺には不可解でしかない。このタイミングでうちを買うなんて、頭がどうかしているとしか思えない」

だが、世界的に名の知れるほどの企業買収者が、触手を伸ばしてくるのだから、それなりの価値を見出しているはずだ。

「過去に日本電力（Jエナジー）の買収を試みて、濱尾会長に阻止された恨みかという書き込みもありました」

「まったくSNSってのはどうしようもないな。あることないこと、何でも拡散しやがる」

普段は上品な若田が、今夜はやけにやさぐれている。

「いずれにしても、君には嫌な役目を押しつけるが、頑張ってくれ」

「鷲津氏の買収対策に首都電サポーターズ・クラブ結成というのは、生ぬるい気がするんですが」

「確かにサポーターズ・クラブという単語だけ取り上げると、そう感じるな。だが、企業が買収されるという危機に直面した時、重要な対策の一つが、ステークホルダーと世論の支援なんだ。株主や債券保有者はもちろん、メインバンクや取引先企業、そしてユーザーや社員が一致団結して、野蛮な来訪者を撥ねのける。その結束力強化が重要なんだ。

さらに、世論を巻き込んで首都電を守ろうというムーブメントが欲しい。だから、世間に向けて、我が社を外敵から守るのを支援して欲しい、我が社を救って欲しいと社員がアピールする必要がある」

一企業の買収劇に世論を巻き込む？　何の意味があるんだ。

「でも、結局は、相手に五〇％を超える株を持たれると、買収されてしまうんですよね。だったら、とにかく我が社で株を買い集めるのが一番では」

「郷浦、もう少し株の勉強をしろ。今、うちの会社に自社株買いをする資金なんてあると思うか？　メインバンクだって、そんな資金を簡単には貸してくれないぞ。つきあいの薄い機関投資家などは、ただちに鷲津に株を売って、損失を最小限にしたいと考えるかも知れない。だから、世論の後押しが必要なんだ」

腑に落ちないが、理屈は理解した。

「それで、私が託された若手チームですが」

「総勢で三〇〇人の若手を抜擢して、それを一〇組に分けて、担当を振り分ける」

若手だけで三〇〇人という数に驚いた。全社的には、どれだけの社員を投入するんだろう。

「人選も、私がやるんでしょうか」

「それは、稲葉がやる」

かつての秀樹の上司、広報本部広報室第三課長の稲葉加奈子も、サポーター獲得オペレーションに投入されるのか。

「では、私は何を」

「世間的には、おまえがチームを率いているという形にしたいんだ。なにしろ首都電の若手の希望の星だからな」

「は？」

「なんだ、自覚してないのか。イチアイの事故リポートは、多くのメディアに取り上げられたろ。そして、会長の後押しもあって、おまえの名前と顔がどんどん露出した。結果、郷浦秀樹は原発事故に立ち向かう我が社のアイコンになったんだ」

リポートがあんなふうにメディアに流された時は驚いた。だが、多くの人に、イチアイで何が起きているのかを知って欲しい秀樹としては大歓迎だ。それで、恥ずかしながらインタビューも受けた。しかし、希望の星とまで言われるとは……。

「おまえは、ほんとに天然というか、鈍感だな。自分が社内でどのように評価されているのかを把握するのは、ビジネスマンの初歩だぞ。今日の記者会見に出て、首都電愛をぶちかませ」

嫌とは言わせない。若田の目がそう言っている。

「活動する際は二人一組でと、会長はおっしゃっている」

もう充分、目一杯なんだけど。

「分かりました。で、ペアの相手というのは？」

なぜか若田がすぐに答えない。最後に大きくタバコを吸い込んだ後、灰皿に押しつけてから口を開いた。

「萩本あかねと組んでもらう」

マジで！

女子サッカー日本代表でもある萩本に、そんな役目を担わせていいのか。

「萩本さんは、了解しているんですか」

「まだだ。おまえが説得しろ」

4

二〇一一年四月一二日午前四時〇六分　静岡県熱海市

保有する老舗温泉旅館の一室に設けたワークルームのスカイプで、鷲津は前島と話し込んでいた。

「大手町の本社には、事実確認と取材依頼が殺到しています。記者会見を前倒しにしますか」

「メディアに対しては、なんて返してるんだ？」

関東財務局への申告は、朝一番で前島が行う。それまでは動かない方がいい。

「本日午前一一時に、東証の大会議室で鷲津が記者会見するとだけ」

「個人的に繋がりの深い記者に対しては？」

「今は、何も話せないと返しています。ボスの方はどうですか」

「一切シャットダウンだ。それと、記者会見は予定どおりでいい。あと、八島についてはどうだ？」

「詳細な身上調査については、サムさんに任せています。知り合いの記者に聞いたところだと、とにかく目立ちたがりでさして裏付けがなくても記事を書いて顰蹙を買うのを楽しんでいるのだとか」

いわゆるお調子者記者（イチビリ）か。

「それと、鷲津政彦が大嫌いなんだそうです」

「人気者は辛いな」

「まったくです。奴の女性関係が派手なんで、その辺りの噂は、サムさんにお伝えしました」

こういうタイプは早めに潰すにかぎる。

幹部社員しか番号を知らないスマートフォンが鳴った。登録されていない番号からだった。

「もしもし？」

「いやあ、鷲津君、久しぶりだね。濱尾です」

5

二〇一一年四月一二日午前四時一一分　東京・両国

芝野はすぐに鷲津に連絡を入れなかった。

気後れしたからではない。

鷲津が首都電力を狙っているのは、薄々気づいていた。

あの男は昔とまったく変わっていない。口ではきれい事を吹くが、企業買収のためにひたすら動いている。

第三者による首都電磐前第一原子力発電所の事故調査機関を、政府に提案するのは愛国心ゆえだと熱く語ったのも戦略のうちだ。

もっとも、あの男の演技力は大したもので、芝野でさえ半ば信じかけていた。とはいえ、こんなに早く、鷲津の企みが露呈したのは意外だった。上手の手から水が漏れたのだろうか。

日本通信の記事には、すぐに目を通した。見出しは派手だが、事実の裏付けに乏しい内容だ。どちらかというと、噂話と思い込みで書かれた印象が強い。このレベルで鷲津に何かを尋ねたところで、鼻で笑われるのがオチだった。

湯河の衝撃と焦りは分かる。このままでは、首都電は確実に破綻するだろうが、国民の興味はそこにはない。それどころか原発事故を起こしたのだから、自業自得と思うだろう。そのため、政府も軽はずみな救済が出来ない。

だったら、いっそのこと買収のプロに任せて、首都電救済のための創造的破壊を推し進めてもらえばいい。それは日本のためにもなる。

騒いだところで何も好転しない——そういう境地が湯河には分からないのだろうな。

ひとまず熱いシャワーを浴びて、頭をすっきりとさせた。それからほうじ茶を淹れて、もう一度、記事を読み直した。

携帯電話が鳴った。湯河だ。

「鷲津さんは何と？」

「連絡していません」

「なんだって！　あんた、共犯者なのか」

「湯河さん、失礼ですよ。あなたが大きなショックを受けているのは分かります。しかし、深夜に電話で叩き起こして事実を質したところで、答えるような相手ではありません。しかるべきタイミングで、彼に会いに行ってきます」

「そんな悠長に構えられても困ります」

湯河は優秀な官僚だし、原発行政に命を懸けている。しかし、ことを急ぎすぎる。

「鷲津氏が首都電買収を計画しているのが事実だとして、今すぐ何か出来ますか」

「それは、事実確認の後で考えればいい」

「首都電は民間企業です。経産省が買収行為にしゃしゃり出る権利なんてありません。そんなことをしたら、逆に非難されますよ」

「あなたは、何も分かっていませんね。首都電は、日本のエネルギー産業のシンボルなんです。巨大地震によって原発事故を起こしただけでも由々しき事態なのに、挙げ句にハゲタカに買収されるなんて、エネルギー産業の監督官庁として見過ごせない。とにかく大至急、本人に接触して、事実関係を質して下さい」

分かってないのは君の方だよ、湯河君。市場に上場している以上、企業は誰にでも買える。それを経済産業省が阻止するなんてあり得ない。

それとも、これが経産省の体質なのか。

芝野の反論を聞くつもりなどないらしく、電話は切れていた。

仕方なく、鷲津に電話をかけてみた。

留守番電話だった。

6

二〇一一年四月一二日午前四時二三分　静岡県熱海市

限られた者しか番号を知らないプライベート用のスマートフォンに、濱尾は電話してきた。相変わらず、自分は何でも知っていると自慢したいようだ。

「濱尾会長、おはようございます。早起きですね」

スカイプで繋がっている前島にも分かるように、相手の名前を口にした。

「早起きは三文の得と言うからね」

「それは、良い心がけですね。ただ、こんな時刻にさして親しくもない相手に電話をする非礼については、ご存じないようだ」

「悪いが、火事場泥棒にマナーを教わるつもりはないよ」

勝手に言いやがれ。

鷲津はブラックコーヒーを注ぐと、三日続いていた禁煙を解いた。

「で、ご用件は？」

「我が社の株を買い漁っているそうじゃないか。これは、日本電力（Jエナジー）買収を阻止されたことに対するささやかな嫌がらせかね」

鷲津は、コーヒーをゆっくりと味わった。

「返事がないね。つまりイエスだと解釈するよ」

「お答え出来ませんね」

「もう一度だけ、警告しておく。私の周辺をうろちょろしたら、また恥をかくぞ。君は分相応の買収ごっこをしていたまえ。日本経済の象徴に悪戯（いたずら）をしたら、一生後悔することになるよ」

笑いを堪えられなかった。

「何がおかしいんだ」

「日本を買い叩くのが私の野望です。それからすると、首都電は格好の標的ではあります。しかし、すっかりゴミ企業と化した御社を買うような酔狂な奴がいたら、お目に掛かりたい」

「野蛮人らしい物言いだな。だんだん不愉快になってきた。一つだけ答えたまえ。君は首都電を買おうとしているのかね」

「ノーコメント！」

そして、電話を切った。

あのオヤジをコケに出来たのだから、まさに早起きは三文の得だな。

「前島、悪いが俺のスマートフォンをもう一台用意してくれ」

「かしこまりました。それにしても、聞きしに勝る傲慢な方ですね」

「財界総理というより、全能の神だな。それだけにこの一ヵ月の政府や金融機関の背信に、はらわたが煮えくりかえっているんだろう。日頃は、ミスター・ジェントルマンなんて持ち上げられてご満悦のくせに、まったく哀れなもんだな」

「それだけ追い詰められているということでしょうね。私たちにとっては朗報です」

だといいのだが、あのオヤジは一筋縄ではいかない。屈辱と怒りをエネルギーにして全身全霊で、逆襲してくるタイプだ。

「赤星（あかぼし）君にも伝えてくれ。日本通信の記事を見て、慌てふためいた濱尾会長が鷲津にコンタクトしてきたという噂を、ＳＮＳで流せ」

メディア対策の最高広報責任者（ＣＭＯ）は、きっと大喜びしてくれるだろう。

前島にも少し休むように告げて、スカイプをオフにした。

会話記録を前島に送信して、受信メールをチェックした。メディア、証券会社のアナリスト、そして機関投資家の連中が、情報欲しさに送信してきている。

芝野からのものもある。

〝早朝に失礼します。何度かけても留守番電話です。申し訳ないですが、電話を戴けませんか。日本通信の記事のことです〟

年寄りは早起きだな。

説教くさい話など聞きたくもないが、政府関係者の状況が分かるかも知れないと電話をかけた。

「早朝に申し訳ないね」

芝野が恐縮したように詫びた。

「日本通信の記事というのは？」

「それを説明する必要はないだろう。第三者機関による事故調査委員会（ＴＯＡＩ）の事務局長の湯河君が、泡を食って私に怒鳴り込んできたんです。あなたの意図は何なのか、と。そして本当に首都電を狙っているのならば、私にＴＯＡＩ委員長を辞任しろとも言ってます」

　バカが大増殖しているようだ。

「それで、何とお答えになったんですか」

「私は、鷲津氏の意図など何も知らないし、たとえ鷲津氏が首都電奪取を画策していたとしても、それとＴＯＡＩは別の話だと返しました」

　模範解答だな。

「冷静かつ的確な対応を感謝します。なのに、私にご連絡されたのはなぜです？」

「湯河君にせっつかれましてね。それに、君が事故調を立ち上げたのも、私を巻き込んだのも、すべては首都電買収のためなのかどうかも知りたいと思いましてね」

　腹蔵なく話せば、相手も誠意を尽くして答えると、この男はまだ思っているんだな。

「首都電株については、今日の午前一一時から記者会見をします。それまでは、たとえ芝野さんでも、お答え出来ません」

「じゃあ、後者の問いにだけ答えてくれ」

それに答えれば、前者の質問を肯定することになる。そういうのだけは知恵が回る奴だ。

「私を買いかぶりすぎですよ、芝野さん。ＴＯＡＩの必要性を訴えたのは、一人の愛国者としてです。芝野さんを委員長に推薦したのも、ＴＯＡＩを公明正大な調査機関にするために、最も相応しいと思ったからです」

芝野が黙り込んだ。感動しているのか、疑っているのか。

「いつもこういう展開だね」

「何の話です？」

「二度と君とは関わらないと心に期しているのに、上手にたらし込まれて、いいように利用される。私は相当なバカ者だ」

そういう自覚があるのは、いいことだ。

「芝野さん、私はいまだかつて一度たりともあなたを利用したことなんてありません。日本人の責任ある立場の連中の大半はクソですが、芝野さんのような高潔な方がいるからこそ、この国は持ち堪えているんだと思います」

「約束は破るものだという君らしい物言いだね。やはり、電話なんてするんじゃなかったよ」

善行だと思い込んで余計なお節介をした挙げ句に、後悔するのはあなたの特技だ。いい加減、自覚もあるだろうに、すぐに忘れてまた繰り返す。

「ちなみに、湯河さんはどんな風に焦っているんですか」

ため息が聞こえたが、その後、生真面目な芝野はちゃんと答えてくれた。

「経産省は、エネルギー産業の監督官庁だから、首都電をハゲタカファンドに買わせるわけにはいかないと思っているようです」

片腹痛い。

「高尚なお考えだ」

「民間企業を誰が買収しようと自由だから、つまらない介入なんてするなと、湯河君には言っておきました。ただ、濱尾会長もああいう性格です。相当無茶なディールになりそうだね」

また、小賢しい誘導尋問か。

「宮永大臣の反応は?」

「知らない。だが、彼はかなりの狸オヤジだからね。君の腹の内ぐらい読んでいるだろう。大臣は原発事故を大義名分にして、濱尾会長によって牛耳られているエネルギー産業の舵取りをしたいとお考えなんだろうね。だから、君が暴れるのは好都合だと思う」

　まったく同感だ。

　それは俺にとって数少ない追い風でもある。

「いずれにしても、委員長を辞めるなんてことはなさらないで下さい」

「そのつもりでいるよ。君は君、私は私でやらせてもらう」

　その意気だ。頑張れ芝野！

「結構ですな。芝野さんらしく正々堂々と大役をお務め下さい」

　電話を切るまで笑うのは我慢した。

　ワークルームの明かりを消して、鷲津は露天風呂に向かった。

　四月とはいえ、まだまだ肌寒い。風呂に体を沈めると、波の音に耳を澄ました。

7

二〇一一年四月一二日午前七時〇六分　東京・八重洲

　Ｊファームを追い出された一一日、今度は本社帰還命令が出た。家族が磐前県内にいるのを理由に突っぱねたのだが、配慮するのでひとまず本社に上がってこいの一辺倒で従わざるを得なかった。

　その日の夜に丸の内の暁光新聞東京本社に顔を出すと、志摩が待っていた。彼は上機嫌で北村を迎えると、一枚の辞令を手渡した。四月一二日付で、本社社会部勤務に異動とある。当分の間、首都電力を専属で取材しろと言う。

　もやもやした気分のまま八重洲のビジネス・ホテルにチェックインし、ひと風呂浴びてから街に出た。

　かつて常連だった居酒屋へ顔を出したはいいが、顔見知りの記者と会って近況を話すうちに記憶を失った。

頭痛の脈動に合わせるように携帯電話が鳴っている。二日酔いで倒れていた北村は、手探りで騒音の元を手にした。志摩の名がディスプレイにある。

いずれにしても、こんな早朝の電話なんてロクなことではない。無視して再び寝ようとした。

しかし、志摩は何度でもかけてくる。着信音が鳴るたびに頭に響き、ついに降参した。

「悪いな。今すぐ社に上がってきてくれ」

「は？　今日の面談は一〇時からじゃ？」

「緊急事態だ。三〇分で頼む」

新聞社の上司が告げる緊急事態ほど厄介事はない。もしや、イチアイで、不幸な事態が起きたとでもいうのだろうか。

再び眠り込もうとする体に抗って、テレビを点けた。ＮＨＫのニュースには、緊急事態といえるようなトピックスはない。

なんだ、あのオヤジ、俺を朝っぱらから虐めているだけか。

テレビを消そうとした時、画面に釘付けになった。

〝次のニュースです。原発事故収束を行う一方で、経営危機が懸念されている首都電力に対して、国内最大手の投資ファンド、サムライ・キャピタルが買収を仕掛けていることが、関係者への取材で明らかになりました〟

これか……。

磐前県の避難施設で鷲津と再会した時から、奴が慈善事業で被災地を訪れるなんてあり得ないとは思っていたが、やっぱり、やりやがったか。

この男にはモラルとか節度とかはないのか。日本が一大事の時に、企業買収でもないだろ。

被災地、中でもイチアイにいる首都電社員の奮闘を知っている者としては、鷲津に強い怒りを覚えた。

もしかして、志摩はこれを想定して、俺を社会部に戻したのだろうか。

とにかく酒を抜こう。考えるのはそれからだ。

年中ざわついている新聞社も、早朝だけは実に静かだ。夜間通用口から社内に入った時、その静けさを感じたのだが、編集局のフロアに到着すると一変した。

大手企業の買収案件なのだから、経済部記者が呼び出されているのは分かる。だが、社会部や政治部にも大勢の記者がたむろしている。

「おっ、鷲津番のご到着か」

昔から気が合わないデスクの嫌みは無視して、志摩を探した。

視界の遥か先にあるガラス張りの会議室、通称・金魚鉢の中に、志摩のスキンヘッドが見えた。編集局の幹部会がこんな時刻に開かれている。志摩は熱弁を振るっているようだ。

北村は、カップ式自動販売機でブラックコーヒーを注いでから、金魚鉢近くの打ち合わせテーブルに腰を下ろした。テーブルの上に、「ハゲタカ、首都電買収か」という日本通信の記事のコピーがあった。

配信されたのは、午前一時四四分。新聞各社が、そろそろ最終版の印刷を始める時刻、すなわち、朝刊ではどこも追いかけられないところまで引っ張って配信したんだろう。

八島強（つよし）という名は初めて聞くが、かなり乱暴な記事を書いている。だが、ＮＨＫが朝のニュースで報じているということは、まるでガセというわけでもないのだろう。

ニューヨークでの苦い思い出が蘇ってきた。鷲津の買収劇の取材は、刺激的ではあったが、結局は奴に利用されたという忸怩（じくじ）たる思いが強い。

「おい、北村」

いつの間にか、志摩が向かいの席に座っていた。

「朝から、元気ですね。俺には到底、真似できない」

「誰も真似してくれと頼んでいない。もう用件は分かってるな」

「これですね？」

北村は記事のコピーを軽く叩いた。

「首都電買収取材班のキャップを務めろ」

「そんな班が、いつ出来たんです」

「一九分前だ。経済部、社会部、そして政治部から計五人記者を出す。そいつらを束ねて、他社を圧倒しろ」

まずいコーヒーを啜った。まだ、頭脳の回転は通常の六割程度しかないが、そんな任を受けるのは無理だというのはわかる。

「冗談はやめて下さい。俺にはチームプレイなんてやれないし、そもそも、経済は素人です」

「だが、首都電には色々思うところがあるだろ。何しろ、いきなりJファームから閉め出されたんだからな」

自分の思いどおりに部下を顎で使う。大震災が起きても、このおっさんのスタンスは変わらないようだ。

「俺は現地で原発の取材を続けたいんです」

「二日酔いもほどほどにしろ。昨日辞令を渡したのを忘れたのか」

皺だらけになった辞令は、よれよれの上着の内ポケットに入っている。

「覚えていますが、まさかこの展開を予想していたとか言わないで下さいよ」

「知ってたら、朝っぱらからこんなに慌てんよ。首都電の傲慢ぶりは目に余るんだが、ウチの記者どもは皆おとなしい羊に成り下がってるんで、おまえを投入したかったんだ」

だとすれば、俺はなんと不幸なのか。そして、志摩はまさに先見の明ありといったところか。

「だったらキャップなんかじゃなくて、一人でやらせて下さい。俺は最前線しかやれません」

「俺もそう思うんだがな。上はおまえを信用していない」

かつて、社内で発生したインサイダー疑惑を内部告発したことがあった。だが、社は事件を握り潰し、北村をニューヨークに〝栄転(させん)〟させた。

「上って、どなたです」

「それは、どうでもいい。おまえがオフサイトセンターで取ってきた独材のせいで、経産省担当が出禁を喰らったんだ。おまえには、首輪とリードを付けておくようにと考える者が出てくるのは仕方ないだろ」

つまり、記者という野良犬を躾けたいわけか。呆れたものだ。

「じゃあ、この取材やりません」

「おまえが鷲津に張り付くなら、キャップ業は免除してやる」

鷲津番か。

「ただし、毎晩行われる取材班のミーティングに参加するのが条件だ」

会議は性に合わない。だが、ここらが妥当だな。

「了解しました。キャップで、結構です」

Ａ４用紙を一枚渡された。

「取材班のメンバーだ。午前九時に招集を掛けている。それまでに、おまえは鷲津をつかまえろ」

無茶なことを。

「それで、おまえの家族だが、門前仲町に家族向けの社宅がある。そこを一室空けた」

配慮すると言った約束を、志摩が覚えていたのが驚きだった。

「ありがとうございます。感謝に堪えません」

「礼を言われるまでもない。会社がおまえをどれだけ大切に思っているのかを考えれば、六本木ヒルズでも借りてやりたいぐらいだ」

自分の評価がどの程度のものか、理解しているつもりだ、扱いにくい野良犬、いや狂犬かも知れない。だが、使いようによっては、結果を出す猟犬でもある。今はそういう時、というわけだ。

8

二〇一一年四月一二日午前一〇時一九分　東京・日本橋兜町

鷲津を乗せて熱海から飛ばしてきた車が、東京証券取引所の通用口に到着した。わざわざ正面玄関を避けたのに、たちまち一〇人以上の記者に囲まれた。

「鷲津さん、勝算は？」

「この買収は、濱尾会長に対する復讐ですか」

記者が口々に叫ぶので、雑音にしか聞こえない。

サムライ・キャピタルの社員と東証のスタッフにガードされながら、鷲津は努めて明るい笑顔を浮かべて、取引所内に入った。

朝一番で関東財務局に五％を超える株取得の申告を済ませている。

今更、ガラでもないのだが、やはり血が騒いだ。

「今朝のスクープがよほど衝撃的だったのか、報道陣が予定した大会議室でも入りきれず、他の会議室にモニターを置いて対処するそうです」

並んで歩きながら前島の報告を聞いた。

「人気者は楽しいな」

「私は、メチャクチャ緊張しています」

前島は口ではそう言っているが、そんな片鱗はうかがえない。

「緊張する要素がないだろ」

「試合前の武者震いに近いかも知れません」

かつて米国でアメリカン・フットボールのプロ選手として鳴らしていた前島らしい。

「アンソニーとは連絡がついたか」

　東京に戻れと言ったのに音信不通だった。

「今朝早くに、ようやくつかまえました。あと一週間、どうしても残りたいと言っています」

「なんでだ？」

「中途半端は、サムライ・ジャパン・エイド（SJA）のためにならないからだと」

　ませたことを。

「三日で戻ってこいと言ってくれ」

　控え室に入ると、東証の社長や広報担当らに迎えられた。礼を失しない程度に対応して、全員追い出した。

「大地（だいち）、ＳＮＳの状況はどうだ？」

　広報担当の赤星大地には、日本通信のスクープが出た直後から、濱尾バッシングを展開するように指示した。

「本番はこれからですが、あれだけの甚大事故を起こしても、他人事のように悠然としている濱尾会長に対して、国民はマジで怒ってますね。あんまり露骨に、こちらで誘導するのは逆効果なんで、今のところは静観しています。それから、濱尾にあだ名が付いて、ネットでバカにされています」

ついたあだ名は三つだという。一番人気は「まろ」で、傲然とした態度が公家を彷彿とさせるからだという。そして「Ｍ３」というのが、急上昇しているらしい。

「ミスター・スリーピースの略です。総理も首都電幹部も皆、防災服を着ているのに、濱尾会長だけが皺一つないスリーピースで記者会見に臨んでいる。それが許せないと」

なるほど、国民はよく見ているな。

「三番目は、ちょっとショッキングなんですが、『原発キング』です」

それも言われて当然だろうが、鷲津としてはあまり使いたくない。もし、本当に首都電を手中にするとなると、鷲津もまた原発との向き合い方を注視される。現状では、濱尾や古谷総理に責任を押しつけておきたかった。

「Ｍ３が一番面白いな。Ｍで始まる非難表現を三つ考えろ。Ｍａｄ（気が狂った）、Ｍｏｎｅｙ、Ｍｏｎｋｅｙとかな」

「面白い。ちょっと考えます。それと日本通信の八島への対応ですが、彼には質問させないのがベターです。奴は、会見荒らしという異名があるそうで。わざと失礼な態度を取ったり、恫喝や挑発など何でもありです。記者会見の場で、喧嘩する必要はないかと」

「大地、逆だろ。奴が書いた記事から、今日の騒動が始まったんだ。記者たちの面前で恥をかかせ、鼻をへし折る必要がある。心配するな。俺は挑発になんて乗らない」

赤星の携帯電話が鳴った。

「準備が整ったようです」

久しぶりに雛壇に上がる。

だが、いつにも増して冷静だ。

少しは大人になったということだな。

9

二〇一一年四月一二日午前一一時〇二分

「只今からサムライ・キャピタル代表取締役社長、鷲津政彦による記者会見を行います」

司会役を務める赤星の紹介で、鷲津は雛壇に上がった。

会場を見渡すと、人で埋め尽くされて、隙間もないほどだ。

深々と一礼して着席したら、再びストロボの洗礼を受けた。

「弊社、サムライ・キャピタルは、本日、関東財務局に対して、首都電力株式会社の株を一三％保有した旨を申告致しました」

至る所から「少なすぎる」という声が上がった。

事前のリリースはない。今、初めてサムライ・キャピタルの首都電株保有比率が公表されたのだ。

「弊社が、首都電力株を保有したのは、甚大なる震災と原発事故によって経営危機にある首都電を、一日本人として応援したいと考えたからです。以上」

質問の挙手が林立した。その中に、日本通信の八島の姿を確認した。鷲津は、最初に八島を指名した。

「日本通信の八島です。私が取材した限りでは、御社の保有は、首都電総株数の三分の一を超えているはずですが」

「現在一三％です」

「お友達や密約を結んでいる証券会社が数社、あなたの代理として首都電株を買い漁っているのは、バレてんですよ。実のところ、三八％じゃないんですか」

実際は、四二％を超えている。

「三八％という数字の根拠をご説明戴けますか」

「スター証券が四％、バーゼル・ダイヤモンド銀行が三・六％、ＳＦＢが三・三％、帝国第一証券が二・九％など、計二一の機関投資家や証券会社があなたの代理として、首都電株を取得しています」

今の金融機関名と保有比率については、会見が始まる五分前に、日本通信が「特報」として配信している。

これは事実に反している。実際に鷲津が代理で頼んだのはそのうちの四社で、保有比率も間違っていた。

「それらの金融機関が、弊社の代理で首都電株を保有しているという裏付けがあるのですか」

「お答えする必要は、ないと思うけど」

「ありますよ。あなたは、いきなり弊社がウソをついていると、公共の場で訴えたんです。そのうえ共犯者として、複数の金融機関を名指しした。説明責任があるでしょう」

八島は、大袈裟にため息をついた。

「質問をはぐらかさないでくれないかなあ。ネタは挙がっているんです。素直に首都電奪取のために、多数の機関投資家とつるんで首都電株を買い漁っていると答えたらどうです」

「それはネタじゃありませんよ。あなたは、裏付けのないデマをぶつけているに過ぎない。各社が、私の代理として首都電株を買ったという証拠を出して下さい。それと、私は首都電の経営を応援したいと思って、株式を保有したに過ぎません。奪取など、毛頭考えておりません」

鷲津が「他の質問を」と言うと、八島が声を張り上げた。

「言い逃れは卑怯だろ、鷲津さん。首都電を手に入れるつもりだと正直に言ったらどうなんだ」

鷲津は無視して、最前列にいた中年記者を指名した。

「首都電株取得のための資金は、御社が運営されているファンドからですか」

鷲津が頷くと「暴落が続き、監理ポスト入り確実と言われている首都電株を買うというのは、御社のファンドに資金を預けている投資家に対する背任行為では？」と踏み込んできた。

サムライ・キャピタルが運営するファンドは国内外に九つある。いずれも、一ファンド一〇〇〇億円程度の規模だ。ファンドによって投資傾向を変えているが、投資には共通のルールがある。その一つとして、明らかに損失が見込まれるような相手には投資しないという条項があった。

「首都電株は現在大暴落していますが、原発事故が収束し、被害総額が確定した後は、再生段階に入ります。当初は苦しいでしょうが、いずれ必ず企業価値は復活するという判断をしていますので、背任には当たりません」

「つまり、長期保有を考えてらっしゃるんですね」

「そうありたいと考えています」

次に女性記者を指名した。

「東西新聞の秋野です。応援するために、首都電株を大量保有するとおっしゃいました。首都電は、応援に値する企業なのでしょうか」

「秋野記者は、応援に値しないと思っておられるんですか」

会場がざわめいたが、秋野は動じない。

「私の考えはともかく、国民の多くは、首都電に対して憤っています。あんな会社、潰れた方がいいという声も耳にします。鷲津さんのような企業の目利きが、そんな会社を救おうとなさる理由は何ですか」

「原発事故や、対応の問題などで首都電が批判に晒されているのは理解しています。

ですが、首都圏に電力を供給している電気事業者として、しっかりと責務を果たすのが第一義でしょう。経営危機などに陥ってもらっては困る。財務的にまず立ち直らせるのが先決だと考えました」

「なるほど。でも一三％程度株を保有されたぐらいで、首都電の支援になるんでしょうか」

これは手厳しい。

他の記者たちも興味津々で鷲津を見つめている。

「今朝の首都電の株価をご覧戴ければ、それなりに効果があったと評価して戴けるのでは？」

首都電株は、前場が開いた直後から急騰し、一七三円だった株価が、午前一〇時半現在で二〇一円になっていた。おそらく今日はストップ高になるだろう。

「今、調べたところでは、二一四円になっています。しかしながらその程度では焼け石に水では」

「そうかも知れませんが、私のような首都電支援者が増えるかも」

秋野は、手にしていたメモを一瞥した後続けた。

「鷲津さんは、以前から潰れるべき会社を救うのは愚の骨頂だというのが持論だったかと思います。首都電は、それには当てはまらないんですか」

良い質問だ。

「先程も申し上げた通り、首都圏の電気は一秒たりとも停めるわけにはいかない。つまり、首都電は絶対に潰してはならない企業だと考えています」

「では、鷲津さんのエールに首都電が応えられなかった場合、首都圏に電力供給する企業のあるべき姿を示すために、首都電をお買いになりますか」

回りくどいが、素晴らしい追い詰め方だ。

「私の投資資金は、世界中の投資家からお預かりした大切なものです。投資価値がない企業には、投資しません」

「首都電に投資価値があるかどうか私には分からないのですが、鷲津さんのような投資の天才から見れば、価値があるかも知れません。要するに、現在の首都電経営陣では、同社の復活が難しいと判断された場合は、首都電を買収されるという理解でよろしいですか」

その時、テーブルのスマートフォンが振動した。リンからショートメールが来ていた。

〝この小賢しい小娘の挑発に乗ってはダメよ、政彦!〟

読まれている。

「はっきり申し上げますが、首都電を買う意思はありません」

切り上げて、壁際に立っている顔見知りの記者を指名した。

「暁光新聞の北村と言います。以前、鷲津さんはアメリカン・ドリーム社に買収提案をなさった時、傲慢なアメリカ企業にお灸を据えるために買収するとおっしゃいました。今回の首都電にも当てはまるのでは」

愚問だな、北村。

「当てはまりません。ＡＤに買収提案をするに際して、そのような発言をしたのは事実ですが、それ以上にＡＤには買収する価値があったからです」

「首都電には、買収価値がないと？」

「ないと思います」

ウソをつくなよと、北村の目が訴えている。

「鷲津さんは、首都電の信用回復のために株を買われたとおっしゃいましたが、本当に支援されるのであれば、資金を直接首都電に提供するのが最適では？」

「確かに。首都電が第三者割当増資をするのであれば、全てを私が引き受けます。このところ売買が滞っているコマーシャルペーパーや、社債もお引き受けしますよ」

無論、濱尾にその気はないだろうが。

「いつ潰れてもおかしくない会社に対して、太っ腹ですね。それは、首都電が潰れそうになったら、国が救済すると確信されているからでは？」

さっきよりは、ましな質問になった。

「私には、日本政府の考えは分かりません。ただ、首都電が経営危機に陥った時に、国民の血税を使って救済するのは、犯罪的愚行だとだけ申しておきます」

「なるほど。だから、あなたがお救いになるんですね」

苦笑いを浮かべるだけに止めた。

「今回の首都電株の大量保有に関して、濱尾会長とお話しされましたか」

相変わらず勘だけは良いな、北村。

「明け方に電話を戴きました」

会場が騒然とした。

それが静まるのを待って、北村が尋ねた。

「差し支えなければ、電話の内容をお教え戴けませんか」

暫く間を置いてから答えた。

「首都電力を助けて欲しいと、懇願されました」

10

二〇一一年四月一二日午前一一時三四分

全部、ウソだな。

騒然とした会場で、北村はひとり逆に冷めた気分になった。鷲津は、表情一つ変えずにウソをつく。

しかも、公然と挑発して、濱尾が怒るのを期待している。

今朝の首都電買収取材班のミーティングで、経済部の記者が、鷲津と濱尾の因縁を披露してくれた。濱尾に弱点を突かれた鷲津は、買収する気満々だった日本電力(ジエナジー)を諦めたらしい。

そういう恨みを忘れない男だ。

だが、果たして首都電を買って儲かるのか。

それについては、デスクを含めた取材班のメンバーの誰もが首を傾げていた。

会見が終わると、ほとんどの記者はコメントを取ろうと鷲津に群がったが、北村にはそのつもりはなかった。

空いた席に腰を下ろし、原稿を書き始めた。

「失礼ですが、ＡＤ買収の際に鷲津さんの独占インタビューを連発した北村さんですよね」

先ほど素晴らしい質問をした長身の女性記者が立っていた。

「東西新聞の秋野一恵と申します」

経済部の記者かと思ったら、名刺には社会部所属とある。

「先程の質問は、鋭かったなあ。もう少しで、鷲津氏のホンネが出そうだった」

「ということは、彼はやはり首都電を買収するつもりだとお考えなんですか」

さすがに初対面の他社の記者に、正直に答えられない。

「それは、鷲津氏のみぞ知るだろうけど。だけど単なる善意だけで、鷲津氏が首都電株を買い漁ったなんて思っている記者は誰もいないだろうね」

前の席に秋野が座って、彼女の視線が北村と同じ高さになった。

「私も同感です。でも、あんなボロ会社を買って何の意味があるんですか」

「分からないなあ。秋野さんはどう思います？」

「ウチの社でＭ＆Ａに詳しい経済部の記者は、おそらく負の部分を国に押しつけるつもりじゃないかと分析しています。でも、それって現実的なんだろうかと、私は疑っています」

「バッドカンパニーとグッドカンパニーに分けるという手法だね」

巨大企業が破綻危機に陥った時、負の遺産だけを集めた部分を本体から切り離し、それさえなければ順調に利益を積み上げられる体質に変えて再生して、余裕が出来た段階で負債の返済を始めるという方法がある。ただしその場合は、誰がバッドカンパニーを引き受けるのかが、最大の問題になる。

「国が簡単に、首都電の負の遺産だけを抱えるというのは、考えにくいね。原発事故を防げず、その後の対応にも不備があったとみられる首都電首脳陣に、社会的責任を負わせるぐらいの措置がいる。でも、財界総理と言われている濱尾さんに縄を掛ける勇気のある政治家がいるのだろうか」

「濱尾会長って、そんなに怖い人なんですか」

屈託なくとんでもない質問をぶつけてくるなあ。

「すみません。私は普段、検察庁担当（P担）なんで、財界の基礎知識もないんです。今回は、人が足りなくて行ってこいと言われたんで」

それで、あんな鋭い質問が出来るのだから、秋野は相当優秀なんだな。せいぜい三〇歳を少し越えた程度にしか見えない若手で、これほど切れる記者は珍しい。

「私も、昨日までJファームにいたし、その前は磐前県の通信局員だったんで、財界の事情はとんと分からない」

「昨日のオフサイトセンターの記事、素晴らしかったですね。私もどうせなら、原発の間近で取材がしたいと強く思いました」

彼女は、いかにも感動したように言った。

その時、携帯電話が振動した。

メールが届いていた。

〝因果は巡る糸車か。記事を楽しみにしています。　MW〟

11

二〇一一年四月一二日午前一一時四三分　東京・代々木上原

濱尾邸内にある買収対策本部で記者会見を見ていた。五〇人近いメンバーがひしめく中、前方のスクリーンに鷲津が映った。

世界最強などと呼ばれる企業買収者らしからぬ容姿だな——それが秀樹の第一印象だった。

こんな人物が、世界中の超一流企業をきりきり舞いさせたというのか。

それに、質疑応答を聞いているうちに、本当に買収する意思なんてないのではないかと思えてきた。

会見が終わると、買収対策本部長である若田広報室長が、壇上に立った。

「見てのとおりだ。この男、平気でウソをつく相当なワルだ」

本当にそうだろうか。秀樹にはそんな風に思えなかった。

「実際には、我が社の株はどの程度、奴に買われているんですか」

メンバーから質問が出た。

恰幅の良い男が立ち上がった。高木総務部長だ。

「先程、日本通信が特報として、三八％という記事を配信しました。私が把握している量よりも多く、多分に誇張が入っているとみられます」

「そう言い切れる根拠があるのか」

「昨夜、帝国第一証券の専務と直接会って話をしました。彼らは確かに、ここ数日で首都電株を取得していますが、それは同社会長と濱尾会長が昵懇で、支援のために保有したとのことです。日本通信の記事には、そういう類の株取得まで含まれていると思われます」

ネット上で、ゴミくずとまで言われている首都電力株を、会長同士のつきあいで保有する――。日本は、そんな牧歌的な社会なのか。それとも、それほどに濱尾会長の人望は厚いのか。

「実際の保有比率は、ようやく二〇％に届く程度だとみています」

「いずれにしても、それぞれの使命を全うして欲しい」

気合いを入れる声が上がった。

「それから、諸君にお願いがある」

そう言って高木が用紙を配付した。手にした者から順に、驚きや不快そうなリアクションがあった。

「鷲津氏の買収に対抗すべく、社員諸君にも積極的に首都電株を購入してもらいたい。首都電本体で一〇〇〇万株、関係企業で二〇〇〇万株の取得を目指す」

若田が用紙の主旨を読み上げると、室内がどよめいた。

「ウチの株式総数ってどのくらいなんですか」

秀樹は、隣に立っていた先輩社員に尋ねた。

「確か一七億株ぐらいだ。だから、三〇〇〇万株買っても二％弱にしかならない」

「記者会見で東西新聞の記者が、現在の首都電株価は、二一四円って言ってましたよね。それを三〇〇〇万株買うためには、約六四億円必要なわけでしょ。そんなお金が集まるんですか」

「何としても集めるんだ。今こそ我々が首都電社員としての底力を見せる時だ。中でも、ここに集まった諸君は首都電の中核を担う者ばかりだ。一人一〇〇〇株以上は買って欲しい」

若田は勇ましいが、聞いている方はすっかりしらけている。

手元に回ってきた用紙に社員番号と名前を記入すれば、総務部が代行して株を購入するとある。もちろん支払いは給与から差し引かれる。ただし、一二回までは分割払いが可能だとも書いてあった。

「酷い話だな。こんな状態に陥った経営陣の責任は棚上げして、愛社精神を楯に、ゴミくずになりかねない自社株買いを強制するなんて」

「じゃあ、先輩は買わないんですか」

「事故が起きて中間管理職以上の多くが、株を手放したそうだ。それで暴落が加速したと言う人までいる。そんな中で、株を買う奴なんかいるか。俺は暫く様子を見るよ。その前に、沈みかけようとしている船とどこまで運命を共にするかを考える方が先だな」

部屋がずっとざわついている。若田が静粛を求めても、なかなか静まらなかった。

「総務部が自社株購入を代行するとありますが、一株いくらで買うのでしょうか」

男性社員が質問した。

「それは、些末なことだろ」

若田は即答した。

「いや、重要だと思います。鷲津氏の株式取得の記者会見で、株価は急上昇しています。おそらく今日はストップ高で、商い不成立かも知れません。このままだと、株価は当分の間は、急上昇を続けるでしょうが、いつ暴落しないとも限りません。我々が会社のためにと株を買って、大きな損をする可能性もあります。それは、大問題だと思うんですが」

若田は露骨に顔をしかめた。会社が危急存亡の秋（とき）に、社員が個人的な利益に言及したからだろう。しかし、室内には、今の質問は当然だという雰囲気が漂っている。

若田に代わって、高木が応じた。

「現在、検討中です。ただ、社員諸君の誠意を無にすることのないように最大限の配慮をしたいと思っています」

「私は、四〇〇円までなら購入したいと思いますが、それ以上だと取得数を半分にしたい。酷い話かも知れませんが、先行き不安な状況で、個人として支払える額には限界があります。そういう選択は可能ですか」

高木は隣席に座っていた誰かと協議をした上で答えた。

「現状では、そういう細かい対応は難しいな。ここは我々を信用してもらいたい」

「総務部長、信用したいのはやまやまですが、我々にも生活があります。大切な資産を簡単には出せませんよ」

大勢の社員が、それに同調した。

秀樹はいたたまれなくなって部屋を出た。

こうしている間にも、イチアイ内では、冷温停止を目指して不眠不休で作業を続ける仲間がいるのだ。首都電の中核を担う者が集まる場で、会社は社員に無理な自社株買いを強要し、社員は上層部への不信感を露わにしている。あまりにも不毛すぎる。

こんなことで、首都電は立ち直れるのだろうか。

秀樹は部屋を出ると、駅に向かった。静岡県で練習を再開したＭＰアトムズの萩本あかねに会いに行くのだ。

せめて自分一人ぐらいはまっすぐ前を向いて進みたい。

12

二〇一一年四月一二日午前一一時五〇分　東京・永田町

鷲津の記者会見の中継が終わったところで、宮永大臣がテレビを消した。

「芝野さん、新しい情報か何か、鷲津さんから聞いてませんか」

湯河は堪らず尋ねた。

「何も」

「じゃあ、この会見をご覧になった感想を伺いたい」

「あなたのお察しどおりでしょう。彼は首都電を買収する気でいます」

簡単に言いやがって。

「まるで他人事のような物言いですね。本当はあなたもグルじゃないんですか」

挑発してみたが、芝野は苦笑いしながら首を横に振るばかりだ。

「大臣は、鷲津氏が最初から首都電を狙っていたのを察しておられたのでは」

今度は、うまそうにタバコを吸っている宮永に矛先を向けた。

「鷲津政彦の本業は、企業買収だ。暴落した首都電株を買った理由を、誰も救済のためなんて思わんよ」

なんだと。

「株式市場に上場しているんだ。その株を買う権利は誰にでもある」

「しかし、首都電は特殊な会社です」

「どこが特殊なんだね」

内閣府特命担当大臣（原子力事故対策及び調査担当）でもあるはずの宮永が、そんなことも知らないなんて。

「首都圏の電力を、潤沢かつ安定的に供給する唯一の電気事業者です」

「それは驕りだろ」

「おっしゃっている意味が、分かりません」

「民間企業でありながら、地域独占を当然だと胡坐をかいた上に、政府の行政指導すら無視した傲慢な態度で君臨してきた。さしたる企業努力もせず、コストが上がれば、電気料金の値上げで利用者に負担を強いて、絶対に損をしない仕組みを作り上げた。そういう意味では特殊だが、そんな特権を、いつまでも認めるわけにはいかない」

いかにも人権派弁護士的発想だ。首都電という圧倒的な強者を、リベラルを自任する輩は毛嫌いする。宮永のように、弱者の味方を錦の御旗にのし上がってきた弁護士には、首都電は天敵のような存在だった。

だから、虐めたいのだ。

「では、鷲津政彦のような男に、首都電を預けてよろしいのですか」

「ダメだというなら、根拠を述べよ」

「奴は、企業の経営危機につけ込んで、株や債券を安く買い叩いて奪取し、それなりの成果を上げたら、売り払う。電気事業者としての責務より、経済的合理性を重視するハゲタカですよ」

「電気事業者としての責務を無視して、首都電がそれなりの成果を上げられるのか」

「それは、私には分かりません。しかし、大幅な合理化をするでしょうし、利潤追求のために、安全性を疎かにする可能性だってあります」

意地になっている、という自覚は湯河にもある。だが、鷲津のようなゼニゲバに首都電を利用されるのは我慢ならない。

「じゃあ伺うがな、湯河先生。果たして首都電は、安全性を徹底的に追求してきたのかな。大津波を想定した防潮堤建設や、非常時の対策を見直すべきだという意見が社内にあったにもかかわらず、黙殺したそうじゃないか。そんな経営陣に、大事な首都圏の電力供給を任せられるのかね」

震災前に首都電内でそういう議論があったという文書の存在が数日前に発覚して、世間を騒がせた。湯河は事故が起きる前から、その文書の存在を知っていた。しかし、千年に一度の災害に備える必要がどこまであるのか、という首都電首脳の判断を、一概には責められないだろうと理解している。

「もう一つ言うとな、いずれ首都電は破綻するよ。その時、あのオンボロ会社を誰が救済するんだね」

「それは、公的資金とメインバンクによる支援では？」

「メインバンクは、債権放棄を絶対に行わないとはっきり金融庁に訴えているらしいぞ。また、政府としては、首都電に使う血税は可能な限り最小限にしたい。財政が逼迫しているのが一番の理由だが、それ以上に、国民が首都電への公的資金注入を許さないだろう」

この際、国民感情なんてどうでもいい。政府はあらゆる手を尽くすべきなのだ。

「なんだ、首都電を潰すなんて言語道断だという顔だな」

「はい。首都電は、日本国の誇りです」

「バカげたことを。そんな発言は、二度とするな。史上最悪の原発事故を起こしたにもかかわらず、いまだ収束できないだけでなく、その責任すら曖昧にしようとしている企業なんて、潰れた方が世のためだ。あれが、日本の誇りだとするなら、俺たちは恥を忘れた大馬鹿者だ」

頭に血が上った。反論したいが、宮永の指摘も一理ある。

「だからといって、首都電を一投資家の所有物にしてよろしいんでしょうか」

「国有化するよりも遥かにましだと、俺は思っている」

大臣は、すでに腹を決めているんじゃないのか。

国家としては、首都電を救済する気はない。むしろ買いたいという物好きがいるならば、熨斗(のし)をつけて譲ってやる、と――。

「首都電の事故対応に、まずい部分があったのは事実です。しかし、それを言えば、官邸の対応はいかがだったんでしょうか。私は、発災時に総理と共におりました。あの数日間の総理がご判断なさったことは、とてもまともとは――」

最後まで言う前に「黙れ！」と一喝された。

「官僚が総理を批判してどうする。パニックに陥っていた総理に的確なアドバイスが出来なかったおまえにも責任はあるだろ」

その通りだった。

あの時、強硬に総理の独断を諫め、米軍なり自衛隊の決死隊にイチアイを委ねるべきだったと、ずっと後悔している。

「いいか、過去を振り返って反省会をやっている暇は我々にはない。事故は収束していない。そして総理はいまだに、その対応に振り回されて、被災地への復興対応が遅れてしまっている。こんな時は、これから起こるであろうリスクに備え、前に進み続けるのが俺たちの仕事だろう」

「その理解はあります。だからこそ、首都電国有化の準備が必要なのでは？」

宮永は、呆れたのか背を向けてしまった。

「湯河さん、一つ聞きたいんだが」

二人の激論を傍観していた芝野が言った。

「鷲津氏が、首都電のオーナーになることの、何がいけないのだろうか」

なんだと！

「答える必要もないでしょ。首都電は、国民生活を支えている基幹産業の雄です。買収ごっこの餌食にさせるわけにはいかない」

「君はさっきから国有化を口にしているけれど、政府にあの複雑怪奇な首都電の再生と経営が本当に出来るんだろうか」

13

二〇一一年四月一二日午後〇時〇二分

「鷲津氏が、首都電のオーナーになることの、何がいけないのだろうか」

発言を控えるつもりが、湯河の偏見が我慢できず、芝野はつい口にしてしまった。

案の定、湯河に露骨な敵意をぶつけられた。

「では、鷲津氏なら首都電を再生できると言うんですか」

「政府がやるよりはましだと思いますよ。企業経営は、国家運営とは似て非なるものだ。監督官庁として寄り添うのはいいけれども、首都電を保有して再生しようなんて思わない方がいい」

湯河がさらに食ってかかろうとするのを、宮永大臣が咳払いで制した。

「湯河、しばらく君は外してくれ。私は芝野さんと話がある」

湯河の全身から「承服できない！」という感情が溢れていたが、宮永は容赦なかった。

「言っておくが、今ここで議論された話は、厳秘だ。分かっているな」

渋々頷いて湯河は部屋を出て行った。

「酒でも飲みたいところだが、そうはいかないな。昆布茶でもどうです。連日飲んだくれているので、塩気が欲しくてね」

「戴きます」

秘書を呼んで作らせるのかと思ったら、宮永本人が昆布茶をつくっている。

「湯河は優秀な男だが、原発至上主義なうえに熱血すぎるのが欠点だ」

昆布茶をテーブルに置いて宮永は嘆息した。

「クールで世渡り上手が増えた今の時代には、貴重な存在ですよ。彼のように強い意志がないと今後のエネルギー行政なんて、到底回らないでしょう」

「それは否定しないが、あんな調子で怒りをまき散らしていたら、いずれ干される」

「ベトナムでご一緒した時は、もう少し処世術にも長けていて、エリートの階段を着実に上がっていくんだろうと思っていたんですが」

「原発事故が狂わせたんだろうな。まあ、それは湯河だけではなく、すべての日本人に言えることかも知れない」

東日本大震災は、政治や社会に無関心だった日本国民に衝撃を与えた。そして、恐怖に裏打ちされた問題意識として、エネルギー問題は矢面に立たされた。

そもそも電力問題なんて、よほど問題意識の高い一部の人しか興味を示さないものだった。それが、今や原発問題だけではなく、電力の未来や電力会社のあり方について、まるで専門家のように語る人が増えてきた。

無関心でいるより良い傾向なのだが、にわか仕込みの知識を振りかざして、一家言持たれるというのは、面倒でもあった。

「政治家しかり、財界人しかりだろうな。そのような変節著しい愚か者たちと、どうやって闘えば良いと思いますか」

予想していた話題ではあった。ならば、湯河が同席しても良かったのに。

「私は、総理を辞めさせたいと思っている」

いきなりとんでもない爆弾発言が出た。

「時期尚早では？」

それは、首都電とは別筋の話だ。

「皆、そう言う。だが、あの男は常軌を逸している。正義に目覚めたのか、保身のためなのかは不明だが、一刻も早く原発ゼロ宣言をしたいと鼻息が荒い」

「だとすれば、ますますお辞めにならないのでは？」

実際、古谷総理はメディアに向けてもそういう発言を始めていた。「原発は、禁断の科学技術であり、神の怒りに触れた」などという発言は、世界屈指の原発大国の総理としては、不適切きわまりない発言だった。

「総理が訴えている再生可能エネルギー大推進を謳う法律でも成立させない限り無理だろう。総理は首都電を潰すつもりだ。そして、国有化して、責任追及を徹底的にやろうとしている。同時に、首都電のすべての原発を廃炉とし、他の電力会社にも従わせたいようだ」

バカげたことを。

「そんなことをしたら、イチアイで必死に冷温停止しようとしている所員の士気が下がりますよ」

「資源のない我が国が、一気に原発ゼロにするだなんて、ナンセンスだろ。燃料の輸入費で、貿易赤字国に転落するよ。だが、奴はそんなことはどうでもいいんだ。それより、総理である自分を貶めた元凶が許せない」

この期に及んでそんな動機で動くのか。本当に日本は潰れるかもしれない。

「国民の声なき声を聞いてこそ、民主主義だとも言いやがる。だがな、原発反対なんて声を上げているのは、人口比からしたら少数派だ。多くの人は、これ以上は節電の不便を強いられたくない、と思っている」

東京の住民の一部は、放射能の恐怖で神経質になり、ヒステリックに原発反対を叫んでいる。

とはいえ、さらば原発が国民の総意だとも思わない。

事故は必ず起きる。それを打ち消す政策と経営を行ってきた、政府と首都電の責任は大きい。しょせん「安全神話」なんぞ、絵に描いた餅なのだ。

「エネルギー問題は、防衛や食糧と並ぶ安全保障なんだ。それを、一度の事故で、早計な方針の大転換なんてあり得ない」

「それが、鷲津氏に首都電を買わせたい理由なんですか」

宮永はすぐには答えず、タバコをくわえて煙を天井に吹き上げた。

「首都電を古谷のおもちゃにさせたくないんだ。もちろん、首都電の国有化も避けたい」

「なぜですか」

「首都電のような複雑な会社の経営は、官僚や弁護士の出る幕じゃない。鷲津氏なら、最適な方法を検討するだろうし、濱尾とも闘えるだろう」

「しかし、総理や湯河君のようなエネルギー関係の官僚が猛反対しますよ」

「そうだな。さっきの湯河を見ていて、俺は甘かったかも知れないと痛感したよ。だからこそ、あなたと共闘したいんだ」

共闘という言葉には違和感がある。

「私に何をさせたいんです」

「これは、あくまでも俺の推理だが、鷲津氏はあなたを首都電のＣＲＯ（最高再生責任者）に据えるつもりだろう」

「しかし、私は第三者機関による事故調査委員会（TOAI）の委員長に就任したばかりですよ。あまりにも無責任です」

「おそらく鷲津氏が計算違いをしたんだ」

「こんなに早く、買収工作が発覚するとは思っていなかった、ということですか」

宮永が頷いた。

鷲津なら、こういう事態も想定し、プランＢを考えているだろう。そのプランに俺の名はないはずだ。

「俺は、あなたに首都電の会長か社長になって欲しいと思っている。だから、ＴＯＡ

Ｉの委員長もお願いした」

まずは事故調の責任者として、事故の真相究明に当たらせた上で、首都電再生に関わる。そういう流れを作りたかったのだろうか。

おそらく鷲津も同様の計画だった——そして、芝野自身も薄々予感していた。

「しかし、もう無理です。それに、この段階で鷲津氏の首都電買収の可能性が出た以上、総理は絶対に私を認めないでしょう」

「そこは、俺が何とかする。だから、あなたには鷲津氏を説得してもらいたい」

「首都電をよろしく頼む、とですか」

宮永が笑った。

「丸呑みする買収は、儲からん。なのに、株をどんどん買い漁っている。なぜだね」

「首都電を人質に取ろうとしているのでは」

首都電の大株主なら、国に対して「こちらの要求を飲まないなら発電を停める」という強力な交渉カードがいつでも使える。

「さすがだ。いや、大したもんだ。俺はこの答えに行き着くのに随分の時間を要したのに、あなたは即答した。やっぱり、見込んだだけはある」

そう持ち上げられても、嬉しくも何ともない。それより、鷲津の図々しさに呆れた。

「私は、当てずっぽうを言っただけです」

「だが、それが正解だと思わないかね」

「可能性はありますね。しかし、そんな勝手を政府は受け入れるんですか」

「電気事業者としての健全性と安全性の強化、そして、濱尾排除のいずれもが可能なら、俺は交渉に応じたい」

だが、湯河のリアクションを見る限り、エネ庁からも猛反発されるだろう。

「実現性は乏しいのでは？」

「成功確率の低いディールを、鷲津氏はやらないだろう」

「首都電を買った上で、負の遺産を国に押しつけるなんて、あまりにも甘い計画です。したがって、私は鷲津氏も焼きが回ったのかと思わざるを得ません」

「だから、あなたの協力が必要なんだ」

意味が分からなかった。

「総理も政府も、鷲津氏の首都電買収に難色を示すだろう。一方で、ゴミくずと化した首都電株を、税金を投入してまで政府は買えない。鷲津氏がオーナーになるのは、間違いない。その上で、奴は交渉を始めるだろう。政府として責任を果たせ、と」

「どんな責任ですか」

「国策民営という独特の経営方法で、地域独占を認めてきた電気事業者が起こした事故には、政府にも責任がある。つまり国も、相応の負の遺産を負う義務があるというわけだ」

明らかに鷲津がやりそうな交渉を、宮永は言い当てた。

「そこまでお分かりなら、私の出る幕はないのでは」

「大ありだ。鷲津氏がそのような交渉を持ちかけても、現政権は無視するだろう。それどころか、圧力をかけてきたり、嫌がらせをしたりするかも知れない。しかし、挑発に乗らずに、時機が来るのを待って欲しい。そう説得できるのは、あなたしかいない」

いや、無理だな。鷲津は、時が充ちるのを待つような男ではない。

〝鳴かぬなら鳴かせてみせようホトトギス〟こそが信条なのだから。

14

二〇一一年四月一二日午後〇時一二分　栃木県日光市・中禅寺湖

首都電力幹部を交えて始まったミーティングは、収束する気配すらなかった。

中禅寺湖ミカドホテルは、濱尾会長から直々に懇請されて心身を病んだ首都電社員を受け入れている。それに伴う課題が山積していたのだ。

受け入れた社員の精神状態が改善せず、逆に悪化しているケースも多く、ホテルで静養というだけでは解決に至らなかった。

中禅寺湖ミカドホテルは、鉄筋一二階建てで客室が二〇〇室ある。受け入れを始めた三月二〇日時点では三二室の利用だったが、瞬く間に疲弊した首都電社員で満室になった。そのため、周辺にある貸別荘やロッジにも協力を請うた。

当初は、イチアイで事故対応に当たっていた社員が大半だったが、最近は東京本社の社員も増えている。彼らは緊急対策本部に詰め、過労や極度のストレスで療養が必要と診断されて、ここに来るのだ。

当初は医師が、滞在者を診療するという想定をしていなかった。ところが、精神が不安定な状態に陥る社員が多く、日光市と相談して市民病院の医師に往診を求めた。その後、首都電が保有する四つの「首都電病院」の心療内科や精神科の医師がホテルに常駐するに至っている。

しかしホテルは病院ではないから、治療にも限界はある。ストレスを抱え込んだ社員同士の諍いが絶えず、室内の器物破損事例も増えるばかりだった。ホテルスタッフにも負担が増えて、このままでは対応できないと支配人の二宮（にのみや）から抗議を受けた。

今日のミーティングの議題はそれなのだが、首都電側は、貴子（たかこ）らの訴えに恐縮はするものの、お茶を濁す程度の回答しか返さない。

また、医療責任者からも、医師のオーバーワークについて改善を求める声が上がっているのだが、これについても打開策はないようだった。

結局、堂々巡りが二時間あまり続いたところで、貴子は「休憩を兼ねてお食事にしましょうか」と提案した。

安堵する首都電幹部とは対照的に、二宮と医療責任者はうんざりしている。

部屋を出たところで二宮が声をかけてきた。

「社長、もう少し厳しく対処すべきではないでしょうか」

古くからミカドホテルに勤務し、トラブルの対応にも慣れているはずの二宮がそこまで言うほど、ホテルスタッフの我慢と疲労は極限に達していた。

「原発事故対応という、想像を絶する事態の中で皆さん頑張ってこられたんです。それで心身が疲れ果ててしまったのなら、少しでも英気を取り戻して戴く場所をご提供したいんです」

「しかし、我々は医療従事者でも介護ヘルパーでもありません。現状は、ホテル従業員としてのホスピタリティを超えています」

「だったら、追い出しますか」

「重症の方については、専門の施設に移すべきです」

それは、先程の会議でも、何度も訴えている。だが、首都電側は引受先がないの一点張りだった。首都電保有の四ヵ所の病院は、被災者を優先して受け入れているため、社員に病床を提供できるような余裕はない。それに、近隣の病院はどこも大混雑で、首都電社員を優先的に受け入れてくれなどと言えば、また批判のタネが増えるだけだ。

「当初は束の間の休息の場として提供していたはずです。でも、首都電側は重症な人をここに隔離したいと考えているようです」

その一言を聞いて貴子は、厨房へ向かう足を止めた。

「それは、お客様に対して失礼でしょう」

「社長、果たして彼らはお客様でしょうか。現状、この一ヵ月、宿泊費を含め一切の費用を戴けておりません」

その点は、副社長の珠香（たまか）も抗議している。

「場所を提供するとは言ったけど、無償提供なんて約束していないわけだから、首都電に請求書送るわよ」と今朝、珠香は言った。

「宿泊費については、珠香が対応してくれます」

「また、これだけ長期のご滞在となると、首都電関係者がご利用になっておられることを、隠し通すのは難しくなってきております」

原発事故で強制的に避難させられた被災者が大勢いる。なのに、事故を起こした張本人である首都電社員が心身を病んで静養なんてあり得ない――。そう非難されるのは目に見えているから可能な限り内密に願いたいと懇願されている。事情は理解できたので、その旨はホテルスタッフにも伝えてある。

「いずれ、メディアではなくて原発反対派の人たちに察知されるのでは？」

原発事故直後から、全国で原発反対の運動が盛んになり、東京では抗議集会なども開かれていると聞く。

貴子自身、これだけの事故を引き起こした以上、日本で二度と原発は稼働できないだろうと思っている。原発という科学技術は人知を超える領域にあると思い知らされた。だが、デモまでして原発廃絶を訴える気にはなれない。そんなことをしなくても、現総理であれば、政府の方針として原発を封印するだろうと思っている。

それはともかく、首都電社員が中禅寺湖ミカドホテルで静養しているのを原発反対派が知れば、ホテル前でデモを行う可能性はなきにしもあらずだ。

「差し出がましい意見ですが、ミカドホテルの伝統から考えても、首都電の方にはそろそろお引き取り戴くべきではと思っています」

甚大な事故を起こした責任はあるが、首都電社員は犯罪者ではない。世間から非難されているから宿泊を拒否するというのは、ホテル業に携わる者の発想としては誤りだ。

「二宮さん個人の意見だとしても、改めて欲しいですね。お客様を選別したりするわけにはいきませんから」

「私個人ではありません。多くの従業員がそう考えています。社長のお考えは尊い。しかし、しょせんホテル業は、人気商売です。悪評を買うような行いは慎むべきでは」

　人気商売だから厄介事は避けるというのではホテル業の名折れだ、などと青臭い主張をするつもりはないが、多くのスタッフが同様の考えであるということがショックだった。

「一度、みんなの意見を聞きましょう。その後で、首都電と話をします」

　その時、レストランで食器の割れる音と人の叫び声が聞こえた。

　貴子がレストランに飛び込むと、社員が喚きながらテレビに向かって拳を振り上げている。

「首都電をなんだと思ってるんだ。買えるもんだったら、買ってみろ！」

　その声に反応して、貴子はテレビ画面を見やった。

　懐かしい顔が映っていた。

〝経営危機にある首都電を、一日本人として応援したいと考えたからです〟

「ウソをつけ！」

　複数の声が上がった。それまで雑談に興じていた社員が皆、テレビに釘付けになっている。

「テレビを消しますか」

慌てて二宮も駆けつけ、貴子に尋ねた。そんなことをしたら、もっと大騒ぎになるだろう。

「このままでいいわ。私は一二〇一号室に行ってきます」

背後で食器の割れる音とテーブルの倒れる音が聞こえたが、貴子は気にしなかった。その程度の騒ぎは、もはや日常茶飯事だ。

一二〇一号室には、首都電社長を退任した安江惣一郎が一〇日前から滞在している。

部屋に入ると、安江はリビングでテレビを見ていた。

「安江様、お食事がお口に合いませんか」

食事には手がつけられていない。当人は惚けたようにテレビ画面を見つめたきり動かない。

「相済みません。会社関係のニュースに釘付けになってしまって」

安江に寄り添うように座っていた夫人が詫びた。

「安江様、少しお散歩なさってはいかがでしょうか。今日は、ようやく春めいた陽気で、中禅寺湖畔を歩くと、気分転換になります」

「あなた、そうしましょう」と言って夫人が腰を上げた時、安江の喉から振り絞るような声が漏れた。

「今すぐ、東京に戻らないと」

「何を言っているんです。暫くここで静養するようにと、濱尾会長から言われたんじゃありませんか」

「会社が買われるかどうかの一大事だぞ。こんな場所で休んでなんていられるか」

妻の手を振り払って、安江は身支度を始めた。

発送電部門の専門家としてキャリアを積んできた安江は、首都電社長は企画部門から選出されるという伝統を破って、異例の人事で社長に抜擢された。メディアでは、電力の自由化が政策課題となったのを受けての人事だと分析されていた。

恒例の幹部社員研修で挨拶した時は、生真面目で控えめな印象しかなかった。

事故発生時は出張中で、事故対応が遅れたため、安江は終始メディアと政府、そして社会からも攻撃の的となった。それだけに、心労は凄まじいものだったに違いない。一〇日前にホテルに到着した時は、歩行もままならず、車椅子でチェックインしたほどだ。

クローゼットからワイシャツと背広を取り出し、慌ただしく着替えている。

「安江様をしっかり静養させるようにと、濱尾会長から厳命されております。なので、今、東京に戻るのはおやめ下さい」

「静養はもう充分したよ。ほら、ちゃんと自分の足で立っているだろう。だから、邪魔しないで、車を呼んでくれ」

訴える眼が血走っていた。

貴子は「失礼します」と一旦部屋を出ると、携帯電話で主治医を呼び出した。

「恐れ入ります。安江様が、どうしても会社に戻るとおっしゃって。すぐに来て戴けますか」

主治医は「すぐ参ります」と応じてくれた。

貴子は無性に鷲津に怒りを覚えた。

こんな時期に、なぜよりにもよって首都電なんかに手を出すのだ。

安江の部屋で怒鳴り声がした。貴子はドアをノックしたが、ドアを開ける気配はない。夫人の悲鳴が聞こえた。

すぐに貴子はマスターキーで室内に入った。

安江が夫人を殴りつけている。

「おまえは、何も分かってない。あんな野郎に会社を乗っ取られるわけにはいかないんだ。濱尾会長のためにも、俺は東京に戻るんだ！」

貴子は慌てて二人の間に立ちはだかった。

「安江様、どうか落ち着いて下さい。濱尾会長から今ご連絡があって、安江様はここから出てはならないとおっしゃっておられます」

ウソをつきたくなかったが、そうでもしないと安江の激高は収まりそうになかった。

「会長が、そんなことを……」

急に脱力したかと思うと、安江は床にへたり込んだ。

15

二〇一一年四月一二日午後七時四九分　東京・赤坂

久々に赤坂の料亭「ぽん太」の離れで、鷲津は三味線を弾いていた。腐れ縁の元バンカー、飯島（いいじま）が囲っていた芸者の名を冠する店は、鷲津が購入して飯島に与えた料亭を大改装したものだ。

今では赤坂で密談が出来る料亭が減少しているだけに、ビジネスでも重宝していた。それ以上にこの店の雰囲気が気に入っている。

誰とも会いたくないような夜に、縁側に座り坪庭を眺めながら小唄を三味線でつま弾いて寛いでいる。

だから、本当は客など呼びたくなかったのだが、今日は行きつけの場所の大半にはメディアが張り込んでいるため、使えるのはここしかなかった。

記者会見後、首都電力株は跳ね上がり、ストップ高になった。買い集めている側からすれば、嬉しくはないが致し方ない。唯一の朗報は、暴落した首都電株を処分し損ねた機関投資家が株を手放したことだ。

それらの株を購入したのは、少しでも株が下がる気配があれば即刻売り払うような素人の投資家たちだ。いよいよ買収という時には、意図して首都電のマイナス情報を流す予定で、そうすれば再び株は暴落し、安価で欲しいだけ買えるだろうと楽観していた。

それよりも面倒なのは、メディアや政府の過剰反応だ。

早くも取材を求める連絡が殺到している。それに、大手町の本社やパークハイアット東京周辺で張り込みを始めたメディアも少なくない。

そんな中、ある男から「大至急お会いしたい」という連絡がきた。鷲津が一番会っておきたい人物の代理だと言い添えられてあったので、応じることにした。

「お客さんがお見えになりました」

二代目としてすっかり女将が板に付いた花江(はなえ)が襖を開いた。先代女将のぽん太とは対照的な細身でしなやかな身のこなしと、気配りの行き届いているところが気に入っている。

「一人で来たか」

「へえ」

「店の前は、どないや？」

花江が京都弁で話すのに影響されて、訛ってしまった。

「記者さんらしきお方は、いやはらしまへん」

結構だ。

「ぽん太さんからの連絡は？」

ぽん太を通じて飯島に、野党保守党のエネルギー族のドンとの面談を頼んでいた。

「明後日の午後八時からでどうですやろと、連絡がありました。久仁子(くにこ)はんにも日程確認中です」

気が回る花江は、秘書の村上に連絡を済ませてくれている。

選挙で過半数を制して政権交代を果たした民政党政権だが、さほど長くは続かないはずだ。

野党に転落して臥薪嘗胆している保守党は、民政党の原発事故への対応のまずさを連日非難している。保守党も頼りないところはあるが、首都電奪取には、保守党で長年原子力発電を推進してきた国会議員を巻き込む必要があった。

暫く日本の政治家と接触してこなかった鷲津にとっては、改めて彼らとの関係構築が急務で、ぽん太と飯島に支援を求めたのだ。

「失礼します」

一旦下がった花江が客を連れて戻ってきた。

「芝野さん、わざわざお越し戴きありがとうございます」

「こちらこそ、迅速に対応戴いて感謝しています」

固辞する芝野を上座に座らせた。

「ここは懐かしいなあ。鈴紡の再生の際にお邪魔した気がする」

記憶力だけは、良い男だな。

「私の大切な隠れ家ですよ。女将は代わりましたが、なんとか細々とやってます」

「以前は確か飯島さんが贔屓（ひいき）にしていた京都の芸者さんが女将だったね。でも、今の女将さんも素敵だ。君らしい目利きだ」

何が俺らしいのか分からなかったが、花江を褒めてくれたことに礼を言ってから乾杯した。

「いずれにしても、料亭で君と差し向かいなんて、時間が巻き戻されたみたいだね」

バブル経済崩壊以降、日本はそれまでの日本的な習慣や良さをかなぐり捨てた。言ってみれば、第二の明治維新が起きたといえるほど大胆で乱暴に、文明開化（グローバルスタンダード）に突き進んだ。

しかし、こういう場と空間は大切にすべきなのだ。

「それにしても、今日の会見はショッキングだったな」

「サプライズこそ、我が人生ですから」

「そうだったね。だが、君に振り回されるのは二度とごめんだと思っていた私としては、あまり愉快ではなかったがね」

よほど腹立たしかったのか、芝野はおしぼりを強く握りしめている。

「不快な思いをさせてしまったのであれば、謝ります。申し訳ありませんでした」

「湯河君なんかは、第三者機関（TOAI）による事故調査委員会の委員長を私が引き受けたのも君のさしがねだと断じていた」

なるほど、あの原発至上主義者なら、それぐらいは言うだろうな。

「あなたは何もご存じなかった。あなたも被害者なんですから、堂々となさって下さい」

呆れて物も言えないと言いたげに、芝野が顔を歪めた。

「宮永大臣は君の企みを見抜いていらっしゃるよ」

「きっと同じ穴の狢（むじな）なんでしょう」

「それで、早急に君と話がしたいそうです」

「その前に、芝野さんのお立場を伺いたいのですが、予定どおりＴＯＡＩの委員長は続けていただけそうですか」

「何とも言えません。政府が継続を認めても、私の方から辞任を申し出るかも知れない」

清廉潔白が服を着て歩いているような男の面目躍如か。

「宮永大臣は、私を首都電のＣＲＯ（最高再生責任者）にするまでが、君の戦略だと考えておられる。それも含めて、君の思いどおりに動くつもりはないよ」

「芝野さんにＴＯＡＩの委員長をお願いしたいと申し上げた時の言葉に、ウソはありません。芝野さんのような強い意志とリーダーシップが執れる方に、事故の原因を解明して戴きたいんです」

「じゃあ、その一大事の最中に、瀕死の首都電を買おうなんていう暴挙について、どう釈明するんだね」

この男の精神構造は、成長という言葉を知らないようだ。

「私は企業買収が仕事です。買い時なら動く。至極当然の行動を取ったまでです」

芝野が絶句している。鷲津が、首都電買収を言下に否定すると思っていたからだろう。

鷲津は菜の花のおひたしを味わいながら、相手の言葉を待った。

「呆れたな。否定もしないのかね」

「否定しても、信じないでしょう。ただ、申し訳ないですが、これであなたの立場はさらに微妙になってしまいました」

鷲津が、この場で首都電買収なんてまったく考えていないと主張すれば、芝野は善意の第三者的立場を守れた。

「君はとんでもない卑劣漢だな」

褒め言葉だと喜んで、グラスを掲げた。

「今さら、そんな分かりきったことを。それより、宮永大臣の伝言を伺いたい」

気持ちを落ち着けたかったのか、芝野はおしぼりで顔を拭っている。

「宮永大臣は、首都電国有化に反対のようだ。だから、君が首都電を本気で買うのであれば、交渉のテーブルに着きたいと考えておられる」

狸は、最初からトップギアで攻めてくるわけか。

「それは、大臣個人の意見ですか。それとも政権としての公式見解なんでしょうか」

「大臣個人だ。古谷総理は、日本から原発を一掃するおつもりらしい」

「バカな男だな。ろうそくで暮らす気なのか」

「しかし、今や日本中が原発はこりごりだと思っているよ」

「ほとんどの国民は今まで電力のことなんて何も考えてこなかったんですよ。確かに原発が爆発したら怖い。しかし、それでも電気は必要なんです」

芝野は露骨に眉をひそめた。

「世論や民意に敏感な君の意見とは思えないな」

どうやら大人として穏やかに歓談するのをやめたようだ。

「私の見立ては間違ってない。国民は首都電に怒りを覚えています。血税を投入すれば、政府が非難の矢面に立つ。それが分かっているから、宮永大臣は迅速に動いたのだと思いますがね」

「だから、我に正義ありと言いたいのか」

「私に正義があるかどうかは、どうでもいいでしょう。しかし、政治家は国民から非難されたくない。せっかく手に入れた政権を、こんな不可抗力の事故で失いたくない。ならば、首都電を懲らしめる役回りは、鷲津という卑劣漢に委ねてしまおう――宮永大臣の発想は、至極当然では？」

「情けない国だな、日本は」

それは、俺とあんたが初めて会った時から、ずっと変わっていない。

「だからこそ、私のような必要悪が欲しいんですよ」

「勝手にやってくれたまえ」

「そのつもりです。あなたは、粛々とＴＯＡＩの委員長として、事故原因究明に専念して下さい」

「君に指摘されるまでもなく、ここでＴＯＡＩの委員長を放り出すなんて出来ない。責務を全うする覚悟だ。もちろん、首都電のＣＲＯなんて引き受けない」

滑稽な男だ。何度言えばいいんだ。俺の約束は破るためにあるんだぞ、芝野健夫。

「芝野さん、失礼だが、あなたに首都電を再生できると思いますか」

「なんだと」

「あなたが事業再生家（ターンアラウンド・マネージャー）として、それなりに優秀なのは認めます。しかし、首都電のような巨大かつ傲慢な組織の再生責任者なんて、本当にできるとお思いなんですか」

普通の男なら、ここで鷲津の額に杯でも投げつけて席を立つ。だが、お人好しの芝野はショックを受けて固まっている。

「つまり私をＣＲＯに指名しないと言いたいのかね」

「その前に答えて下さい。あなたに首都電再生をお願いしたら、あの会社は蘇るんでしょうか」

「そんな質問に答えられると思うのかね。そもそも首都電の経営状態を把握していない。それに、原発事故が収束していない段階で、再生なんて不可能だろう」

なるほど逃げるのか。

まあ、この男が「俺に再生できない会社なんてない」という啖呵（たんか）を切れないタイプなのは分かる。しかし、芝野は明らかに動揺している。

「首都電は、再生を口にする権利なんてないよ。政府もそうだ。今は、とにかく無事に原発を冷温停止することが、首都電の最大の使命だ。その後に、経営陣や政府関係者の責任の所在を明らかにし、将来について考えるというのが筋道じゃないのかね」

「目の前に瀕死の患者がいる。今すぐ手術すべきなのに、その患者がなすべき使命を全うするまでは放置する。そんな医者がいるんですか」

「たとえがおかしいな。首都電は、まだ瀕死じゃない。それに、なすべき使命を果たすまでは、政府が生命維持をサポートする。だから、まずは使命の全うに専念すべきだろう」

本当におめでたい。

「銀行は二度と融資しませんよ。だとすれば、首都電の余命はもって二ヵ月です。政府が生命維持をサポートするとおっしゃるが、瞬く間に負債は兆単位までいきます。それでも首都電の腐食は止まらず、貴重な税金が湯水のように浪費されていく。それでいいんですか」

「だから、君がそれを救うという論法かね」

「私の話ではありません。芝野さん、ご自身が首都電を再生できるかどうかを、なぜ答えられないんですか」

「私は君と違って、はったりやこけおどしなんてやらない。まともな情報もなく、さらに指名すら受けていない段階で、軽々しく首都電の再生の成否なんて口にするもんじゃない」

それで結構だ。

「では、明言して差し上げましょう。私はあなたを首都電のCROに指名することはない。あなたには、首都電なんて再生できない。だから、しっかりTOAIにご専念下さい」

16

二〇一一年四月一二日午後一〇時一三分

女将や従業員が全員引き上げた後、ミーティングが始まった。

いつものメンバーが好みの酒を手に、離れの一室に集まった。芝野と食事した部屋とは別の洋室だ。

「思ったよりも、宮永大臣の動きが早かったですね」

前島が感心したように言った。芝野と鷲津の会話を、全員が傍聴していた。

「政彦が、あの狸爺とやり合えるのかが心配だわ」

リンが嫌みっぽく漏らす。

「狸は、イヌワシの大好物なんだ。安心しろ。それより母袋さん、経産省やエネ庁は、首都電の将来像について何か考えているんでしょうか」

「気にはしています。何せ、早くも倒産危機に陥ったわけですから。ただ、具体的にプロジェクトチームを立ち上げてというところまでには至ってないようです」

「相変わらず、危機感ゼロなの？」

リンが辛辣な一言を放つと、母袋は苦笑いしながらぬる燗を口に運んだ。

「危機が多すぎて、パンクしているってのが正直なところでしょうな。イチアイの事故対応だけではなく、計画停電や火力発電用の燃料調達、さらには、他の電力会社からの突き上げなど、一刻を争うことばかりですから」

だから、そのどさくさを利用して、首都電株を集めたのだ。

「それにしても今日の記者会見は効果的でしたな。関係者はみな、情けないぐらい、びっくり仰天してますよ。いやあ、あの瞬間、エネ庁内にいたかったですな。私のところにも、問い合わせが来ています」

母袋が、サムライ・キャピタルに在籍していることは隠していない。当然の反応ではある。

「接触してきた経産省（METI）の連中の関心事は、どのあたりにあるんですか」

酒の代わりにフレッシュジュースを飲んでいた前島が尋ねた。

「本当に首都電を買うつもりなのかというのが、圧倒的に多かったですな。あとは失笑ものばっかりですよ。あれはアメリカの意向なのかとか、全ての原発を廃炉にするのが真の目的と聞いたとか、協力している国会議員の名前を教えろとか――ですかねえ」

それが、霞が関的発想なのか。

「前島、経産省から正式な問い合わせはないんだな」

「今のところ、政府関係者からの接触はゼロです」

「首都電は？」

「もちろん、来ています。濱尾会長が会いたいと言ってるそうで、日取りをせっつかれています。会長室以外の部署からも、事情を伺いたいと言ってきています」

濱尾自身からも何度も電話が入っているが、秘書の村上は、「伝えておきます」としか返事していない。

「リン、濱尾のオヤジと会うのは当分、塩漬けするつもりなんだが、いいよな」

リンは、このところいつも、メンバーから少し離れた場所で静かに話を聞いている。別に遠慮しているわけでも、首都電買収に反対しているわけでもない。

鷲津が常にディールの中心にいてエネルギーを放出しているので、自分は少し離れたところから、鷲津丸をウォッチするんだと言っている。

「彼には出来るだけ接触しないで欲しいわ。会う場合は、向こうは一人で、こちらはこの顔ぶれが揃ったところで、やって欲しい」

「そんなに俺は弱虫なのか」

「あら、政彦、弱虫なんかじゃないわ。あなたは強がりなの」

「前島、そういうことだ。濱尾会長とは、当分会わない」

「承知しました。ついでに首都電の反応だけ、お伝えします。首都電は、全社的に衝撃が走っているようです。会見前から買収対策本部が濱尾会長邸内に置かれていたそうです」

首都電には二〇人近い協力者がいる。多くはアンチ濱尾の社員だ。彼らから逐次、首都電社内の情報が届けられている。

「なんだ、濱尾邸って、そんなに広いのか」

「母屋の隣に離れがあって、まるでホテルの別館だそうです。そこに幹部や買収対策に携わる社員が集められています」

首都電買収に際しては、奴の邸宅も買うか。

「それから、濱尾会長の特命として、同社のステークホルダーに向けて支援を呼びかけるプロジェクトチームが立ち上がりました」

民意を首都電側に呼び込みたいのだろうが、今回ばかりは難しいぞ、濱尾さん。

「ハゲタカに買われるから、助けて！」と叫んだところで、「自業自得」と返されるのがオチだ。

「サム、今日はやけにおとなしいな」

ゆっくりとしたペースで、サムは冷酒を味わっている。

「私はいつも静かだろ。それに、今日は伝えなければならない情報は特にない」

「俺の会見に対しての海外メディアの反応は？」

「ウォールストリートジャーナルが、五〇行ぐらいの記事を書くらしいが、あんまり関心はないようだね」

極東の国で電力会社を買う案件など所詮ドメスティックで、海外経済には影響がないという判断か。

「私のところには、ニューヨークタイムズから、コメント取材が来たわよ。鷲津は、なぜ首都電なんかに興味を持っているんだと、聞かれたわ。だから、昔から電力会社を買うのが夢だったのよって、返しといた。ただし、あくまでも夢の話だから、実際はそれほどクレージーじゃないと思うけど、って言い添えてあげたけどね」

それは、ご丁寧に。

「あと、鷲津が首都電株を買っているのは、あの会社が潰れたら、日本経済がクラッシュするのが分かっているからだろう。やっぱり彼は救世主になろうとしているのかとも尋ねられた」

「で、何とお答えになったんですか」

前島が興味津々で尋ねた。

「鷲津は破壊の神様だから、それは大いなる勘違いだって」

「破壊神か、さすがリンだな。素晴らしい表現だ」

「だが、破壊の先に再生があるんだぞ、サム。ヒンズー教の破壊神であるシヴァは、再生の神としても崇められている。俺って、そんな感じだろ」

「政彦、もう少し己を知りなさい。ともかく、思った以上に海外の関心は低いわ。残念ね」

「別に俺は、世界の関心を惹くために、ビジネスをしているわけじゃない」

強がりではない。ただ、日本がこれほどの災害に見舞われているというのに、世界がさして関心を持っていないのは残念だった。

「海外の投資家の反応は、どうなんですか」

母袋から意外な質問が出た。

「今のところは静観していますね。サムさんは、なにか耳に入ってますか」

「いや、私も同様の感触だね。興味津々で、先行きを見守っているという感じらしい。底の抜けた鍋のような首都電にカネを入れるのは、政府と裏取引しているからだと思っている投資家が多いようだね」

そりゃそうだろ。

実際、俺もそういう交渉をするのだから。

「さっき芝野さんは、宮永大臣がいつでも交渉のテーブルに着くと言ってたわよね。どうするの？」

それが今日一番のお題だ。

「もちろん、テーブルに着くさ。加賀君が探ったところでは、宮永大臣としては、企業再生の専門家や弁護士を集めたチームを結成した上で、交渉したいらしい」

「それとは別に保守党のエネルギー族のドンとも会うのよね」

日本に原発を誘致した政治家の東海林完爾（しょうじかんじ）とは明後日に会う予定だと告げると、リンが顔をしかめた。

「ちょっと急ぎすぎじゃないの？　甲斐と東海林という永田町の妖怪には要注意だと、飯島さんに釘を刺されたでしょ」

「だが、彼を味方に付けられるかどうかが、今回の買収の成否の鍵を握る」

「それは分かっているけれど、早すぎるわ。ちなみにサムはどう見てる？」

「東海林は事故が起きて以来ずっと、アメリカの原発マフィアと連絡を取っている。政彦に会うのも、彼らと相談の上で臨むだろう。私も順序が逆だと思う」

「つまり、先にアメリカにお伺いを立てよというのか」

日本に設置されている原発はすべて、米国の原発メーカーが設計し、製造と施工を日本の企業が受け持っていた。元々は核エネルギー拡散防止のために、米国政府は原発建設の細部に至るまで目を光らせていた。建設のほぼすべてを日本企業が担ってはいても、設計と監理、さらには故障や事故が起きた時の原因をまとめたブラックボックスの管理だけは、米国が独占している状態が続いている。

その結果、米国の原発メーカーに米政府、さらに原子力ビジネスを取り仕切るコンサルタントらで組織されている原発マフィアが、日本の原発村とエネルギー族の政治家と連携して、原発にまつわるすべての事象を監督してきた。

首都電を手に入れるためには、この厄介な連中の反応を注視する必要がある。

「政彦が何よりも嫌う通過儀礼だけれど、避けては通れない」

「東海林氏は、原発マフィアとの橋渡しをするつもりじゃないのか」

「彼は必ずしもアメリカの意向の代弁者でもない。だから、彼を間に入れると、話がこじれるかも知れない」

リンの懸念も分かる。実際、この話は、今まで何度も繰り返し議論している。

サムとリンの主張は変わらない。

首都電は、企業であって企業じゃない特殊な会社だから、より慎重に手続きを踏むべきだ――。

しかし、鷲津としては、日本はこれを機に米国の原発マフィアとの関係を断ち切ればよいと思っている。そのために、東海林を利用する。

「東海林氏には、すでにアポイントメントを取っている。まさか、こんなにあっさり応じるとは思わなかったが、会わないわけにいかないだろ」

勝手な男、とリンが視線でなじっている。サムは、こちらを見ようともしない。

「オーケー、無茶はしないし、強引に東海林氏を自陣に引き入れるような真似もしない。まずは、様子見。いわば仁義を切り合う会合にするよ。それなら、いいだろ」

「それしかないわね。いずれにしても、私は近々ＤＣに行くわ。米政府や原発マフィアの感触と、この問題についての関心を探ってくる」

　鷲津が忠告に耳を貸さないと分かると、リンは必ず行動に出る。

「よし、じゃあ、今日のところはこの辺でお開きかな」

「ちょっと待って。あなた、芝野さんに随分酷いことを言ったけど、彼をどう使うつもりなの」

　リンから待ったが掛かった。

「予定どおりだ」

「つまり、ＴＯＡＩの委員長をやらせて、程良きところで、首都電の再生に参加させるのね？」

　鷲津は頷く代わりに、シャンパングラスを掲げた。

「ならば、あそこまで彼を打ちのめす必要があったのかしら？」

「あのオヤジは、マゾヒストだから、あれぐらいでちょうどいいんだよ」

「真面目に答えて」

「首都電の再生に芝野を関わらせるのは、間違いない。芝野のオヤジの得意技は、どうしようもなくダメな会社の従業員に、やる気を起こさせることだ。なので社長に就いてもらうつもりだ。そして、満身創痍になって陣頭指揮を執っていただく。だから、俺は奴にウソはついていない。俺はただ、ＣＲＯ（最高再生責任者）にはしないと言っただけだから」

前島や母袋は、感心してくれたが、リンの表情は険しい。

「つまり、彼を楯にするつもりね。従業員に対しても、社外に対しても」

「リン、ちょっと違うな。芝野様には、生まれ変わる首都電力の顔になってもらうんだよ」

17

二〇一一年四月一三日午前六時一一分　静岡県磐田市

早朝の柔らかい日差しの中、秀樹は首都電力が保有する合宿所の駐車場で、入念なストレッチをしていた。

昨夜は早めに寝たのだが、些細な音にも体が反応してベッドから飛び降りてしまう。そのため、徹夜明けの朝のように体がだるい。

体がほぐれるにつれ、頭が徐々に働き出した。

そろそろかなと思って通用口の方を見た。扉が静かに開き、待ち人が現れた。黒いウインドアップを着たその人が走り出すと、秀樹も続いた。

合宿所は天竜川の河畔にあり、先を走るランナーは堤防沿いを無駄のないストライドで駆ける。しかも、陸上の中距離選手並みの速度なので、体が鈍っている秀樹は全力で走らないと置いてきぼりになる。

秀樹は必死でランナーに追いついた。

「おはよう」

相手からの返事は、もちろんない。だが、めげるわけにはいかない。秀樹が伴走できるのは、せいぜい五〇〇メートルで、あとは心臓が爆発しそうになって足が止まってしまうからだ。

「朝食の時でもいいんで、話をさせてもらえないかな」

ランナーはひたすら無駄なく疾走している。

すでに秀樹は息が切れ始めている。

「とにかく話を聞いて欲しい。それでダメなら、おとなしく引き下がるから」

最後の方は、息が苦しくて言葉になっていなかった。

結局、何の反応もないまま、MPアトムズのエースストライカー、萩本あかねは秀樹を置いて川下へと駆けていった。

ああ、なんで僕は、こんな根性なしなんだ！

数百メートル走っただけで、挫折するなんて。

しかし、首都電買収対策本部長の若田から、あかねとペアを組んで、首都電をハゲタカファンドから守るための活動をせよと命じられている以上、おめおめと帰るわけにはいかない。

磐前県のＪファームに本拠を置くＭＰアトムズは、原子力発電所事故の影響で、練習場所を失った。

まだ、リーグ戦は始まっていないが、トレーニングも出来なくなったため、急遽静岡県磐田市内にある首都電のグラウンドで、練習を再開した。

あかねも、イチアイから避難後、チームに合流した。ところが、彼女は「事故が収束するまで、サッカーはしない。それよりもイチアイに戻して欲しい」と言って、練習にも参加していない。それなのに、メディアは容赦なく彼女を追いかけるので、結果的に早朝のランニングと、自主トレーニングだけの生活を余儀なくされている。

昨日、首都電サポーターズ・クラブの件で合宿所を訪れたのだが、あかねは面談を拒否、携帯電話にすら出ようとしなかった。それで、早朝ランニングをするあかねを追いかけることにしたのだが、このざまだ。

「おっはあ」

いきなり後ろから背中を叩かれた。

「あっ、本田（ほんだ）さん！　おはようございます」

「何、もうへこたれたの？」

MPアトムズのキャプテンを務める本田由紀（ゆき）だった。

「情けないです」

「まあ、あの子の足は特別だからね。私たちだって、付いていくのはマジ大変だから」

それは慰めになってない。

「あの、本田さんから、萩本さんを説得してくれませんか」

「首都電サポーターズ・クラブのPR役のこと？　難しいと思うよ」

本田はそう言うとジョギングを始めた。

本田も、サポーターズ・クラブの勧誘部隊に選ばれている。ここは彼女に縋るしかないと判断した秀樹は、再び心臓に鞭打って、彼女の後ろを走り出した。

「なぜですか。彼女は、あれほどイチアイに誇りを持っていたじゃないですか」

「だからよ」

意味が分からない。

「あかねは、イチアイの事故に対処できないお偉いさんたちに怒っている。だって、イチアイには二人のお兄さんも残って頑張っているんだから、当然でしょ。その上、イチアイが日本の汚点のように言われて、さすがに心折れちゃってね。だから、今は何を言っても無理」

理屈は分かる。僕だって、今さら首都電サポーターズ・クラブだなんて冗談じゃないと思っている。しかし、理不尽でも、会社の方針に従うのが社員の義務じゃないのか。

「本田さんも、同じ考えですか」

「私は、それほど深くは考えてないわ。アトムズに入ってから今まで、好きなサッカーのことだけを考える生活が許されてきた。本当に良くしてもらったと思う。その恩返しになるのなら、頑張ろうかなって感じ」

この性格が、個性派揃いと言われるMPアトムズの選手を結束させている。

「でも、あかねの気持ちも分かる。それに、あの子は何事にも一途で、融通をきかせるという発想がない。だから、あなたがいくら毎朝伴走しても、決して振り向かないわよ」

身も蓋もないな。

「五分でいいんです。彼女と話す機会をつくってもらえませんか。ちゃんと話をして、萩本さんの気持ちを聞いて、サポーターズ・クラブなんかの手伝いは出来ないと明言してくれたら、引き下がります」

「あのさあ、私はあかねのマネージャーじゃないんだけど」

「それは分かってます。でも、頼れるのが本田さんしかいないんですよ」

思わず手を合わせて拝んでしまった。

「なんだか、都合良く利用されている気がするんだけど」

「都合良くだなんて、とんでもない！　ひたすらお慈悲に縋ってるんです」

本田が吹き出した。

「郷浦君って、得な性格だよね。そうやって誰にでも、お願い事をして助けてもらうんでしょ」

「そんなことないっすよ。僕は、独立独歩の人生が目標ですから」

「目標ってのは、実現できるように立てるわけで、今はできないってことでしょ。じゃあさあ、これから一キロ、私と一緒に走れたら、あかねに話をしてみる」

走るのはもう勘弁と言う間もなく、本田が速度を上げた。

死ぬ気でやれ！　それしか活路はないんだ。

秀樹は、腹に力を入れて本田に続いた。

あかねほどではないが、本田も俊足で鳴らしている。一分ほど伴走したら、早くもふくらはぎが悲鳴を上げた。

「リズミカルに呼吸するのよ。そんなに手を振る必要もない。リラックス、リラックス！」

本田のアドバイスを意識すると、ますます手足がバラバラに動いた。最悪だ。

「とにかく呼吸のリズムを整えて。もうちょっとガマンして走れ！　あとは楽になる」

いや、もう一〇秒も持たないよ。

音を上げそうになりながらも、三〇秒ぐらいは走れただろうか。しかし、そこからはみるみる引き離された。秀樹はただ歯を食いしばって走るしかなかった。

苦しい。

足がもつれた。

一瞬、近くに人影を感じて顔を上げると、本田が立ち止まっていた。

「よし、秀樹！　よく頑張った。五分だけ話が出来るように説得はしてみる。でも、あかねが拒否したら、そこで諦めてよ」

声も出せず、両手を膝に当てながら、秀樹は頭を下げた。

やっぱりダメかと諦めかけていた午後になって、本田からメールが入った。

〝午後四時に、あかねはトレーニングを終えるので、その後、トレーニング棟にある談話室で〟

ホテルの部屋で、鷲津政彦に関する資料を読み漁っていた秀樹は、小さくガッツポーズをして、本田にお礼のメッセージを送った。

約束の時間まであと一時間余りある。

制限時間五分で、頑なに心を閉ざしてしまったあかねを、どう説得するのか。

そもそも彼女を説得して、くだらない活動に巻き込むべきなのか……。

ボールを巧みに操りピッチを疾走するあかねの姿を思い出した。もう一度、あんなあかねの姿を見てみたい。だから、彼女を会社のつまらないしがらみに巻き込みたくない、というのがホンネだった。

それに、あかねがイチアイへの信頼を訴えた時の表情も強く印象に残っている。

「イチアイが安全に止まるまで絶対にここを動かない」と言い切った時の顔には、なんの迷いもなかった。

何事においてもまっすぐに突き進み、自分が信じたものを大切にする――。さして年齢も変わらないはずなのに、電力事業に携わる者の強烈な矜持が、あかねにはあった。

そんなあかねには、わずらわしいことに振り回されずに、無心でボールを追いかけて欲しい――。ならば、首都電サポーターズ・クラブへの勧誘活動なんか、させてはいけない。

そこまで分かっているのに、僕は彼女を説得しようとしている。つまり、これが社畜的発想って奴か。

大学を卒業して二年目、学生時代の同期と時々飲むが、多くは「社畜に成り下がった自分が情けない」と嘆く。だが、今まで秀樹は、自分の境遇をそんな風に考えたことがなかった。

首都電の一員であるというのが誇りだったし、自分たちが日本を支えているという自負もあった。

でも、今やろうとしている仕事は、腑に落ちない。

だったら、あかねをつまらないPR活動に巻き込むのはやめよう。

事故は心配だろうけれど、イチアイで闘う先輩たちを励ますためにも、サッカーに専念して、来るべきワールドカップで栄冠を手にして欲しい――。それだけを伝えよう。

携帯電話が鳴った。広報室の課長、稲葉からだ。

「郷浦です」

「お疲れ様。郷浦君、どんな感じ？」

彼女から、一日数回は同じ問い合わせが来る。

「えっと、ひとまずこれから彼女と会って話をします」

「それは凄い！　さすが、郷浦君だわ。じゃあ、がんばって説得してね。あなたとあかねちゃんのペアについては、会長が特に期待されているから。絶対に落とすのよ」

「はい！　頑張ります！」

そう言った瞬間、己の弱さを呪った。

なんだ、これは。

だが、すでに電話は切れ、秀樹の自己嫌悪は一気に膨張した。

一五分も早く、トレーニング棟の談話室に到着したのに、あかねが待っていた。

「無理を聞いてくれてありがとう」

秀樹は、首筋に汗が噴き出すのを感じながらあかねの隣に座った。

「朝っぱらから、ストーカーみたいなことをして申し訳ない」

「体力ないんですね」

あかねは手首に巻いたミサンガを見つめたまま、ぼそりと言った。

「面目ない。君に伴走できるほど速ければ、僕は今頃、駅伝選手だよ」

何を言ってるんだ。限られた時間なんだから、有効に使えよ！

「えっと、お願いがあって本田さんに縋って時間をつくってもらったんだけど、無理に聞いてくれなくていい。ただ、萩本さんが心配だったんで、こうして会えて、話をするだけでもう充分」

「やりますよ、勧誘活動」

え。

「いや、それよりトレーニングして、サッカーを再開してくれる方が、僕は嬉しいな」

「それは、無理。それよりも会社のために役に立ちたいんです」

「会社のためじゃなくて、萩本さんには自分自身のためになることをやって欲しい」

ようやくあかねが秀樹の方を向いた。暫く見ない間に目は落ちくぼみ、憔悴している。

「ここに何しに来たんですか。私を説得に来たんでしょ。だったら、そんなつまんない話をしないで下さい」

秀樹は言葉を失っていた。自分はつまらない話なんてしていない。だが、あかねの心に土足で踏み込むような行為をしたのかも知れない。

「ごめん」

「参加しますけど、条件があります」

「何？」

「磐前県内の避難所を回らせてもらえるなら、やります」

18

二〇一一年四月一三日午前八時四二分　東京・霞が関

内閣府に出勤する途中で、湯河は資源エネルギー庁長官秘書から〝本省の大臣室にお越し戴きたい〟という連絡を受けた。

「イチアイ対」（首都電力磐前第一原子力発電所事故の収束及び原子力発電所事故の再発を防止するため企画立案及び行政各部の所管する事務の調整対策室）の歌川に、登庁が遅れると連絡を入れてから、経済産業省総合庁舎本館に向かった。

大臣室には、エネルギー関係の幹部官僚がひしめいていた。

「なんだ、君まで呼ばれたのか」

エネ庁次長の植田（うえだ）が、目ざとく湯河を見つけて近づいてきた。

権威主義、事なかれ主義が服を着て歩いているようで苦手な上司だ。話したくはなかったが、情報収集だと割り切った。

「自分は生駒（いこま）さんにここに来るように言われただけです」

「あの方も酷な人だ。首都電の行方を考える会なんだぜ。おまえ、ここにいていいのか」

「いてはならぬ理由でもありますか」

「佐伯大臣と宮永大臣は、犬猿の仲だぞ」

この男は常にそういう視点で、物事を判断する奴だったな。

噂をすれば影で、生駒長官が佐伯や事務次官の安東憲行と一緒に、大臣室に現れた。

「朝早くから、呼び出して申し訳ないね」

ニュースキャスターから転身した佐伯は、笑顔とリーダーシップを売り物に政界入りしたが、今朝はその面影もなく、精一杯の空元気が痛々しかった。

佐伯を囲むように集められた官僚が席に着くと、安東の挨拶が始まった。

「諸君に集まってもらったのは他でもない。昨日、大手投資ファンドのサムライ・キャピタルが、首都電株の大量保有を発表した件だ」

次に佐伯が口を開いた。

「東日本大震災発災から、諸君には並々ならぬ苦労を強いてしまったことを、まずお詫びする。今なおイチアイの事故収束の目処が立たない状況下で、昨日、知ってのとおり、悪質なハゲタカファンドによる首都電奪取の企みが判明した」

昨日の会見では、鷲津は首都電買収に言及していないものの、関係者なら薄々は気づいている。とはいえ、経産大臣ともあろう者が、憶測で発言していいのだろうか。

総理の事務秘書官を務めていた時から湯河は、佐伯を軽蔑していた。軽薄で無責任なのは相変わらずのようだ。

「こんな蛮行は断じて許しがたい。首都電は、日本のエネルギー行政のシンボルであり、財界の宝でもある。それをどこの馬の骨とも分からぬハゲタカの餌食にするわけにはいかない」

時代錯誤も甚だしいが、皆、大臣の発言に力強く同意するかのように大きく頷いている。

唯一の救いは、生駒がいることだった。彼の表情を見るかぎり、この状況を苦々しく思っているようだ。エネルギー行政畑が長いだけではなく、生駒はエネルギー安全保障から、国内外のエネルギー問題についてまで知悉(ちしつ)している尊敬すべき官僚だった。長年、電力会社の地域独占に問題提起したり、自然エネルギー導入を積極的に推進する提言もしていた。その一方で、原発プラント輸出こそが、日本の新たなる成長産業に繋がるという考えも持っていた。

「そこでだ。財務大臣とも協議して、首都電再生のための機構を設立する」

遂に首都電国有化が動き出したか。

驚いた官僚は少数だった。やはり多くは、首都電は国が救うべきだと考えているわけか。それには、湯河も賛成だった。

「機構のスキームについては、企業再生支援機構や産業革新機構をモデルにする方向で検討に入った。この機構設立に当たっては、財務省が主導するつもりのようだが、ここはぜひ我が経産省（METI）のプライドに懸けて、我が省主導の機構を目指したいと考えている」

くだらない。どこが主導するかはどうでもいい。問題は、どんな結果を出すかだろ。そういうところにこだわるから、湯河は佐伯が苦手なのだ。

「予算は、一兆円を想定している」

「凄い額だな」という呟きが聞こえた。だが、湯河にはあり得ないぐらい少額に思えた。

「いずれ、ここにいる我が省のエネルギー行政の精鋭部隊を、機構に送り込もうと考えているので、ぜひ、よろしくお願いしたい」

続いて、安東が現状を説明した。

それによると、機構は総理の直轄とし、財務、経産の両大臣に加え宮永大臣、水野官房長官を交えた機構推進協議会を発足して、三ヵ月後を目処に機構成立を目指すらしい。

安東が質問を募ったが、誰も挙手しなかったので湯河が発言した。

「予算は一兆円とのことですが、首都電を国有化するに当たっては、原発事故被害に対する補償問題が重要かと思います。機構はそこも担当するんでしょうか」

「詳細は未定だが、当然、そうなるだろう」

「だとすると、予算が少なすぎませんか」

「君、一兆円だよ。これだけあれば充分でしょう」

佐伯のバカさ加減が露呈した。

「大臣、お言葉ですが、先の年度末の首都電のデフォルト対策に、関連銀行が集めた緊急支援資金は、二兆円でした。また、我がイチアイ対の試算では、除染と事故に対する損害賠償額は、少なくとも五兆円から八兆円規模だと推定しています」

「そうなの？　でも、それはさすがに多くないかい、安東君」

佐伯にはまったく危機感がないらしい。

「湯河、その予想賠償額の根拠は？」

「詳細なデータが手元にないので、あくまでも目安ですが、事故によってイチアイから三〇キロ圏内にある事業所と住民すべてを避難させました。避難者数は、一五万人を超えています。さらに、避難者に元の場所に戻って戴くためには、除染が必要ですが、その費用だけで二兆円はくだらないと思われます」

場の空気を読まない男だな、おまえは――という視線が突き刺さったが、佐伯の能天気ぶりは我慢ならなかった。

「機構の予算額については、これから精査する。今のところの最優先課題は、出来るだけ早く、政府として首都電は国家が守るというメッセージを出すことだ」

生駒の説明には異論なかった。

「私が先走ったようで、お詫び致します」

「なあ、湯河君、宮永大臣は国有化に反対のようなんだけど、本当のところはどうなの？」

妙にねっとりとした口調で、佐伯に尋ねられた。

「機構の話は、本日初めて伺いましたので、宮永大臣のお考えは分かりません」

「ちょっと探ってくれないかなあ。あの人がしゃしゃり出てくると、何かと面倒だからさあ。君も色々大変だろうけど、ＭＥＴＩの一員なんだから、よろしく頼むよ」

経済産業省（METI）の一員である前に、俺は国家公務員だという言葉を呑み込んで、湯河は了解した。

19

二〇一一年四月一三日午前九時四四分

「湯河君、ちょっといいかね」

廊下を歩く湯河を、生駒が呼び止めた。湯河が振り向くと、生駒は「ついて来い」と言って非常階段の方に向かった。

そこから一フロア下りると、生駒は会議室の札を「使用中」に変えて、中に入った。

窓が一つしかない部屋は薄暗いが、生駒は明かりを点けなかった。震災以降、庁舎内はギリギリのレベルまで節電している。

生駒が窓際の席に腰を下ろした。

「先程の会議だが、どうみたかな」

「首都電国有化は致し方ないと思います。というより、絶対に鷲津氏なんぞに渡してはならない。ただ、佐伯大臣以下、幹部の皆さんが首都電国有化について、正しい認識をされているのかは疑問です」

「多くは、大臣の意向を忖度しているだけに過ぎない。また、エネ庁も本省も、財界総理がいる首都電に、弓を引きたくない」

こんな事故を起こしても、まだそんな尻込みをしているのか。

「長官は、どうお考えなんですか」

「考えあぐねている。というより、皆の意見を聞くと、やはり、民間に委ねるべきではないかという思いを強くした」

「それは、あり得ません！」

「じゃあ、君には首都電の経営が出来るか」

顔面直撃のストレートパンチのような質問だった。

「私には経営経験がありませんから、無理です」

「じゃあ、我が省に経営者の器がいると思うか」

「考えたこともありません」

「ならば、君の主張は、現実を無視した空論だな」

首都電力の経営危機対応に関する考え方が、生駒と自分とではかけ離れているのを思い知らされた。

「先程の会議でもそうだが、皆が口にするのは、勝手な感想や意見ばかりだ。本当に使えそうな代替案を、誰も示そうとしない。放置すれば首都電は一、二ヵ月で破綻する。そうなれば、単に一企業の倒産では済まず、バブル経済崩壊に近い経済危機を引き起こす」

結局は当事者意識がないのだ。普段、エネルギー行政の責任官庁だと嘯いている官僚として情けない話だ。

「申し訳ありません。私が浅はかでした」

「謝らなくていいよ。私だって、エネ庁の長官でなければ、外野席から好き勝手を言うさ。首都電は、日本のナショナルフラッグ企業だから救わなければならない。しかも、エネルギー安全保障にも関わる重大事だから、国有化するのは当然だと、皆がなんの疑いもなく考えている。だが、そんな単純な話だろうか」

首都電破綻を想定すれば、国が救済して当然だと思っていた。破綻危機にあるといっても、事業が失敗したわけでも、大きな損失を出したわけでもない。原子力発電所事故によって抱えた損害賠償額が天文学的数字になって、経営を圧迫しているのだ。

さらに、原発の代役としてフル稼働する火力発電所の燃料調達費の負担が莫大で、日本の貿易黒字をすべて食い潰す勢いだ。

「年度末に資金ショートするかも知れないという事態が発覚してから、企業再生や倒産の専門家などに声をかけて首都電救済スキームの勉強会を、極秘でつくったんだ。最初は、国有化するとして、どのようなスキームが良いのかのアドバイスをもらおうという軽い気持ちだった。だがね、専門家は皆、首都電国有化など、あり得ないと断言するんだ。それどころか、現在の首都電を潰すことが、最良の方法だとも言われた」

「それは、彼らが首都電の重要性を理解していないからでは？」

「首都電の重要性とはなんだね？」

「首都電は、日本のエネルギー事業の基幹です。日本を一〇分割して発電を行っていますが、実質は、首都電が電力事業のモデルで、他は支店というような関係じゃないですか。首都電を潰すのは、日本の電力事業を破壊するのと同じ意味です」

「そんな愚かな体制は、破壊した方がいいんだ」

何に対しても穏健が身上と自ら言う生駒らしからぬ言葉に、湯河は衝撃を受けた。

「首都電の経営危機を、我々の悲願である電力完全自由化の好機と考えるという意味ですか」

「無論、それも視野には入れている。だが、まずはエネルギー安全保障として、世界一安全な原発を標榜する日本において、甚大な事故を起こした会社など、助けるに値しない。我々を含めて関係者が深く反省し、ゼロからエネルギー事業を考えるためには、スクラップ・アンド・ビルドしかないと思わないか。私の立場上、さすがに表向きには言えないが、世界の原子力村はそういう視点で、事故とその後の対応に強い関心を示している。我々は彼らの関心に応えるべく努めなければならない」

生駒は、そこまで考えているのか。

湯河の元にも国際原子力機関（IAEA）や各国のエネルギー行政関係者、そして原発メーカーから、事故についてひっきりなしに問い合わせが来ている。

「にもかかわらず政府は、事故の対応に手間どり、その上責任逃れに必死だ。その一方で、首都電を救ってやるというムードを盛り上げ、国民の血税を莫大につぎ込んで、両者の責任をもみ消そうとしている。現状では、安易な国有化を許してはならないと思わないか」

「しかし、民間では首都電を救えないのでは？」

「民間には優秀な経営者がいくらでもいる。破綻企業の再生となれば、思いきった大規模な体質改善も行うだろう。首都電のためにも、いや日本のためには、それは必須かも知れない」

だから、鷲津政彦という無頼に首都電を託すのもやむなしだという結論になるのか。

「だからといって、当該企業の社会的責任など無視する経営者に、我が国のナショナルフラッグ企業を託しても良いのでしょうか」

「君は、鷲津という人物に詳しいのか」

「いえ。しかし、過去に世間を騒がせた買収劇を見れば、彼のエグさは分かります」

「太陽製菓、ミカドホテル、鈴紡、曙電機、アカマ自動車、そしてアメリカン・ドリーム社など、鷲津氏が関わった企業のその後を調べてみたんだ。結果的に、氏が経営権を手にした企業は皆、見事に業績を上げている。また、社内にあった不正体質も一掃された」

鷲津の買収問題が浮上したのは、昨日だ。たった一日で、生駒はそこまで調べ上げたのか。

「彼はハードネゴシエーターだし、破滅に追い込まれた経営者や投資家も多い。彼らが鷲津氏は卑劣な買収者だと非難したことで、悪い輩というイメージがついただけいる」

だ。私としては、むしろ鷲津氏になら、首都電を託してもいいかも知れないと思って

驚愕した。

「それは、経産省の恥晒しになります」

思い詰めたように一点を見つめていた生駒が、大きく息を吐いた。

「我々はすでに世界中に恥を晒しているだろ。それに、彼を百パーセント信用しているわけじゃない。完全に彼に託すのでも、国有・国営化するのでもない第三のスキームを考えたいんだ」

「どんなスキームをお考えなんですか」

「首都電の再生は、彼に委ねる。だが、経営については、政府が監視する」

それは虫が良すぎないか。

「私にはイメージ出来ません」

「本当は法律で縛りたいところだが、それでは間に合わないだろう。そこで、我々は拒否権が発動できるように首都電株の三分の一以上を保有する」

その程度でいかほどの抑止力となるかは甚だ疑問だった。

「限定的な縛りに過ぎないのではないですか」

「だから、まず首都電を完全に国有化する。その上で、鷲津氏に過半数の株を譲渡する。そして、譲渡の際に細かい行動規定を織り込んだ契約を結び、そこで抑止できないかと考えている」

なるほど、それは面白いアイデアだった。

「良いスキームだと思います。ただ、気になることがあります」

「なんだね？」

「鷲津氏は、過半数に近い首都電株を保有しているようです。経営権奪取も時間の問題です。そのような状況下で、首都電を国有化する話に彼が乗るとは思えません。国の規制など気にせず、経営権を握り、好きなように切り刻みます」

「鷲津氏が首都電を奪取しても、それだけでは再生にならない。事故が収束できなければ、鷲津氏は、資金調達に奔走せざるを得ない。もちろん、カネがいくらあっても足りないだろう。そこで、国が保証人になる。つまり、首都電を破綻させてから公的資金を入れて、全株を一旦国が保有し、そのうちの過半数を鷲津氏に売却する」

「鷲津氏が交渉に応じなければ？」

「必ず交渉に応じるはずだよ」

「失礼ですが、その確信の根拠がおありなのですか」

「鷲津氏が、このタイミングで首都電株を大量保有したのは、政府とシビアな交渉をするための人質が欲しいからだとみている」

なるほど、ありえそうだ。

「ならば、そこから先、我々には強い交渉力が必要になる。どうだね湯河君、この交渉チームに参加してくれないか」

20

二〇一一年四月一四日午後三時一一分　東京都杉並区↓山梨県大月市

鷲津を乗せた年代物のトヨタ・センチュリーは、首都高を抜けて中央道に入った。東海林完爾代議士が河口湖の近くに所有する別宅に向かっているようだ。

東海林との面談は、料亭「ぽん太」で行われる予定だった。ところが、東海林の秘書から「本日、東海林は東京へ行けない。迎えを出すのでそれにご乗車戴きたい」という半ば強制的な変更が告げられた。

サムやリンは反対したが、鷲津は変更を受け入れた。ただし前島が同行している。

サムライ・キャピタルの首都電力株大量保有が発表されて二日、相変わらず市場は大賑わいで、首都電株は、発表前の三倍の価格に迫っていた。また、サムライ・キャピタルには投資家、証券会社、メディア、そして官庁からの問い合わせが後を絶たなかった。

その騒乱ぶりを鷲津は静観した。

隣に座る前島が、iPadを鷲津に渡した。東海林が差し向けた車中で会話をするのは憚られるため、メモアプリで筆談していた。

〝宮永大臣は、明日二一時で調整完了。

サムさん情報では、東海林氏は今朝早く、アメリカのNSI（原子力科学研究所）のアルフレッド・ファルド氏と長時間、通話していたようです。

ファルド氏は八七歳、原発マフィアの重鎮で、大統領にも影響力大。大統領が進めるグリーン・ニューディール政策の発案者の一人でもあり、東海林氏とは長年、原発やエネルギー政策を通じて深い繋がりあり。

ちなみに電話会談の内容は不明。ホワイトハウス及び米国の原発マフィアは、古谷政権の対応に大きな懸念を抱いており、迅速な対応を東海林氏に求めた模様〟

一九九三年以来、原子力発電所の新規建設はなかっただけに、米国内の原発マフィアにとっては、悲願の実現といえた。その矢先にイチアイの事故が起き、米国の市民運動家らはさっそく原発建設反対の運動を始めている。

日本の原発事故は、米国にとっても将来の浮沈に関わる大問題なのだ。

それが、吉と出るか凶と出るか。東海林と会えば、その感触も摑めるはずだった。

〝ファルドが、東海林先生に「鷲津君に任せよ」と背中を押してくれるといいな〟

〝東海林氏と濱尾会長は、大変親しいとの情報あり〟

そうなのだ。東海林が鷲津の味方になってやろうと決めた時は、同時に彼の刎頸の友である濱尾を裏切る時でもあるのだ。

車は快調に疾走している。車窓は、田園風景に変わっている。大津波や原発事故が起きた国とは思えないほどのどかな景色だ。

〝アンソニーが面会希望しています〟

ずっと磐前県内で被災地支援活動をしていたアンソニー・ケネディが、昨夜遅く東京に戻ってきた。

朝一番で面談したいと言ってきていたが、今日は放置していた。

「ミーティング中に失礼します」

助手席に座っていた東海林の秘書がいきなりこちらを向いた。

「まもなく到着致します。そこで、一つご相談がございます。今晩は、ご用意した場所にご宿泊願えないかと東海林が申しております」

勝手なことを。

「謹んでご辞退申し上げます。貧乏暇なしでね。突然の予定変更までさせられて、こちらはてんやわんやだったんです。やり残したことが山積みなので、用件が済み次第失礼します」

「お忙しいのは、重々理解しているのですが、東海林の話では、一晩ではお話しきれないほど話題があるとのことでして」

「ならば、また、日を改めて戴きたい」

勝手な男だ。何でも自分のペースで、やりたい放題やってきたのだろう。

「そこをなんとかお願い出来ませんか」

鷲津は答えなかった。

「鷲津さん、これは私の個人的な意見なのですが、東海林が初めてのお客様に宿泊をお勧めするのは、極めて異例のことです。なんとか、お聞き届け戴けませんか」

答えるつもりはない。秘書が、前島に話しかけた。

「相済みません。私ではお答え出来ません。弊社社長が無理だということであれば、無理だとご理解下さい」

嫌みなため息が聞こえた。

21

二〇一一年四月一四日午後四時三二分　山梨県富士河口湖町

東海林の別宅は、河口湖を見下ろす天上山の中腹にあった。周囲を自然林に囲まれた閑静な場所で、いったい、どれほど広いのか見当もつかない屋敷だった。

早々に宿泊の説得を諦めた秘書は、屋敷前に到着すると、愛想笑いを浮かべて車のドアを開いた。

四月半ばなのに、肌寒い。

「いらっしゃいませ」

英国映画に登場しそうな老執事が慇懃(いんぎん)に迎え出て、案内に立った。

薄暗い廊下ではあったが、調度類はどれも年季の入った高級品ばかりだ。

政治家は金持ちという先入観も過去の話で、平成の国会議員でかつてのような豪勢な生活が出来る者は少ない。そういう意味で、戦後ずっと国政の中心に居座り続ける東海林は、別格の存在と言えた。

確か、男爵だか子爵だかの家柄だとは聞いていたが、これだけの屋敷を維持するには、それ相応の稼ぎが必要だろう。

やがて執事は大きな黒い扉の前で止まると、ゆっくりとノックした。

鷲津らが部屋に入ると、肘掛け椅子に座っていた小柄で痩せた男が立ち上がった。

「やあ、無理を言いましたな、東海林です」

「鷲津政彦と申します。この度は、お忙しい中、お時間を頂戴して誠にありがとうございます」

長いテーブルの手前で鷲津は挨拶した。

「彼とは旧知の間柄だよね」

東海林より頭一つ長身の濱尾が、薄笑いを浮かべて立ち上がった。

「これは、濱尾会長、こんな場所でお会い出来るとは、驚きです」

「ようやくつかまえたよ、鷲津君」

もしかしたらとは思っていたが、それでも濱尾が同席しているのは不愉快だった。

「彼も一緒に話を聞きたいと言うのだが、構わないね」

「いえ、私には濱尾会長にお話ししたいことはございません。ご遠慮戴けますか」

丁重に申し上げたつもりだが、二人のリアクションは見物だった。

東海林ほどの大物議員になれば、誰かに提案を拒否された経験などないだろう。

「どこの馬の骨とも分からない」チンピラに拒絶されるのは、許し難い屈辱らしい。

「鷲津君、分を弁えたまえ」

濱尾の声が震えていた。

「失礼ですが、私には弁える分がありません。東海林先生、濱尾会長の同席が、私のご相談を聞いて下さる条件だとおっしゃるなら、このまま引き上げます」

東海林は、濱尾より遥かに役者が上だった。

「君は愉快な男だな。うん、気に入った。濱尾さん、悪いがちょっとの間、外してくれたまえ。ただし、鷲津君、食事は濱尾さんもご一緒するが、いいね」

そこが落としどころなのだろう。

「まったく問題ございません」

「結構。では、濱尾さん」

東海林に促されても濱尾は、暫く動かなかった。東海林はそばにあった鈴を鳴らした。すぐに扉が開き、執事が顔を出した。

「濱尾さんと、こちらのお嬢さんを貴賓室にご案内してくれたまえ」

前島が、指示を仰ぐように鷲津を見ている。鷲津は小さく頷いた。濱尾を排除したのだ。前島の同席を認めないという東海林の断に従わざるを得ない。

二人が出て行くと、「もっとそばに」と東海林に言われたので、勧められるままに座った。

「いつも、あんなに失礼なのかね」

「育ちが悪いもので、申し訳ありません。礼儀正しくしようと努力しているのですが、先程はつい頭に血が上りました」

「いや、充分に冷静だったよ。それに、私も助かった」

どういうことだ。

「私が君に会うというのを、濱尾がどこからか聞きつけて、同席させろとねじ込んできたんだ。まあ、彼が現在置かれている厳しい立場を考えると、無礼な希望を叶えてやるのも致し方ないとは思った。でもね、本当は君とサシで話をしたかったんでね」

「ありがとうございます。そして、結果的に先生のご希望に添えまして安堵致しました」

「いやあ、それにしてもいい度胸だ。日本電力（Jエナジー）買収の際に、あれほど酷い目にあわされたのに、怯（ひる）みもしない」

「面の皮の厚さが、この仕事で成功する第一の資質ですから」

「じゃあ、政治家と変わらん仕事だね」

「先生は濱尾会長を煩わしく思われていらっしゃるんでしょうか」

「そういう感情は、とっくの昔に棄ててきたよ。ただ、あいつは今、追い詰められている。そういう負の気を持ったような男とは距離を置くことが処世術だろ」

友情よりもサバイバル精神を優先させるわけか。

「それで、君は首都電を買う気か？」

まるで、隣の別荘を買うのかという程度の軽さだ。

「そのつもりです」

高笑いされた。

「いや、本当にいい度胸をしている。それに免じて、私も正直に言おう。首都電に手を出すのはおやめなさい。あんなものを買ったら、一生後悔する」

「先生、人生とは後悔の連続です。それが一つ増えたところで、さしたる変化はございません。差し支えなければ、首都電を買うなとおっしゃる理由をお聞かせ願えますか」

「あれは、民間企業じゃない。日米の政官財の高度な連携の上に成立している。したがって、君のような部外者が手に入れられないものなんだ」

「世間で、原発マフィアなどと呼ばれているグループのお話をされているんですか」

東海林が自ら紅茶を淹れて鷲津に勧めた。鷲津が一口啜るのを待って、東海林が答えた。

「そうでもあり、そうでもない。とにかく、首都電は国が面倒を見る。だから、諦めてくれないか」

「政府内で、国有化の動きが進んでいるのは私も存じ上げています。しかし、先生、古谷総理は、原発での発電を二度と認めないと思いますが、それでよろしいんですか」

「そんな心配は無用だ。あいつの政治生命もそう長くはないからね」

八〇歳近いのに、東海林は現職の衆議院議員だ。そして、彼が最高顧問を務める保守党は、一年半余り前、民政党に完敗して野に下ったのだ。解散総選挙を行わない限り、与党はあと二年以上、政権を維持できる。

「先生、あなたが描かれた理想の日本の政治体制は、すでに存在しないのではありませんか」

「何が言いたいんだね？」

「今の保守党には、政権を追い詰める力はありません。それに、民政党は素人集団ですから、永田町の論理も通用しない。たとえ国有化しても、先生がお考えのような再生は無理です」

「君に何が分かるんだね。じゃあ、伺うが、私が思っている再生とは何だね？」

「事故なんてなかったことにして、すべての原発を再稼働なさるおつもりでは？」

22

二〇一一年四月一四日午後五時二二分

東海林と向き合う時は、挑発しないこと——。

リンとサムからくれぐれも注意されていたのに、さっそく爺さんの機嫌を損ねたかも知れない。

先程までの親しげな表情は消え、東海林は鷲津を睨み付けてきた。

東海林の顔は、シミと皺が織りなす芸術のようだった。それが人生で刻んできた東海林の軌跡なのだろう。

政財界に大きな影響力を持ち続ける老人は、二種類に分かれるという。

一つは、濱尾や東海林のように銀の匙をくわえて生まれ、権力の極意を学んで育ってきた支配階級出身者だ。彼らはインテリで保守的な思想が強い。そして国家繁栄を第一に考えるため行動がブレない。決然とした態度を貫き、それが威圧感となって他者を圧倒する。

もう一方の老人は、叩き上げのサバイバーで、自らの名誉と栄達のためだけに生き、それによって権力を手中にしたタイプだ。こちらの行動規範は、シンプルだ。どこに金儲けの口があり、どうやれば我が物に出来るかだけだ。

企業買収に携わっていると、後者の権力者とは何度も顔を合わせるものだ。おかげで、彼らのあしらい方は心得ていた。

だが、濱尾や東海林のような日本の支配階級出身者と対峙するのは、日本電力（Jエナジー）買収の時が初めてだった。

奴らを甘く見ていた。だから、濱尾の脅迫に屈したのだ。濱尾の陰険さと冷酷さには、さすがの鷲津も恐れを抱いた。

その濱尾すら軽くあしらえる東海林は、もっと手強いのだ。なのに、その相手を怒らせるところだった。

「君が、首都電をものにしたら、原発の再稼働を約束できるのかね」

「そのつもりです」

「つもりだと？　けしからん！」

老人とは思えない気迫だった。

「先生からご指摘を戴くまでもなく、首都電が特殊な企業であるという認識は持っております。そして、原発を再稼働できるかどうかは、政治的判断に委ねられるのでしょう」

「だからこそ、国有化するしかないんだ」

「国有化したら、絶対に原発は動きませんよ。なぜなら、政府は経済的合理性ではなく、民意という実体なきムードに過敏に反応しますから。国民にとって原発は、今や悪魔のような存在です」

「三億円出そう。それで引き下がりなさい」

三億ほども与えれば、庶民は靴をなめるものと思っているらしい。

「先生、僭越ですが、私はすでに一兆円以上の資金を投入しています。その程度では、お話になりません。それに、いくらカネを積まれても、私は引き下がるつもりはありません」

「なぜ、そこまで首都電に執着する。どうせ脅迫まがいの行為をした濱尾への復讐なんだろう。だが、濱尾はいずれ辞めていく男だ。だから、首都電は諦めなさい」

「首都電にこだわる理由は、至極単純です。欲しいからです。電力会社を保有するのが夢だった。こんなチャンスを逃すわけにはいきませんよ」

「ならば、Ｊエナジーをやろう」

ふざけたことを。

「私は首都電が欲しいんです。つまり、自分好みの女が目の前に現れた。しかも、どうやら向こうもその気がありそうだ。だとしたら、どんなことをしても落としてみせる。それが男では？」

「つきあってみたら、厄介な金食い虫に過ぎないかも知れんぞ」

「手に入れてみなければ分かりません。先生だって、そんなご経験をお持ちのはずです」

鼻で笑われたが、怒りはどうやら鎮まったようだ。

「ご両親から、口は禍（わざわい）のもとだと躾けられなかったのかね」

父は放蕩三昧の果てに死んだ男だ。息子の教育に興味などなかった。

「原発は、我が国が先進国であり続けるための心臓なんだ。君にその認識はあるのか」

「私は政治家ではありません。ただの商人です。私にとって原発は、電力事業でぼろ儲けするために必要不可欠なツールに過ぎません」

「つまらん男だな。君には愛国心がないのか」

そんなことをみだりに口にする方が、どうかしている。

「資源も軍事力もない弱小国家が、世界列強と渡り合えるのは、最高峰の製品を提供できる工業力を維持しているからだ。それを支えるのが電力だ。温暖化などというバカげたムーブメントにも動じない原発による発電が、日本という国家を支えている。だからこそ、たとえ事故が拡大し、国民の命が犠牲になっても原発を捨てるわけにはいかないんだ」

国士というのは、こういう発想を持つ人物を言うのだろう。しかし、東海林の言葉に痺れるほど初心でもなかった。

「この際、原発を必要とする理由を問うのはやめませんか。大切なのは、早急に事故を収束し、首都電を安定した経営状態に戻すことでは。ならば、まずは首都電の再建です」

「だから、国有化が必要なんだ」

「政治家や官僚に、あのしちめんどくさい首都電を再生できると思われますか」

「それは、君が心配しなくてもよい」

東海林は国有化ありきと繰り返すくせに、首都電力再生のための本質的な話を避けている。国有化すれば、あとは自分を含めた原発マフィアがいかようにでも出来ると信じているのだろう。

「紙クズ必至の首都電株を大量に買い集め、首都電を再生しようとしていることこそが、私の愛国心です」

「商人の愛国心なんぞ、薄っぺらいものだ」

それは言えてるな。

「しかし、理にはかなっています。先生は首都電を含めた日本の一〇電力すべての原発の再稼働をお望みですが、そのためには、いくつかの手順が必要です」

それまでずっと小刻みにテーブルを叩いていた扇の動きが止まった。どんな手順か聞きたいらしい。

「第一に、イチアイの事故を一刻も早く収束する。そして、原因の徹底究明です。それを踏まえた世界最高峰の厳しい運転規準の再設定。併行して、首都電の経営再建と事故の責任追及、現経営陣の退陣と続きます。そこでようやく首都電は生まれ変わります」

それに異論はないようだ。

「だから私はまず、原発事故担当大臣である宮永先生を訪ね、第三者機関による事故調査委員会設立を持ちかけました」

「それは、ありがた迷惑だ。事故調なんぞ、この国の風土に馴染まんよ」

東海林が扇を手にして扇いでいる。

「だから、この国はダメなんです。臭い物に蓋をするだけでは、何も利は得られませんよ。そういうものこそ徹底究明しなければ、日本の未来はありません。無論、原発の未来もです」

「事故原因については、知る必要のある者だけが知っていればいい。責任の追及をしたければ、古谷と濱尾の首で事足りる」

なるほど、濱尾の権威は、そこまで失墜しているわけか。

「東海林先生、そんな適当な処理で、アメリカが黙っているんでしょうか」

「なぜ、アメリカなんぞが出てくるんだ」

「原発マフィアを取り仕切っているのはアメリカです。さらに大統領が掲げるエネルギー大転換政策に必要不可欠な原発推進も、イチアイの事故原因が究明されない限り、立ち往生するのでは？」

「確かにアメリカは、今回の一件で怒り心頭に発している。事故原因の徹底究明もだが、とっとと事故を終わらせろと喚いとるよ」

「だとすれば、今までのやり方では無理だというご自覚を持たれるべきです」

「なんだと？」

「実権を握っている支配者だけが額を集めて、良きに計らうという文化は終わったんです。言い換えれば、日本の得意技であるスケープゴートを仕立てて水に流せば、心機一転やり直せるなんて、もはや時代遅れなんです」

「だから、世界を股にかけて会社を買い漁っている国際感覚豊かな君に、首都電を委ねよ、そう言いたいのかね」

「まさしく。この国で、首都電を再生できる者はただ一人、わたくし鷲津政彦だけです」

乾いた笑い声が響いた。

「よくもぬけぬけと。それで、どうやって再生するつもりなんだ」

「秘策はあります。そのためには先生のお力添えが必要なんです」

「実現性があるのであれば、いくらでも支援はする。ただし、私が納得するのが条件だ」

「私が首都電株の三分の二以上を保有した段階で、残りの株を政府にすべて買い取らせます。そして、日本政府には、鷲津政彦に首都電再生の全権を委任すると共に、全面的に鷲津を支援すると宣言して戴きます」

23

二〇一一年四月一四日午後七時〇九分　東京・丸の内

「国有化のための受け皿だって？」

首都電買収取材班の麻生(あそう)の話を聞いて、北村は思わずオウム返しをしてしまった。淡々と説明する麻生は、いつ見てもくたびれたスーツ姿だ。こいつは、すべてのスーツがこんな感じなのか。

「どこからの情報だ？」

「エネ庁の原子力政策課の課長補佐です」

筋としては、かなりいい。

「もう少し詳しく話してくれ」

口を開きかけた麻生を制して、取材先から戻ってきた野路に声をかけた。

「首都電を国有化しようとする動きがあるそうだぞ」

「うっそ」

疲れ果てて淀んでいた野路の目に生気が戻った。

麻生が続けた。

「昨日朝一番で、エネルギー関係の幹部に緊急招集がかかりました。で、経産大臣が国有化の話を開陳し、何が何でも経産主導でやる準備をしろと号令を発したそうです」

「野路さん、君、企業再生支援機構が首都電を救済する気配はないと言ったよな」

野路が黙って頷いた。首都電の国有化の可能性を調べるように野路に命じたら、昨日「機構も、財務省もあり得ないと断言した」と報告してきたのだ。

「それに総理だって、首都電には税金はびた一文入れないから、メガバンクで対処しろとも言ってたそうだ。なのに、なんで急にこんな話が出てくるんだ」

「すみません、フォローしてません。事故の損害賠償をどの程度国で持つべきかで、財務省が侃々諤々（かんかんがくがく）の討議をしていて、その取材に追われてました」

財務省としては、可能な限り損害賠償の負担を首都電に押しつけたいらしい。ところが、いまだに事故収束の目処が立たず、その上、事故現場周辺の除染区域があまりにも広大すぎて、到底首都電単独では対処できないと判断、国の対応が求められていた。

「麻生、国有化って簡単に言うけど、国にそんな体力があるのか」

「体力問題は、野路の方が詳しいでしょう。国有化については、独自の救済機構を設立して、首都電の国有化と事故賠償の窓口を一本化するつもりだとか」

結局、首都電の面倒を、国が全面的に見るのか。そんなカネがあるなら、全部被災地に送って欲しいのに。

「野路さん、財務省から首都電国有化の話は、気配もないのか」

「ありません。首都電やメガバンクからは、早く国有化してくれと言う声が連日来ていますが、全てつっぱねています」

「救済機構の話は、エネ庁にとっても寝耳に水だったそうです。おそらく、財務にも経産にも相談なく、官邸から突然降ってきた話ではないんでしょうか」

官邸では独断専行が横行している。無論、国の行政機関を司るポジションであるがゆえに、圧倒的な決定権を持ってはいる。だが、各省庁の意見と分析を聞いた上でなければ、方針は画餅に帰す。

「官邸のスタンドプレイなら、頓挫する可能性もあるわけか」

「鷲津氏の方は、どうなんですか」

麻生が当然の質問をした。

「行方知れずだ。サムライ・キャピタルに問い合わせても、何も答えられないと返ってくるばかりだ。だが、救済機構の話が浮上したのは、鷲津の首都電株買いに対する政府のリアクションだろうな」

「このネタ、原稿にした方がいいと思うんですが」

麻生が意見した。

「そうだな。だが、課長補佐一人の情報だと弱い。エネ庁幹部か経産の大臣官房長レベルの裏を取れ。野路さんも、財務省大臣官房長や副大臣あたりに、この話をぶつけてみてくれ。志摩さんに、この情報を上げて、官邸担当や首都電担当にも動いてもらう。俺は、鷲津にぶつけてみる。ただ、奴がつかまればの話だがな」

鷲津には連絡し続けているが、悉く無視されている。救済機構のネタをメッセージすれば食いついてくるだろうか。

北村はダメ元で、送信した。

24

二〇一一年四月一四日午後一〇時一九分　山梨県富士河口湖町→熱海市

河口湖近くの東海林邸を出た車は、熱海を目指した。枯淡楼でサムと堀が待っている。リンはワシントンDCに向かっている。

東海林邸を辞するのは、骨が折れた。ぜひ泊まってくれと、しつこく引き止められ、「どうしても今日中にやらなければならない重要案件がある」と言っているのに、東海林はなかなか納得しなかった。

東海林との関係が良好になりそうなので、彼の提案を受けるのは吝かではないが、これ以上、ここにいると身動きが取れなくなるような罠が待っているかも知れないと、勘が発する警報に従った。

「東海林先生との密談は、上首尾でしたか」

前島が尋ねた。

「東海林は、かなり焦っているな。おそらく、アメリカの原発マフィアあたりから、事故の収束と日本の他の原発の再稼働をせっつかれているんだろう。それで東海林は、濱尾と古谷にすべての責任を押しつけ、事故の幕引きをしようと考えている」

「だから、ボスとの面談に応じたんですね」

「原発の即時再稼働を約束するなら、買収を認めると言いやがった」

「では、必ずしも国有化ありきではないんですね」

「国の関与は求めているものの、経営再建については、俺に任せてもいいと思っているようだ」

言葉では確約した。だが、信用はできない。

「問題は、国か俺か、どちらが経営権を握るかだが、東海林は些末な問題だと吐き捨てたよ」

「でも腹の内では、首都電の経営権は当然、国家が持つものと思っているんでしょうね」

前島の言う通りだと、鷲津も考えている。

俺が約束を反故にするかも知れないと恐れているはずだ。それは、見方を変えれば、国が経営権を握っていれば、俺を使い捨てに出来ると考えているという意味だ。

「意外だったのが、あの東海林をもってしても、現在の政治的混乱を収められないということだ」

「では、古谷総理を簡単には引きずり下ろせそうにもないんですね」

「勇ましいことを言っているが、現実には東海林の影響力は限定的なようだ」

「なぜでしょう。日本最強のドンなどと言われているのに」

それをずっと考えている。どことなく鷲津に媚びているような東海林の卑屈さも引っかかる。

「もしかして、東海林先生はこれまで大々的に原発を推進してきたからではないでしょうか」

なるほど。

「メディアによると、与党は、今回の事故発生、そして収束が出来ない最大の原因は、保守党が長年にわたって原発を推進してきたからだと主張しているようです。インターネットなどでは、事故のA級戦犯の一人として、東海林先生の名前が挙がっています」

「民意ってのは、怖いな」

「お叱りを承知で申し上げますが、ボスも原発の取り扱いについては、慎重な態度で臨まれた方が良いと思います」

首尾よく首都電を買えた暁には、すべての原発を再稼働して、ボロ儲けしたい。だが、民意はそういう奴を「強欲な非国民」と非難するのだろうな。

「首都電は買っても、原発は棄てよと言ってるのか」

「私には分かりません。ただ、原発の再稼働については、しばらくは言明を避けた方がいいかと」

そんなことをしたら、東海林が黙っていないだろう。国家と原発マフィアを使って、俺を追い落とす。

「民意はともかく、前島は、原発をどう思う？」

「正直、怖いです。アメリカの友人などからは、事故直後、早く国外に逃げろというメッセージが、頻繁に入っています。でも、多くの人が東京で暮らしていますし、ひとまず安心していますが」

それは、イチアイの事故による避難区域は現場から三〇キロ圏内という政府の発表を信じ、安心しているからだ。

その避難区域の設定に、どんな根拠があるのかは不明だ。ただ、生真面目な日本人は、安全だという政府の言葉を信じたいのだろう。

「いまだに事故は収束せず、事故原因も不明ですよね。その状態で、原発の再稼働を話題にするのは、さすがに非常識では」

「確かにな。だから、俺は第三者機関による事故調査委員会の設立が必要だと訴えた」

「再稼働問題を考慮してのTOAI設置だったんですね」

日本人としては、酷い発想だろうが、そのとおりだった。

「それだけが理由ではないがな」

「さすがです。私には、あの提案がずっと不可解でした。対宮永大臣の懐柔策ぐらいに考えていました」

「それもある。では、事故原因が明確になったら、どうだ。そして安全のための対策も講じられたとしたら、再稼働を認めるか」

「個人としては、日本のすべての原発を二度と再稼働して欲しくありません。でも、それは子どもじみている。そもそも事故が怖いなら、家に引きこもるしかない」

「良いたとえだな。日本は世界有数の工業国であり、無数の先端技術と高品質な製品、そして安全性で世界をリードしている。その中には、僅かなミスで、人類を死に至らしめるだけの危険な技術や発明もある。原発を、神の領域だと言う人がいる。そして、この事故を神への冒瀆に対する天罰だと訴える者もいる。しかし、俺は危険であっても、それが現代社会を支えるために必要なものであれば、事故を教訓にして乗り越え、前に進むべきだと思う」

「つまり、ボスは、原発を再稼働するおつもりだと」

「事故原因によるがな。だが、原発の再稼働が出来なければ、首都電の価値はかなり下がる。俺が国家を巻き込んで、あの会社を奪取しようと考えているのは、国家や東海林らのような原発マフィアが、『怖くても安全なら前に進め』と後押ししてくれるのを期待しているからだ」

前島は黙り込んでしまった。

基本的には、自身の意見と異なっても、彼女は鷲津の方針に絶対服従する。リンが「朱実ちゃんは、筋金入りの軍人だからね」と揶揄する理由も、そこにあった。

その前島が、鷲津の考えに対して悩んでいるように見えた。

「前島は、反対か」

「いえ。ただ、どうすれば民意を味方に出来るのかを考えると、やはり再稼働問題については、可能な限り答えを後回しにすべきではと思います」

「そうだな。そこはじっくり考えるよ。前島が、俺を信じてくれるのは嬉しい。だが、絶対服従する必要はない」

「了解です」

まだ、感触でしかないが、東日本大震災が起きてから、日本が大きく変わった気がしている。変わったというより、何か大きなものを失ったという方が近い。

尊い命や街、資産というものだけではない。もっと精神的な何かがぽっかりと消えてしまった。だからこそ、日本中がざわつき、気持ちの拠り所を求めている気がした。

今まで当たり前だと思っていたことが、そうでなくなる――。大災害とは、人生観を変えるほどの大きな衝撃を、被災者のみならず、その国に住む者すべてに与える。

一九九五年の阪神淡路大震災の時もそうだった。

当時、鷲津はすでにニューヨークにいた。そして、テレビで見た神戸の街の惨状とショックは、今でも忘れられない。

あの時も、日本人は何かを失った。

だが今回は、大災害に加えて絶対安全と言われた原発が事故を起こし、今なお危機の最中にある。その不安定さと得体の知れない恐怖が、日本人の精神を蝕んでいる。

だから、首都電を買収する際には、震災後に漂うこの不穏な空気を理解する必要があった。

「報告し忘れましたが、東海林邸で濱尾会長と二人で待っている時、食事に誘われました」

隅に置けない年寄りめ。

「何と答えた？」

「喜んでと。早速日程を決めました。ボスには内密にと言われました」

「楽しみだな」

濱尾も焦っている。鷲津の側近から情報を取りたいのだ。

「濱尾は事故の幕引きについて、何か言ってなかったのか」

「何も。あの時は、会長は廊下に出て電話ばかりしていました。おそらく私に聞かせたいと思われるところは、堂々と室内で話していました」

室内で電話していた相手は、着任したばかりの首都電の門脇(かどわき)社長だったという。

「今、東海林先生が鷲津君を説得している。だから、安心して経営改善策策定にかかれと言ってました」

「それを前島の前で話したのか。濱尾は相当焦っているんだな。濱尾は、東海林と俺との会談から外された段階で、猛烈な危機感を持ったんだ」

前島は納得したようだ。

「で、おまえに聞かせたくない電話の相手は誰だと思う？」

「一度だけ、トイレを借りるふりをして、廊下に出ました。その時耳にしたのは、甲斐さん、という名前でした」

原発マフィアの用心棒と言われる大物フィクサーか……。

「会長は、『だから、甲斐さん、私もそこは心配していない』と言ってました」

「甲斐と一番親しいのは誰だ」

「すみません、私には分かりかねます。調べましょうか」

「サムに頼むよ。念のために、母袋さんにも尋ねてみてくれ」

「分かりました。それから、母袋さんからメールが入っています」と言って前島は、iPadの画面を鷲津に提示した。

〝エネ庁長官が、極秘で社長にお会いしたいと言ってきました。いかがなさいますか。　　母袋〟

「面白い展開だな。どういう人物だ？」

前島が、画面を手早くタップして、エネ庁長官のプロフィールを開いた。

〝生駒亘（いこまわたる）、五八歳、資源エネルギー庁長官、信州大学工学部卒、一九七七年通産省入省。大臣官房文書課を皮切りに、主にエネルギー部門を中心にキャリアアップ。二〇〇九年より現職〟

　これだけだと、思想も信条も、官僚としての出来も分からない。

　だが、メールの下に数行あった、母袋のコメントは有益だった。

〝生駒長官は、原子力行政のエキスパートで、民間企業である首都電力に国家が隷属するような業界風土に異を唱える革新派のリーダー。電力の自由化や原子力発電の国家管理などを主唱。首都電の濱尾会長とは、一定の距離を置く。通常、エネルギー行政に携わると様々な利権を巡って、政治家の接触が多いが、特定の国会議員との関係もなし〟

「謹厳実直が、服を着て歩いているようなタイプか」

　そんな男が、俺に何の用だ。

「母袋さんに繋ぐように、言ってくれ。あと、もう少し詳しい身体検査が欲しい」

　風が吹き始めた。原発事故の収拾は出来なくても、首都電の最期が現実味を帯びてきて、心ある者たちが我慢できなくなってきたのかも知れない。

「そろそろ本腰入れるかな」

「その準備を進めます。それとボス、アンソニーが熱海に来ているようです」

勝手しやがってと思ったが、用件をひとつ思い出して、かえって好都合だと割り切った。

二人を乗せたアカマ・マーヴェルは、闇を切り裂いて南を目指した。

25

二〇一一年四月一五日午前〇時〇二分　静岡県熱海市

サムと堀との打ち合わせを終えると、別室で待機していたアンソニーを呼んだ。

そして離れに向かった。

海側に張り出したリビングルームで、満月の光を受けて輝く海を眺めながら、鷲津はラガヴーリンの封を切った。

「すばらしい！」

窓際に立ったアンソニーは、月光に映える海面に目を見張っている。

「明け方が絶景だ。相模湾に日が昇り、その光が富士山を照らす」

「富士山！　僕はまだ、富士山を見たことがないんですよ」

どこに見えるのかと尋ねられて、鷲津は空の彼方を指さした。

「今晩はここで寝たらどうだ。ソファで寝ていたら、朝日が起こしてくれるよ」

アンソニーはお言葉に甘えると即答した。

「それで？　用件を聞こうか」

はしゃいでいたアンソニーが笑顔を引っこめた。

「磐前県内で、サムライ・ジャパン・エイド（SJA）に対する不信感が広がっています。私自身は、雑音を無視して行動あるのみだと思っていました。ただ、協力者やボランティアが、自分たちはビジネスの手先をやらされているのかと言い出して、ちょっと困っています」

アンソニーは鷲津がＳＪＡを立ち上げた理由を知っている。そして、個人的な哲学としては同意できなくても、サムライ・キャピタルの一員として、役割を果たしてきた。

「放っておけ」

「沈黙は金――という諺（ことわざ）があるのは知っています。でも、現場にいる身としては、ここは行動すべきだと思うんです」

アンソニーは、最前線にいる者だけが肌で感じる違和感を拾っている。

「何か案があるのか？」

「首都電と正面切って闘うのが得策でないなら、地元民の遠慮を解放してあげることかなと」

「誰に対する遠慮だ」

「首都電です。事故が起きるまで、磐前県の沿岸部の人達の多くは、何らかの形で首都電の恩恵に浴していました。だから、原発事故が起きて、着の身着のままで家から追い出されても、文句一つ言わなかった。騒いでいる人の大半は東京あたりからやってきた、原発反対の活動家ばかりです。地元民は、それまで長らく日常生活で切っても切れない関係の首都電に感謝しているし、同時に怖がってもいます」

確かにそうだな。

「だから、彼らの心の蟠り(わだかま)りを解放したいんです。別に遠慮することはない。首都電が深刻な原発事故を起こしたのは事実で、そのせいで、地元は二重の苦しみを味わっている。その責任は取って欲しいし、磐前の将来がどうなるか説明して欲しい！ってね」

「で、具体的に何をやる？」

「一つは、ＳＪＡのサイトやＳＮＳで、我慢は辞めよう！　辛いと叫ぼう！　というキャンペーンを考えています。そして、弁護士を大量に派遣して、彼らの苦情を拾い上げ、首都電に立ち向かえる理論武装を手伝いたいんです」

ＳＮＳの利用は、さしてカネは掛からない割に、効果的だ。だが、弁護士の派遣となると、大ごとだな。

「分かった。じゃあ、改めて俺と赤星にプレゼンしろ」

アンソニーが立ち上がって、日本式に頭を下げた。

「感謝します、オヤブン。提案書はもう出来てます」

鷲津は、自分とアンソニーのグラスに酒をついだ。

「しっかり、励んでくれ」

乾杯して、二人同時に酒を一気に飲み干した。

「プラス、ミッションがある」

「なんでしょうか」

鷲津は、持参した写真入りの文書を渡した。

「誰ですか、この若者は？」

「首都電力会長室付の郷浦秀樹。おまえに、仲良くなっておけと言わなかったか」

アンソニーの唇が何度かその名前を繰り返した。

「思い出した！　イチアイで事故が起きた直後から免震重要棟に残っていた人ですね。なかなかチャンスがなくて。でも手記は読みましたよ」

「この若者とMPアトムズのエースらが磐前県の避難所を回って、首都電のイメージ回復のためのキャンペーンを展開している」

「マジですか」

「それを潰せ。そして、この二人を、俺たちの側に引っ張り込め」

文書には、MPアトムズの萩本あかねの写真も添付されている。

「どうやって」

「賢い脳みそを持っているんだろ。考えろ」

アンソニーはしばらく考え込んだ後に、「おやすみなさい」と言って部屋を出て行った。明け方に富士山を拝むのも忘れたようだ。

テーブルに置いてあった携帯電話が振動した。

「これはこれは、北村さん、ご無沙汰です」

「あっ、鷲津さん！　ありがたい！　ようやく繋がった」

深夜とは思えない元気溌剌ぶりだな。

「明日の弊紙で首都電国有化へという特ダネをぶち上げます。それについて、ぜひ、筆頭株主の鷲津さんのコメントを戴きたくて」

相変わらず暁光新聞は、動きが早い。

「その情報は正確なんですか」

「暁光新聞の総力を挙げて取材したので、間違いありません。鷲津さん、このままだと首都電を巡って国と闘うことになりますが、いかがですか」

「相手にとって不足はない」

「何ですって！　今、相手にとって不足はないとおっしゃったんですか」

鷲津は電話を切った。

海を照らしていた月が雲の向こうに隠れていた。

第六部　伸(の)るか反(そ)るか

1

二〇一一年四月一七日午前五時四二分　磐前県磐前市

寝坊した！

秀樹はベッドから飛び起きた。朝のランニング時刻まで、あと一八分しかない。

昨晩、同期と盛り上がって久しぶりに深酒をしたせいだ。案の定二日酔いで、立ち上がると激しい頭痛が襲ってきた。

めげそうになる自分を叱咤して、ロビーフロアに下りた。

「おはよう！　ごめん、遅れちゃった」

「おはようございます」

あかねは準備万端のようだ。彼女は毎日、午前六時にスタートして一〇キロをランニングする。あかねとコンビを組んで磐前県内で首都電サポーターズ・クラブ活動を始めて以来、秀樹は、毎朝、あかねのランニングにつきあっている。

といってもまだ三日目なのだが、秀樹は歩行するのも辛いほどの筋肉痛に悩まされている。

「郷浦さん、昨日遅かったんじゃないですか。無理しないで下さい」

「酒を抜くには、走るのがちょうどいいんだ。だから、大丈夫」

「だったらもっと念入りに、ストレッチして下さい。怪我します」

あかねは気遣ってくれるが、そんなことをしたら彼女のトレーニングスケジュールが乱れる。

だが、彼女は一度言い出したら聞かない人だ。イチアイの事故発生以降、何度も目の当たりにしている彼女の頑固な一面だった。

秀樹は素直にストレッチを始めた。

「体、硬いですね」

「お恥ずかしい」

開脚前屈しただけで、汗が滲む。自分の体とはいえ情けなかった。

「今日は、小学校まで軽めに走って、グラウンドを周回しようと思っています。郷浦さんは、無理のない範囲でついてきて下さい」

あかねは軽やかにスタートした。

二人は、川沿いの堤防道路を走っていた。背筋を伸ばし、無駄のないストライドで走るあかねの背中には、悲愴感など微塵もない。

あかねはイチアイのある熊川町の出身だ。町民は全員、強制避難させられていて、各地に散らばって生活している。

大地震や津波はともかく、原発の事故で強制的な避難の原因でもある社の人間にもかかわらず、「首都電の支援をお願いします」などと虫の良いお願いをするのは辛いはずだった。

この二日間で、十数ヵ所の避難所や企業を巡り、首都電への支援を呼びかけたが、どこに行っても冷たい視線と不満の声を浴びせられるばかりだ。

「あんたらのような若いもんに言ってもしょうがないが、どの面下げて首都電をよろしくなんて言うんだ」

避難所で会った、酒臭い漁師の目つきが忘れられなかった。そして、そういう言葉を浴びせられてもあかねは毅然としている。その上「皆さんにかけたご迷惑を挽回するチャンスを、私たちに与えて下さい。前よりもっと素晴らしい磐前県にするため、命がけで頑張ります！」と訴える姿は、痛々しいほどだ。

秀樹がいくら無理をするなと言っても、あかねは取り合わない。そしてサインを求めるファンの前では、精一杯明るい笑顔で応じるし、彼女にぶつけられる怒りや励ましの言葉についても真摯に耳を傾ける。

その生真面目さが心配だった。

秀樹の顎が上がりかけた頃に、ようやく小学校に到着した。午後から、あかねがサッカー教室を開く場所でもある。

先に校門を入ったあかねが立ち尽くしている。

「どうかしたの？」

理由はすぐに分かった。

入ってすぐの場所に全身を真っ白な防護服で包み、防護マスクまで着けた団体が、横断幕を持って立っていたのだ。

〝首都電のサッカー教室　断固反対!!

子どもを放射能から守れ！〟

なんだ、これは。

「おはようございます！　ぜひ、私たちの署名活動にご協力下さい」

同じスローガンが書かれたたすきを身につけた女性が近づいてきた。

「なんですか。これは？」

「ここの運動場は、放射能で汚染されています。なのに、首都電は、ここで子どもたちのサッカー教室をやろうとしているんです。私たちは、それを断固阻止しようと立ち上がりました！」

言葉になまりがない。磐前の人ではないのがすぐに分かった。

「放射能で汚染されているって、そういう発表があったんですか」

「私たちが測定した結果です。ほら」

秀樹が見たこともない型式の線量計が差し出された。デジタルで「50」と表示されている。

「なあんだ、五〇マイクロシーベルトじゃないですか」

秀樹のリアクションに、女性の顔つきが、さらに険しくなった。

「何を言ってるの!?　あなた、五〇マイクロシーベルトと言えば異常値です」

確かに日本で普通の状態では、高い値ではある。だが、胸部X線一回当たりの放射線量が約一〇〇マイクロシーベルトだから、危険度としては緊急性はない。

「あら、あなた、首都電の萩本さんよね」

別の女性が気づいた。

秀樹が慌てて遮ろうとしたが、間に合わなかった。あかねは「そうです。おはようございます。皆さんが、そうおっしゃるなら、サッカー教室を中止に致します。ところで、その線量計は正確ですか」と返してしまった。

「なんですって！　あなた、私たちがウソをついていると言いたいの！」

「そうじゃありません。私が持っている線量計では、ここは八・七マイクロシーベルトしかありませんので」

あかねが、スポーツウエアの中から線量計を取り出した。磐前県で活動するに当たって、MPアトムズのヘルスケアマネージャーから強く要請されて、あかねは線量計を身につけていた。

「それが、正確な根拠はどこにあるわけ」

「これは、原発内でも使用されている国の標準モデルです」

「首都電なんて全部ウソばっかりじゃないの！　いずれにしても、ここでサッカー教室なんてさせないからね！」

怒りを剥き出しにされても、あかねはびくともしない。

「あの、皆さん、ちょっと落ち着きませんか。今日のサッカー教室の運営については、磐前市と日本サッカー協会（JFA）が共催で開くものです。我々におっしゃられても、何とも」

「また、そうやって逃げるの！　あなたたちは、原発を守ろうともしないで逃げたそうじゃないの。そんな卑怯な奴らが、よくのうのうとサッカー教室なんて開くわね」

「イチアイの職員は、誰も逃げていません！」

あかねが突然、激昂した。

「あかねちゃん、落ち着いて」

「ダメです。こんな言いがかり許せません。事故を起こした責任は、私たち首都電力が一身に負います。だからこそ、所長以下、皆が命がけで事故を収束しようと闘っているんです！　それを何も知らないで、逃げただなんて、絶対に許せません！」

イチアイ内には、あかねの兄二人も残っている。

「ほら、お得意のウソが出た。私たちには、正しい政府情報を提供してくれる仲間がいるんです。あの爆発があった時、所長の命令で、皆が逃げたのは分かっているのよ」

勝ち誇ったかのように反論された。あかねの怒りがさらに膨れ上がったのを、秀樹は力尽くで制した。

「あかねちゃん、ここは堪えて。とにかく帰ろう」

その時だった。背後から強力なライトに照らされた。振り返ると、テレビカメラを前にマイクを握りしめたリポーターが立っていた。

「女子サッカー日本代表の萩本あかねさんですよね。ここで、高濃度の放射能が検出されたそうですが、それでもサッカー教室を行いますか」

「ちょっと、あんたたち、なんですか。勝手に取材しないでくれよ」

取材者は一人ではなかった。テレビ以外に新聞記者もいるようだ。おそらくは、横断幕を持っている女性たちが呼んだのだろう。

「高濃度の放射能なんてウソです。私の線量計を見て下さい」

あかねが、テレビカメラの前に線量計を突きつけた。カメラマンが、そこに集まってきた。

「でも、住民の方が不安がられているんですよ。そのお気持ちが分かりませんか？　それでも、サッカー教室を――」

最後まで言わせず、秀樹はあかねの前に突きつけられたマイクを手で払った。そして、リポーターに詰め寄った。

「彼女に質問するのは筋が違う！　質問があるなら、ＪＦＡに聞いてください」

「あなたは？」

「首都電会長室付の郷浦秀樹と申します」

「郷浦秀樹って、例の事故直後のイチアイの様子をリポートした人じゃないの。なんで、君が萩本さんと一緒にいるわけ？」

記者の一人が、食いついてきた。秀樹はあかねをメディアのカメラから遮るように、前に立ちはだかって答えた。とにかくメディアの関心をあかねから引き離さなければ。

「私ども首都電力として、被災地の皆さんにお会いして、今回の事故について直接お詫びすると共に、より一層、皆さまのお役に立つために粉骨砕身することをお伝えするためです」

「つまり、そうやって過ちを隠蔽するつもりだな」

「いえ、そういうわけではありません。首都電社員として、少しでもお詫びしたいという、やむにやまれぬ気持ちからです」

「ねえ、萩本さん、こんな騒ぎになってもサッカー教室をやる気ですか」

「ですから、それは萩本にはお答え出来ません」

いきなりあかねが、秀樹という壁をすり抜けてメディア陣の前に出た。

「震災以降、窮屈で辛い思いをしている子どもたちが、サッカー教室を開いて欲しいと言ってくれるなら、私はそれを叶えてあげたいと思います。一人でも参加したいというお子さんがいたらやります」

秀樹がもう一度、あかねとメディアの間に割って入ろうとしたが、まるでピッチの上でのディフェンスのようにあかねはその隙を与えなかった。

「私は、磐前県で生まれました。この県の多くの方に応援を戴いてサッカーを続けてきました。私が恩返しできるのは、サッカーだけです。だから、サッカーを教えて欲しいと言われれば、喜んで教えます！」

あかねの気迫に、誰もが圧倒されている。

「あかねちゃん、気が済んだろ。行くぞ」

秀樹はあかねの手を握ると強引にメディアの間を抜けた。

「ちょっと逃げないでよ」

メディアの垣根を力ずくでかき分けて、あかねをガードしながら突破した。

「僕が対応している間に、あかねちゃんはダッシュで帰るんだ」

「郷浦さんを置いていけません」

「いいから！　早く‼」

あかねが渋々駆け出した時だ。黒塗りのジープ・チェロキーが行く手を遮った。

「早く乗って！」

ハンドルを握る金髪の白人が日本語で叫んだ。

何者だ？　と思ったのだが、あかねを逃がしてやりたい一心で、彼女を車に押し込み、自分も助手席に飛び乗った。

2

二〇一一年四月一七日午前六時一一分

乗って良かったのか。

秀樹が不安に駆られた時に、名刺が差し出された。

NPO法人　サムライ・ジャパン・エイド(SJA)

代表　アンソニー・ケネディ
とあった。

「もしかして磐前県で、被災者にきめ細かい支援活動を続けて下さっている団体ですか」

組織の存在だけでなく、活動内容やケネディへのインタビューも、新聞記事で読んだのを思い出した。

「はじめまして、アンソニーです。郷浦秀樹さんと、萩本あかねさんですよね」

「私たちを、ご存じなんですか」

「さすがに知らない人は、助けませんよ。僕らは、磐前県に関するすべての情報を収集しています。お二人は、磐前では有名ですから、知らない方がおかしい」

ずいぶんと日本語が達者なんだな。

「だけど、なぜ、あそこに？」

「今朝、反原発運動の市民グループが、磐前第五小学校のサッカー教室阻止を訴える、という情報をキャッチしました。で、行ってみたら、お二人が大変な目にあわれていたので、お助けせねばと思いまして」

「本当に助かりました。私たち二人ではどうしようもなかった」

「彼らのやり方は、目に余りますね」

「彼らとは、どちらを指すんですか。防護服の市民団体？　それとも、メディア？」

「両方とも酷いですが、中でもあのおばさんたちです。あの人たちは、磐前県内のあちこちをうろうろして、線量を測っては大騒ぎします。萩本さんがご指摘になったように、彼女らの線量計は超いい加減なんですけど、お構いなしです！」

微妙に日本語のチョイスが変な気もしたが、それでもケネディの怒りには共感できた。

「しかし、それも首都電が事故を起こしたからです。真摯に受け止めないと」

「NO！　それは、おかしい。どれほど注意していても、事故は起きるものです。首都電にも責任はありますが、犯罪ではない。なのに根拠のないデマを飛ばして、県民を怯えさせるなんて、誰であろうと許されるものではない。あれは、明らかに暴力です。お二人が首都電の社員であっても、抗議すべきです」

「私も、そう思う！」

後部座席のあかねが同調した。振り向くと、怒りを堪えるように両手を握りしめている。

「私たちは、ひたすら謝るだけですか。発電所で働く多くの人は地元民だし、真面目に仕事してきたんです。それらもすべて帳消しで、謝るしかないというのは、納得できません」

それは大いに共感するが、国民を恐怖に陥れるほどの大事故を引き起こした責任は、紛れもなく首都電力にある。それまで、どれだけ誠心誠意発電に寄与してきたとしても、事故の免罪符にはならない。

「あかねちゃんの気持ちは分かる。でも、津波の被害だけでも大変なのに、事故でご利用者をはじめ多くの国民に不安と不信感を与えた責めは、受けなくちゃならないんだ」

「いえ、郷浦さん、それは日本人の悪しき風習では？　事故については、首都電の責任です。だから、一刻も早く収拾して欲しい。でも、不確かなデマを流して、国民を脅すのは暴力ですよ。そこは、しっかり抗議すべきです」

アメリカ人が意見した。

分かってないな。

そんなことをしたら、袋叩きにあう。

「今、日本に漂っている良くない空気について、我々は異議を唱えようと思っています。お二人も、僕らと共同戦線を張りませんか」

秀樹の頭の中で、警戒警報が鳴った。

「我々は、SJAのホームページで、悪意のある放射能危機を煽る行為についての問題提起をするつもりです。さらに、磐前県や東京でシンポジウムを開いて、日本の国民の皆さんの誤解を解こうかと」

活動には大賛成だが、社として関わるのは無理だ。

「ぜひ、やって下さい！　あんな酷いデマは許せません！　放射能の恐怖を感じている皆さんに安心して戴けるように、正しい情報提供をすべきです！」

あかねは乗り気らしい。「ほんとですか！」というケネディの言葉と秀樹の「ダメだ」が、ほぼ、同時だった。

「なぜ、ダメなんですか」とケネディは憤り、あかねは「何を言ってるの」と非難の目を向けてくる。

「ケネディさん、個人的には大賛成ですが、首都電としては、何もお手伝い出来ません。僕らには、そんなことを言う資格がありません」

「どんな資格ですか。あなた方は原発のプロでしょ。正しい知識をお持ちでしょう。ならば、事故によって放出された放射性物質やその影響についても、正しい知識をお持ちでしょう。事故を起こした責任を重く感じているなら、その情報を提供することこそ、電力事業者としての責任じゃないんですか」

そのとおりだ。

だが、そんな理屈は通じない。

ケネディにいくら説明しても分かってもらえないだろう。

それがニッポンなんですよ！　なんて悔しすぎて言いたくなかった。

3

二〇一一年四月一七日午前九時〇一分　東京・平河町

宮永が指定した法律事務所は、雑居ビルの三階にあった。前島が周囲にメディアがいないのを確認してから、車のドアを開けた。

暁光新聞の一面に出た首都電国有化の動きと、それに対する鷲津のコメントのせいで、鷲津への取材依頼攻勢がさらに過熱していた。パークハイアット東京や「ぽん太」にもメディアが張り込んでいたため、昨夜は日本橋のマンダリン・オリエンタル東京に部屋を取った。

「首都電の二人との接触に成功したとアンソニーから報告が入りました。取り込むのは簡単そうだと言ってます」

エレベーターに乗り込む時に前島が言った。

奴らしい。普通なら良い感触くらいに留めるのを、「絶対大丈夫！」と宣言する悪い癖があった。どんな時も、自分は他人に好かれ、受け入れられるという根拠なき確信を持っているのだ。

「くれぐれも慎重にと伝えてくれ」

「そう返しました。磐前市内で今日開催予定だったサッカー教室に対して、市民団体から横槍が入って、大変だったそうです」

義は我にありという連中にも困ったもんだ。だが、それを上手く使えたら、意外に面白いかも知れないな。

今にもワイヤーが切れそうな鈍い音と振動を発してボロエレベーターが三階で止まった。

佐藤・鈴木法律事務所という看板を見つけると、前島がインターフォンを押した。すぐに応答があり、ドアが開いた。

とても、与党の大物議員が出入りしている法律事務所とは思えない質素な備品が並んでいる。

訪ねる場所を間違えたかと思ったら、隣室に繋がるドアが開いて、宮永が姿を見せた。

「やあ、わざわざこんなところまで来ていただいて恐縮ですな」

応接室に案内されたが、テーブルもソファも見るからにくたびれている。

「ご覧の通りのボロ事務所で、恐縮です。好きなところにかけて下さい」

言い訳のように付け足した話によると、この事務所は、宮永が司法修習を終えた後の居候弁護士時代に世話になった事務所だという。

「二人のパートナーが御年八〇歳で引退された後、私が借り受けて、私設事務所代わりに使わせてもらっているんだ」

いかにも昔気質の政治家らしい隠れ家だ。

「で、鷲津さんがお尋ねになりたいのは、この件についてですな」

テーブルの上には、暁光新聞や各紙の首都電国有化の記事が開かれている。

「先生のお考えを伺いたくて参上しました」

うまそうにタバコを吸う宮永の鼻から煙が噴き出た。笑っているのだろうか。

「お考えも何も、君の腹は決まっているんだろ」

鷲津はゆったりと体を椅子の背もたれに預けた。座面のスプリングが最悪で、尻が椅子に沈み込んでしまった。

「狙った獲物はけっして逃さない。それが、鷲津政彦様じゃないのかね」

馬鹿馬鹿しくなって鷲津もタバコをくわえた。前島が慌ててライターを探している間に、卓上ライターで火を点けた。

「なんだか、大盗賊の大見得のようですね。しかし、実際のところは、謙虚で求められる仕事を愚直にするだけの真面目な買収者ですよ」

「そもそも、君に首都電を買ってくれと誰が頼んだんだね」

「国民ですよ。あんなところは、潰れればいい。それこそが、国民の心の叫びではありませんか」

「君は民意の代理人なのか」

「しがない商人(あきんど)に過ぎません」

「ならば、出すぎた真似はせんことだ」

「では、首都電の国有化を、先生は是と考えているんですか」

宮永の顔つきが険しくなった。

「答える義務はないだろ」

「あなた方国会議員は、国民に選ばれたんです。国民の問いかけに答える義務があります」

宮永はタバコを灰皿にねじ込んだ。八つ当たりか。

「義務が聞いて呆れる。まあ、それでもお答えしよう。私は、国有化には懐疑的だ」

「それは、答えじゃありません」

「言い方を変えよう。国民のライフラインの一つである電力が、一民間人の所有物にされることには違和感がある。だが、君のご指摘を受けるまでもなく、首都電を救うための血税は可能な限り少なくしたい」

それが本音なのだろうが、厚かましい発想ではある。

「それは、古谷政権の総意ですか」

「いや、私の個人的意見だよ。知ってのとおり、総理はもっと過激だ」

「首都電なんぞ潰せばいい。あとは野となれ山となれというアナキスト的な発想ですね」

「鷲津さん、天下の日本国内閣総理大臣に対して言葉がすぎるぞ。総理は、国民の怒りを一身に受け、その代弁者として行動されているだけだ」

アホらし。あの卑怯者を自分たちの代弁者やと思てる国民がいるんやったら、呼んでこい。

「まっ、そう思っているのは、ご本人だけかも知れんがね。いずれにしても、総理の前では、首都電の経営再建の話はタブーになっている。そのため、我々周囲の閣僚が、落ち着き先を考えているわけだ」

「で、宮永先生のアイデアは、どのようなものなのかお聞かせ下さい」

「政府としては、君臨すれども統治せずが理想だね」

ふざけたことを言いやがる。

「つまり、国有化はするが、経営は民間人に任せると？」

「君に任せてもいい」

エサが投げ与えられた。やれやれ……。

「宮永先生、何か勘違いされていませんか。その発想は、根本的に誤りです」

ほうと言いたげに口は開けたが、宮永は声を発しなかった。

「首都電を国有化するというお言葉は勇ましい。さすが、困った時の日の丸だ。しかし、首都電株を一株も持たず、何が国有化ですか。あなた方が国有化できる方法は二つしかない。過半数の首都電株を取得するか、首都電を潰し、介入するかです。現政権のような弱腰連中に、首都電が潰せますか」

宮永は苦笑いを浮かべた。

「まあ、君の言うとおりだがな。政権内では、その正論が通らないんだよ」

「だったら、すっこんどいて下さい。あなた方に、首都電の経営問題に関与する資格はない」

「政府に楯突いたら、首都電は手に入らんよ」

今度は鷲津が苦笑いを浮かべる番だった。

「それ、賭けてみますか」

暫く睨み合ってしまった。

そういう柄ではない。だが、そういうシチュエーションだった。

宮永が先に目を逸らした。

「いや、失礼した。私としては、君の本気度を知りたかったんでね。バカな挑発をしてしまった。お詫びする」

頭まで下げてきた。

「謝ることではないと思います。では、私の好きにしていいんですね」

「そこが問題なんだ。出来れば、双方手を携えて、ウイン・ウインの関係を構築できればと思うんだが、どうかな？」

怒った時より、満面に笑みを浮かべた時の宮永の方が、遥かに凄みがあった。

4

二〇一一年四月一七日午前九時二一分　東京・永田町

首都電力の国有化を審議する「首都圏電気事業会社経営危機対策審議室（首電対）」は、メディアの目を避けるために、内閣府内に設けられた。

宮永大臣の強い希望もあって、湯河はイチアイ対室長との兼務で室長に着任した。

指揮を執るのは、資源エネルギー庁長官の生駒で、この日も関係省庁から集められたメンバー八人の顔合わせに出席した。集まったのは財務省から参事官と課長補佐が各一人、エネ庁から総合政策課長と課長補佐が各一人、金融庁から課長補佐が一人、そして、内閣府の書記が二人という陣容だった。

生駒が挨拶に立った。

「私は、宮永大臣からの要請を受け、首都電国有化検討の責任を担うことになった。財務、金融の両省庁を差し置いて、独断的な決定をするつもりはないので、ご理解戴きたい」

当初は、エネ庁内で密かにプロジェクトチームを立ち上げて、首都電国有化のためのスキームを策定し、宮永に提出するつもりだったが、どこからか情報が漏れた。

そして、首都電再生のための融資や債権放棄などでメインバンクと厳しいせめぎ合いを続ける金融庁と、国有化となれば莫大な税金の投入を余儀なくされる財務省から、横槍が入った。

「カネの問題を抜きにした首都電再生などあり得ない」と財務大臣を通じた抗議があり、結局は宮永が折れたのだ。そういう経緯もあって、生駒は挨拶する際に配慮したようだ。

「期限は一ヵ月だが、二週間でスキームをまとめたいと考えている。不眠不休を強いるかも知れませんが、精励して戴きたい」

今さら精励もあるまいと思いながら、湯河は進行役に立った。

「まず金融庁に伺いたいのが、メインバンクとの交渉状況です。国有化に際して、債権放棄は可能ですか」

「絶対に無理です。ビタ一文、放棄するつもりはないと明言されています」

金融庁総務企画局政策課長補佐の坂木が神経質な早口で答えた。首都電の経営危機については、銀行を監督する監督局ではなく、坂木がまとめ役を務めている。

「先の二兆円の奉加帳を回した際に、たとえ国有化となっても、債権放棄は一切行わないという覚書を、金融担当大臣との間で交わしています」

なぜ、そんな愚かなことを文書に残すのだ。

「そうでもしなければ、破綻必至の首都電になんてカネを貸せないわけでして」

坂木が、先回りして補足した。

「その覚書を無視したら、どうなりますか」

生駒が余りにもずばりと尋ねたので、さすがの湯河も驚いた。

坂木はうめき声を上げただけで黙っている。

「坂木さん、想像でも良いので、お答え戴けませんか」

「その場合は、メガバンク三行が政府を告訴するかも知れません」

代わりに答えたのは、財務省大臣官房参事官の延岡(のべおか)だった。将来の次官候補と言われる延岡は、妥協を知らない難物だった。

「そこまで、やりますか」

「今どきのメガバンクの経営者は臆病者の集まりで、国家のためにリスクを取る者など皆無です。先の奉加帳でも、融資が焦げ付いた時に、株主代表訴訟を起こされるのを危惧したトップも少なからずいました。だから、大臣の覚書を求めたんです。したがって、首都電の国有化について、金融各社は、相当警戒しています。我々としては、拙速に国有化に飛びつかないで戴きたいというのが、ホンネです」

延岡は、財務省の存在感を隠そうともしない。

「延岡さん、誰も拙速に国有化しようなんて、思っていませんよ。ですが、首都電が破綻すれば、国内経済に甚大な被害を及ぼすのは財務当局だってご承知でしょう。多額の税負担が必要でも、首都電を見殺しには出来ません」

「しかし、原発事故は収束しておらず、除染や廃炉費用すら算定不能の状況で、どうやって予算を策定するんでしょうか」

まるで教科書的な反論だった。そのくせ延岡は首都電国有化の予算想定書を策定して、上層部との協議に入っていると聞いている。そのカードを簡単に見せるつもりはないのだろう。

「ざっくり申し上げて、ひとまず現状での首都電の国有化の費用は、約五兆円を想定しています。実際には、政府が首都電に融資するのではなく、首都電再生機構を設立し、そこから、五兆円が出資されます」

湯河個人としては、イチアイの除染を含む損害賠償費用だけで、五兆円は吹っ飛ぶと思っている。だが、経済産業大臣の強い意向があって、最も少なく見積もった額を計上した。

「軽く五兆円とおっしゃいますが、青森県から千葉県に至る太平洋沿岸部の被災地の復興費用を考えると、簡単に右から左に流せるようなお金ではありませんよ」

「それは重々承知しています。しかし、どれだけ少なく見積もっても五兆円が必要です。でなければ、国有化は難しいかと」

「サムライ・キャピタルに託すという選択肢はないんでしょうか」

坂木の提案に、財務省の二人は驚いていない。坂木の思いつきではないということか。

「個人的には、選択肢の一つとしてあり得ると思います。サムライ・キャピタルは、四〇％超の首都電株を取得しているのではないかという情報もあります。国有化するためには、彼らとの売買交渉が必要になるかも知れません。あるいは、TOBをかけて、経営権奪取を競う可能性だってある」

サムライ・キャピタルに首都電を託す案を、こんなにもあっさりと延岡が提案するのは意外だった。

国とハゲタカファンドが、買収合戦とは世も末じゃないか。

財務省は、単に国家財政を司る省ではない。日本国を見渡した上で、国家を正しい方向に導くという自負を持っている。そのため、各省庁の政策についても、厳しく目を光らせている。だから、首都電のような半国営企業を、得体の知れない投資ファンドに託すのは「恥だ」と考えると思っていたのだが。

「ご案内のとおり、首都電は単なる民間企業ではありません。日本社会のライフラインを担っている地域独占の電気事業会社です。それを、投資ファンドに明け渡すならば、国民生活を脅かすリスクを誘発するという認識が必要ではないでしょうか」

エネ庁総合政策課長の絹田が堪らなくなって口を開いた。

「もちろん。ですが、サムライ・キャピタルに首都電の経営を委ねれば、国庫の支出は最小限に抑えられるという現実も、見過ごせませんよ」

サムライ・キャピタルへの売却案を、財務省がこれほど積極的に推すとは思わなかった。

「彼らが経営権を奪取すれば、経済的合理性が優先され、今までのような安定した電力供給に支障を来す可能性が出てきます」

絹田には首都電国有化路線を訴えて欲しかった。国家の電力事業を監督する省庁として、首都電をどこの馬の骨とも分からないような相手に売り渡すわけにはいかないのだから。

「絹田さんのお立場からすれば、ご懸念はごもっともです。だが、未曾有の震災の復興のためには、一円すら惜しいんです。首都電再生の負担を民間に委ねたいというのが、国家の金庫番である財務官僚のホンネです」

湯河は、生駒の表情を見ていた。ここまで財務省が主張するのであれば、生駒は腹案を開示してもいいのではないか。

5

二〇一一年四月一七日午前一〇時五六分

「少し休憩しませんか」

この中で誰よりも休息を嫌いそうな延岡が言った。会議が始まって約一時間半、関係省庁の主張が出揃い、停滞気味だったのでよいタイミングではある。

坂木と絹田、生駒はさっさと部屋を出てしまった。

「湯河さん、ちょっといいですか」

湯河の返事を待たずに延岡は出入口に向かった。仕方なく一緒について廊下に出た。

財務省の参事官は途中の自販機で缶コーヒーを二本買ってから、非常階段に出た。

春の柔らかい日差しが心地良い。

「古谷政権には、困ったもんですね」

困ったことが多すぎて、延岡が何を指して言っているのか分からない。

湯河に缶コーヒーを差し出しながら、延岡がため息をついた。

「総理は専門家の意見を無視して、お友達を大量に官邸に入れて迷走している。その上、首都電なんて潰してしまえと怒鳴り散らしているとか。経産大臣は、総理に面従腹背して次期総理の座を狙っている。二度と国民は、あの政党に政権を預けないでしょうな」

異論はない。だが、つまらぬ愚痴を共有するために湯河にコーヒーをおごってくれるのではないだろう。

「首都電の国有化費用が、五兆円とは余りに低い見積もりですね」

「延岡さんの見積もりではいかほどですか」

「せめて、倍でしょう。でも、私はそれで済んだら御の字だと思っていますがね」

いちいち嫌みな言い回しをするのが気に障ったが、異論はなかった。

「では、一〇兆円、お願い出来ますか」

「無理でしょうね。というより、総理が認めないのでは？」

そうかも知れない。だから、最低予想額でスキームを立ち上げて、徐々に増やすという戦法を取ったのだ。

「エネ庁としては、財務省だけで最低でも五兆円くらいはご負担戴きたいと考えているのですが」

「そんなに出せませんよ。税収は厳しく、被災地支援の費用も莫大です。首都電の経営危機が日本経済に及ぼす影響は重々承知していますが、そもそも経産省（METI）に、首都電の経営再建がやれますか」

やれるかどうかではなく、やるしかないというきれい事を延岡は認めないだろう。

「だから、鷲津に託すんですか」

延岡が表情を緩めた。

「さすがに湯河さん、話が早いな。我々は彼しかいないと思っています。というより、生駒さんの腹も同様では？」

「それは、生駒に直接お尋ね下さい」

「なるほど、あなたはMETIでは珍しく忠義心をお持ちということだ」

まったく、嫌みな男だ。

「忠義心の問題ではなく、私は申し上げる立場にないというだけです。もし鷲津に託すとして、財務省はどのようなスキームを考えておられるんですか」

「スキーム、ですか。我々の理想としては、丸ごと託したい」

乱暴な。

「そんなことをしたら、彼は即座に首都電を潰しますよ」

「だから潰させない手だてを考えているんですが。何か妙案はありませんか」

「立ち話でする内容ではないと思います」

ずっと遠くの景色を見ていた延岡の視線が、湯河の目に向けられた。

「なら、あの場で、やるんですか。絹田さんがいきり立ち、坂木君が不満を漏らす、あの場で。誰もが省益に縛られて話せない会議なんて無意味でしょ。午後から、私とあなた、そして生駒さんの三者で腹を割った会議をした方がいい」

それで、ここに呼び出したわけか。

さすが、結果第一主義で知られる延岡らしい提案だな。

「生駒に相談します」

「ぜひ、そうして下さい」

「優先順位を教えてもらえませんか」

延岡に振り回されるのは癪だが、従うしかない。

「何の優先順位ですか」

「財務省が、カネを出してもいい優先順位です」

「我々は、事故で避難を余儀なくされた被災者への賠償については、ある程度、負担できます。それ以外では、廃炉費用かな」

「ある程度とは？」

「そこは、応相談です。出来れば、三兆円程度で終わらせたい。それ以外は、首都電に自己責任で負担してもらう」

話にならない。

だが、METIだって、国有化費用を五兆円と提示してしまったのだ。

無責任な額のやりとりをしてはならない。湯河は、缶コーヒーの礼を告げて、先に館内に戻った。廊下の先に生駒の姿が見えた。

6

二〇一一年四月一七日午前一一時二一分　東京・平河町

「あと、八%買い足せば、私は首都電の経営権を奪取できます」

つまらない腹の探り合いに飽きて、鷲津は宮永に厳しい現実をぶつけた。さすがの狸オヤジも驚いて半分口を開けている。

「口では何とでも言える」

「だったら明日にでも記者会見を開いて、首都電にTOBをかけると宣言しましょうか。その日のうちに、経営権を奪取しますよ。もし、私の提案を政府が呑んで下さらない場合は、会社を潰します。そうなれば、首都電に融資した銀行の債権はすべて無効となります。そして、再建計画が立てられるまで、発電を止めます。首都電管内はその間、停電ですな」

「そんな破廉恥な行為を国民が許すと思うか」

「国民は、私の味方ですよ。首都電再建を目指そうとしたのに、愚かな政府によって再生の道を閉ざされた。その結果、発電する費用すら捻出できない。だから、泣く泣く発電を止めるに至ったと言いますよ」

「国家を脅す気かね？」

「脅すなんて人聞きの悪い。私はむしろ被害者なんです。我々を非難した時には、旧経営陣と現政権を告訴します。原発事故とその後の不始末のせいで、首都電を破綻に至らせた責任追及のためです」

「バカな」

「国民の非難の矛先が向かうのは、首都電の旧経営陣ばかりでないのは、先生も重々ご承知のはずだ。我々の悲痛な訴えは、国民から厚い支持を得られるはずです」

「君は、それでも日本人か。今は、国家の危急存亡の秋なんだぞ。なのに、君は我々の足下を見て金儲けをしようとしている。それどころか、国民を騙して、英雄気取りだ！　そんなことが許されると思っているのか」

よほど激昂しているのか、宮永は鷲津を指さしてなじっている。

「そのままお言葉を返しますよ、先生。原発事故を起こした責任を、誰一人取ろうとしないのはなぜです？　政府は何をしているんです。アメリカからの支援を断ったとも聞いています。あなた方が今やっているのは、茶番などという軽い言葉では済みませんよ。戦争犯罪に近いほどの重大犯罪を犯して、国民を怯えさせ、日本経済を毀損している。本来なら、閣僚全員が市中引き回しの上、打ち首獄門になるべきだ。それを、この鷲津が救ってやろうって言ってるんです。ひれ伏すくらいはしてもいいんじゃないですか」

「地金が出たな。ならば、俺がおまえの野望を潰してやるよ」

大きくため息をつき、わざとらしく呆れてやった。

「前島、記者会見の準備をしろ。明日ＴＯＢに着手する」

体を硬くして座っていた前島が立ち上がって、携帯電話を取り出した。

「そんなこけおどしは、通用しないぞ」

前島は躊躇わずに電話をかけた。

「お疲れ様です、前島です。明日のＴＯＢ会見のＧＯサインが出ました。東証の会見場を押さえて下さい」

「待て、ちょっと待て」

宮永は慌てて止めたが、彼女は電話を終えていた。

「今すぐ取り消すんだ。大混乱になる」

「大混乱は、私にとって有利なんですよ、先生。あなた方は、何の対応も出来ずに指をくわえて見ているしかない」

宮永が前島から携帯電話を取り上げようとした。だが、運動不足の老人は、アメリカンフットボールで鍛えた前島の敵ではなかった。

「鷲津君、少し冷静になろう。私も大人げなかった、すまない。だから、今の指示を取り消してくれ」

尊大な男らしからぬ焦りだったが、鷲津は動かなかった。

「取り消すのは、これからのお話次第ですよ、先生」

先に取り消せと宮永は喚いたが、鷲津は取り合わなかった。

「何が、望みだ」

「こちらの希望は先程申し上げました。首都電の抱える課題を政治マターと経営マターに分けて、政府と弊社の両輪で再生を目指す後押しをして戴きたい」

「調子に乗り過ぎだ。政権や政府が許すわけがない」

「誰がどう思うかは、お気になさらずに。宮永先生は、私の提案を後押しして下さるだけでいい。そこから先は私がやります」

「つまり、総理やエネ庁、財務省との交渉は、君自身でやると」

「そのとおりです。私が欲しいのは、宮永先生のお墨付きです」

前島がブリーフケースから、文書を取り出した。

首都電力の再生問題については、サムライ・キャピタルの鷲津政彦氏の提案を全面的に認め、支援を惜しまない。

国務大臣（原子力事故対策及び調査担当）

「ここにサインして下さい。そうすれば、ひとまずＴＯＢは行わず、政府との交渉テーブルに着きます」

「これは、白紙委任状に等しいじゃないか」

「私の提案の後押し――という内容かと思いますが」

無論、今後、鷲津がどんな提案をしても、この一枚が葵紋の印籠になる。

そして、宮永に選択の余地はなかった。

7

二〇一一年四月一七日午後一時〇七分　磐前県磐前市

秀樹がチェックアウトを済ませた時、首都電力広報室第三課の稲葉課長から電話があった。

「ＹｏｕＴｕｂｅに、あなたと萩本さんが、デモ団体と小競り合いをしている映像がアップされているんだけど、何があったの？」

「見ていないので、分かりません」

「それに、午前中に予定していたサッカー教室に、萩本さんが来なかったと抗議も来ている」

なんてこった。秀樹は仕方なく丁寧に説明した。

「それって、最悪じゃないの。そんな反対派を押し切ってでも、サッカー教室の会場に行かなきゃダメじゃない」

「そんな状況ではありませんでした。教室の主催者が、反対運動を知らなかったはずはないのに、誰も助けてくれませんでした。あのままでは、萩本さんに危険が迫ると判断しました」

「残念だけれども、あの動画では萩本さんの方が悪いように見える。だいたいあなたが付いていながら、『何も知らないで、逃げただなんて、絶対に許せません！』なんて発言を、なぜ止めなかったの？」

じゃあ、課長が現場にいたら、どんな対応をされたんですか、と言ってやりたかった。

「郷浦君、聞いている？　この映像が会長の目に留まったら、大変なことになるのよ」

「どうなるっていうんです？」

向こうが言葉に詰まった。

「我々を磐前に行かせて、地元の方に首都電の応援団になってもらおうなんて、虫の良い命令を押しつけておいて、ご自身は保身ですか。社員が謂れなき誹謗中傷をぶつけられた時に抗議するのは、広報の役割として間違っていないと思います。それを非難するって、どういう神経なんですか」

稲葉が黙り込んでいる。

「朝のサッカー教室の会場で諍いを起こし、日本女子サッカー界のホープの名誉を傷つけてしまったことへの責めはいくらでも受けます。でも、会長のご機嫌を損ねるからお叱りを受けるというのは、理解できません」

「あなたたち二人は、首都電サポーターズ・クラブ活動の看板なの。その自覚がなさすぎる。それどころか、こんな風に世間の顰蹙を買うなんて、最悪よ」

「顰蹙を買った覚えなんてありません」

「いずれにしても、大至急、二人とも東京に戻ってきて」

「これからJファームに行く約束があります」

「それは、こっちでキャンセルするから。だから、即刻東京に戻ってきて」

「萩本さんはJファーム行きをとても楽しみにしているんです。簡単に納得しませんよ」

「郷浦君、いい加減にしなさい！　あなたたちは、物見遊山に行ってんじゃないのよ。首都電の代表として活動しているの。その自覚をしっかり持ちなさい」

「聞いてるの？　萩本さんが何と言おうとも、連れて帰ってくるの」

言うに事欠いて物見遊山とは。

「課長も、そんなところでぬくぬくしていないで、一度くらいこちらにいらしたらどうですか」

「何ですって！」

「僕らがどんな思いでここにいるか、ご存じですか。首都電社員というだけで、まるで犯罪者扱いされることだってあるんです。僕はともかく、日本女子サッカー界の宝を自分たちの名誉挽回の道具にするばかりか、その辛さや気持ちを踏みにじっているような方は、ここに来て罵声の一つも浴びてみればいいんです」

いきなり電話を切られた。

不通音が鳴り続けている携帯電話を投げれば気持ちいいだろうが、物資不足の時だからと堪えた。

余りにも酷すぎた。

今なお現場で必死に事故を収拾しようとする仲間がいるのに、東京のエリートたちは、皆、保身と世間体しか気にしていない。

自分は、こんなクソみたいな会社で何をやろうとしたんだ！

不意に、松永安左エ門翁の顔が脳裏をよぎった。

もはや、電力を供給する者に矜恃なんてない。あるのは、驕(おご)りと事なかれ主義ばかり。安左エ門が、大嫌いだった役人と変わらない……。

いっそ辞表を叩き付けてこようか。

携帯電話が鳴った。

なんだ、卑怯者がまだ言い足りなくてかけてきたのかとディスプレイを見たら、「萩本あかね」とあった。

「出発時刻を過ぎてますけど、大丈夫ですか」

「ごめん！　すぐ行く」

あかねは、アンソニー・ケネディと一緒に待っていた。共同でキャンペーンを張るのは無理だと断ったのに、まだここにいるのか。

「お待たせしてごめん。で、あかねちゃん、Ｊファーム行きは中止になった。東京に戻るようにと命令が出た」

「なぜですか」

「僕もよくは知らない。会長のご意向らしい」

本当の理由を告げるつもりはない。あかねは、もう充分傷ついている。

「私たちの抗議がＹｏｕＴｕｂｅにアップされたからですか」

座っている前に、ノートパソコンがある。彼女のものではなかった。

あかねが、秀樹の方に画面を向けた。

「見て下さい、これ」

映像が再生された。白い防護服姿の市民団体とメディアに囲まれた中で、あかねが険しい顔つきで抗議している。最後は、カメラとあかねの間に秀樹が立ちはだかり、手でカメラレンズを押さえつけたところで止まった。

「〝首都電社員と女子サッカー選手、市民に逆ギレ〟ってタイトルまでつけられてるんですよ。酷すぎです。会長はこれをご覧になって、帰還命令を出されたんですよね」

今さら、会長はご覧になっていないとは言えなかった。

「僕はよく知らないんだ。とにかくJファームには行かずに、東京に戻れとだけ命じられた」

「私、暫くお休みを戴きます」

「何を言ってるんだ」

「ケネディさんもJファームに行かれるそうなので、一緒に連れていってもらいます」

「ダメだ！　ケネディさんも止めて下さい」

「僕が無理に誘ったわけじゃないですよ。Jファームに行くというお話をしただけで」

ケネディは、善意の部外者に徹するつもりらしい。

「休暇を取るのはいいよ。でも、Jファームに行くのはまずい」

「また、マスゴミの餌食になるから？」

あかねの闘志が再び燃えている。

「わざわざ卑怯な無礼者の前に行って、喧嘩をふっかけられなくてもいいだろ。あかねちゃんの怒りは分かる。でも、そのマスゴミの挑発に乗って喧嘩しても、しょうがない。僕はこれ以上、君に首都電サポーターズ・クラブ活動を続けて欲しくないんだ」

「サッカーだけやってろ、と言いたいわけ？」

「まあ、そういうことだ」

「郷浦さん、今、サッカーやってる場合だと本気で思ってるんですか」

「ワールドカップの最終予選だって近い。それに集中した方がいいよ」

「原発事故だけじゃなく、大津波で多くの方が被害を受け、まだ、ご遺体だって見つけられていないような時に、ボール遊びの世界大会に向けて専念しろって、どうかしてませんか？」

なんで、僕ら二人がこんな争いをしなきゃいけないんだ。僕だって、あかねちゃんの意見に賛成だ。ただ、あかねちゃんを会社の道具にしたくないだけなのに。

「それは同感だ。でも、会社の偽善には、これ以上つきあって欲しくないんだ」

「首都電の頑張りを理解して欲しいという気持ちは、偽善じゃありません」

「でも、会社は君を利用して、国民の反発をかわそうとしている。それは、卑怯だろ」

「卑怯でも何でもいいんです。事故が起きているのに、首都電社員の多く、特に偉い方は東京でじっとしている。けど、私はそういう人たちと同じように、こそこそ逃げ回りたくないんです。磐前に来て、皆さんの怒りや不安と向き合って、誤解があれば説明し、正当な非難についてはお詫びする。それが、首都電社員としての務めじゃないんですか」

あかねの正論に、秀樹は打ちのめされた。その通りだ。

〝大ケガも仕方がない。まだ命があったのがめっけものよ。だがもう一度なんとか、この谷底から這い上がらぬ限り助からない。それも自力でだ、気力でだ、頑張りでだ

――〟

不意に松永翁の言葉が脳裏をよぎった。

そうだ。あかねの主張は正しい。痛いほど真っ当だ。

「萩本さんは、凄いなあ。僕、今の言葉に大感動しました。まさに、萩本さんの言うとおりですよ。ぜひ、会長さんにも聞いてもらうべきだよ」

ケネディが能天気な日本語と共に割り込んできた。

「分かった。じゃあ、僕も休暇を取る。ケネディさん、僕らをJファームまで乗せていってもらえませんか」

「喜んで。それと、ちょっと見て」

ケネディが、先程のYouTubeの画面を見せた。

「映像じゃなくて、下の書き込み」

〝この映像って、酷いなあ。現場で、様子を見ていたけど、子どもたちにサッカーを教えようとする萩本さんに言いがかりをつけたのは、このおばさんたちだよ。それに抗議をしたところだけを切り取るなんて、ちょっと卑怯じゃないかい？

誰か、この前後を撮影した映像をアップしてよ。僕は、首都電には問題あると思うけど、萩本さんや郷浦さんが怒るのも当然だと思うよ。メディアは、ちゃんと伝えてよね。

アンソニー@磐前〃

「ありがとうございます。嬉しいです！」

あかねの目が輝いている。心から喜んでいるのだろう。こんな表情を見たのは、あの日以来初めてかもしれない。

「じゃあ、でかけますか」

ケネディが立ち上がると、秀樹は後に続いた。

8

二〇一一年四月一七日午後一時四九分　東京・丸の内

「なぜ、鷲津の独占インタビュー記事が出ないんだ」

昼休みから戻るなり、編集局次長の志摩になじられた。

「鷲津氏と接触できないから、書きようがありません」

「おまえ、それでも記者か」

北村をデスクの前に立たせて、志摩はヤスリで爪を研いでいる。

「間違っても、日本通信の小僧に抜かれるなよ」

八島とかいう記者を指しているのだろう。

「心します」

「北村記者に会いたいと、濱尾から社主に連絡があったそうだぞ」

「何ですか、それは？」

爪を研ぐ手を止めた志摩と視線が合った。

「おまえが抜いた首都電国有化の記事に、いたくご興味を覚えられたそうで、独占インタビューに応じてもいいそうだ」

この期に及んでも上から目線なのに驚いてしまうが、美味しい話ではある。

「何を書いても良いのであれば」

「社主殿の性格は知ってるだろ。金持ちコミュニティのお仲間が相手でも、報道を歪めよとは、おっしゃらないさ」

「ならば、いつでも、喜んで」

志摩は、一枚のメモを突き出した。

携帯電話の番号があった。

「会長室長の電話番号だそうだ」

さっそくその場で首都電力会長室長に電話を入れた。慇懃な口調の男が応答し、

「本日の午後五時で如何でしょうか」と、挨拶もそこそこに言ってきた。

財界総理として多忙を極めると言われている濱尾が、即日のアポで一介の新聞記者に会うなんてどういうことだ。

「午後四時に、御社に迎えの車を遣ります。それにご乗車下さい」

「カメラマンが同行してもよろしいでしょうか」

「北村様、お一人でお願い致します」

交渉の余地なしだと悟らせる強い口調だった。

北村は渋々応じた。

四時まであと二時間しかない。北村は、首都電買収取材班の麻生に電話した。

「今どこだ？」

「すみません。昼飯中です」

夕刊の警戒時刻を過ぎたばかりだ。

「首都電の濱尾会長が俺に会いたいと言ってきた」

「まじっすか。俺なんんか、毎日五回は広報や会長室長に打診してんのに、全部無視ですよ」

「俺も理由を知りたい。会長周辺で何か変わったことはないか」

「すぐには思い当たりませんね。調べてみます。インタビューはいつですか」

今日の午後五時と言うと、さらに驚かれた。

「大至急やります」

その時、一人の先輩記者が視界に入った。

「塩田(しおた)さん、お時間を戴けませんか」

声を掛けると、見るからに上等なスリーピースを着た暁光新聞の経済担当論説委員が振り返った。

「君、誰だっけ?」

名刺を出しそうになるのを止めて、名乗った。

「北村君? ああ、あの北村君ね。それで、僕になんの用です?」

いい、あのとはどういう意味なのか気になったが、今はそんなことを言ってる場合じゃない。

「本日、首都電の濱尾会長へのインタビューが急遽、決まりました。塩田さんは経団連のお歴々とお親しかったですよね。濱尾さんについての基礎情報をお伺いしたいのですが」

尋ねているのに、塩田は無視して自室に入ろうとするので、北村は追い縋った。

「ちょっと、君。ここ、僕の部屋。勝手に入ってきちゃダメでしょ」

「お願いしますよ。私は、財界に疎くって、濱尾会長に失礼があったらまずいでしょ」

「じゃあ、一〇分だけね。僕はでかけなくちゃならない」

なんだコイツは……。

「濱尾さんは財界総理と言われていますが、そんなに絶大な影響力があるんでしょうか」

「まあね。彼は華族の出身だし、フルブライトで留学もしているし、絵に描いたようなセレブリティの重鎮だという認識かな」

塩田も同じ人種だったはずだ。

「お親しいんですよね」

「学校の先輩だし、僕のワイフが濱尾さんの従兄妹なんでね」

それは、びっくりだ。

「財界で力を持っているのは出自だけではなく、経営者としても優秀だったからですよね」

「優秀の定義が難しいけどさ、若い頃から帝王学を叩き込まれ、それに加えて本人も権力欲の塊だから、結果的に伸してきた感じでしょうかね」

「政界とのパイプが太いのが、武器だとか」

「政界というよりアメリカのエスタブリッシュメントとのパイプがね。あと、保守党のエネルギー族の大物たちと連携して、日本のエネルギー行政とビジネスを仕切ってきた」

「弱点は？」

「ないね」

即答か。

塩田は、パイプをくわえると勢い良く煙を吹き上げた。

「財界総理って言葉は、ダテじゃないよ。力があるから、そう言われるんだ。たとえば日米間の貿易や非関税障壁などの交渉事も、陰で差配しているし、時にはアメリカの経済界の大物や官僚と直接会って交渉をまとめるなんてこともやっている」

「民政党政権になってからは、どうなんですか」

「民政党政権ねえ。あまりに幼稚な自己主張政権だから、やりにくそうではあるけれど、会長の地位は揺るぎないね」

「あんな事故を起こしてもですか」

「事故って、ああ、原発事故のこと？　別にあれは、濱尾さんの責任じゃないでしょ。それより、濱尾さんのアドバイスを無視した官邸こそ非難されるべきでしょうな」

そんな話、初めて聞く。具体的に教えてくれと迫ると、塩田は面倒くさそうに応じた。

「原発事故がよろしくない状況になった時、濱尾さんはDCのしかるべき筋を通じて、米軍に事故収拾を求めた。それを、あのバカ総理は拒絶したらしい」

「なぜ、それを記事にしないんですか」

さらに酷い侮蔑の眼差しを向けられた。

「噂に過ぎませんからね。それに、事故の件は、僕が書くべきテーマでもないですから」

この人は、暁光新聞の記者という自覚があるのだろうか。

「首都電を国有化しようという動きがあります。濱尾さんは、それをどう思われているんでしょうか」

「さあ。最近、話をしていないんで。でも、国が首都電を救うのは当然でしょ」

「どうしてですか」

「だって、首都電だもの」

思わず笑いそうになった。

「じゃあ、国有化を歓迎していると？」

「国有化ではなく、国は黙って首都電を救済すれば良いとお考えなのでは。それも、経営には嘴を入れないという条件つきでね」

「つまり、国にカネは出させるけど、経営は従来どおり濱尾会長以下、現経営陣に委ねよという意味ですか」

塩田は、手にしていたパイプを少しだけ上げた。イエスという意味か。

「じゃあ、事故を起こした責任は誰が取るんですか」

「君、頭おかしくないですか。原発事故は、未曾有の大震災が原因でしょ。だから、防げなかった。もし、誰かの責任を問うのであれば、地震の神様かな。あるいは、濱尾会長のアドバイスを拒絶したバカ総理じゃないの」

俺は、本当にこの人と同じ新聞社で記事を書いているのだろうか……。

「約束の一〇分はとっくに過ぎたから失礼するよ」

塩田はパイプを手にしたまま立ち上がった。

「あっ、そうだ。濱尾さんにお会いしたら、塩田がくれぐれもよろしく言っていたと伝えてくれたまえ」

呆れ返る北村の前を横切って、塩田は出て行った。

9

二〇一一年四月一七日午後三時〇八分　東京・日本橋

マンダリン・オリエンタル東京のスイートルームで仮眠していた鷲津は、メールの着信音で目を覚ました。

〝突然、濱尾会長が会いたいと言ってきました。午後五時から都内で取材をします。会長の取材を終えたら、お時間戴けませんか？　暁光新聞　北村拝〟

北村からの連絡は無視し続けていたが、この提案は、そそられた。

〝面白い。終わったら連絡下さい。場所を指定します。　MW〟

シャワーを浴びてさっぱりすると、ミーティングルームに向かった。

前島と広報担当の赤星がスタンバイしていた。前島は、電話中だ。

「暁光新聞の北村君を知っているか」

「面識はありませんが、社長がニューヨークにおられた時にご昵懇だった記者ですよね」

「彼が今日、濱尾にインタビューするそうだ」

「ホントですか。濱尾会長はずっと自宅に引きこもって、限られた幹部社員としか会わないと聞いていますが」

鷲津もそういう報告を受けていた。

「濱尾の方から、北村に接触したようだ」

「何か仕掛ける気ですかねえ」

「おそらくは、世論を味方に付けようと考えている気がするな」

「キャラとして似合いませんが」

確かに、濱尾が庶民に慈悲を乞う図なんぞ想像も出来ない。

「なぜ、北村記者なんでしょうか」

「奴が、首都電国有化のスクープを書いたからじゃないのかな」

赤星は納得できないというように考え込んでいる。

前島が電話を終えた。そのタイミングでサムも現れた。

「アンソニーが、首都電の郷浦と萩本あかねと一緒にＪファームに向かっているそうです。磐前市内で反原発運動の市民グループと小競り合いがあり、二人は首都電幹部から叱責されて、それに反抗しているとか」

そこで、濱尾の動きを伝えた。

「政彦と北村記者の関係を知っているからじゃないでしょうか」

「俺との関係っていうが、別に俺たちは仲間じゃないぞ」

「濱尾会長は北村記者を利用して、政彦に何かを仕掛けるつもりなのかも知れない」

「北村は、反権力志向が強い。濱尾が最も毛嫌いするタイプだぞ」

「それも承知の上で、彼を使って政彦に誤った情報を伝えようとしているのかも知れない」

「回りくどくないか」

「あの御仁は、回りくどいじゃないですか。それに、政彦の周辺の人を巻き込んで仕掛けてくるタイプだ」

「なるほど。じゃあ、それを逆手に取ればいいわけか」

「それは我々が、濱尾会長が仕掛けた罠を正確に見抜いた場合に限ります」

今や手負い猪、恐るるに足らず、だ。

「とにかく警戒を怠らない方がいい」

被害妄想とも言えるほどサムは慎重だ。だが、その慎重さに何度も救われた。

母袋が遅れて現れた。

「遅くなりまして、申し訳ありません。出がけに、凄い話が舞い込んできまして」

今日は涼しいくらいなのに、母袋は首筋の汗を拭っている。

「エネ庁の生駒長官がリーダーとなって、首都電国有化のための機構を設立するようですが、財務省は首都電を我が社に託しても良いと考えているフシがあるらしいんです」

にわかには信じがたい情報だった。

「情報源はどこですか」

「財務省の技官です」

母袋は、資源エネルギー庁の元敏腕技官という経歴を活かして、これまでにも経済産業省やエネ庁から貴重な情報を数々入手してきた。しかし、財務省からの情報というのは、初めてだ。

「情報源は、来年定年退職するベテランでして、私の囲碁仲間です。彼は現在、主計局長の直轄で震災復興の歳出計上班の現場責任者を務めているんですが、財務省としては、首都電を国有化する資金を最小限に抑えたい意向らしいんです。そのため、我が社と首都電株の取り合いをするよりは、経営はサムライ・キャピタルに委ね、三分の一強の株と公的資金注入で、我が社を監督できないかと考えているようです」

いくら古くからの囲碁仲間だからと言って、そんな重大情報をあっさり外部に漏らすものだろうか……。

サムも同じ疑問を持ったようだ。

「これは、財務省からの信号だと思うべきでしょうね」

サムライ・キャピタル側に情報をわざとリークして、内々に手打ちをしたいと意思表明しているわけか。

「そのご友人に、情報を鷲津が大変喜んでいる、ついては、ぜひ財務省のしかるべき方とお会いしたいと言っていると、母袋さんから伝えていただけますか」

「それでは、私の友人が情報漏洩したことがバレてしまいます」

母袋の心配は分からぬではなかった。だとすれば、別ルートからやるしかないか。

10

二〇一一年四月一七日午後四時　東京・丸の内

迎えの車は、約束の時刻きっかりに、暁光新聞東京本社の車寄せに到着した。運転手が北村の名を確認し、後部ドアを開けて迎え入れた。

さて、これから何が始まるのか。

「どこまで行くんですか」

「濱尾会長のご自宅までお連れするように言われております」

確か代々木上原だったと記憶している。丸の内からだと、三〇分ほどかかる。北村はノートパソコンを取り出すと、読み残していた濱尾の資料に目を通した。

他紙と比べるとまだ控え目だが、それでも暁光新聞ですら濱尾に対して、丁重かつ最上級の敬意を表している。その威光は、電力業界のみならず財界の津々浦々にまで及び、政治家や官僚たちへも強い影響力を有している。

先の政権交代も、当時の保守党首相が濱尾のアドバイスを無視したために、「お灸を据えられたのだ」などという伝説がまことしやかに囁かれている。

鷲津との接点はほとんどないようだが、首都電を担当している麻生の話では、鷲津が独立系の電力会社である日本電力(Jエナジー)買収を画策した際に、濱尾が一蹴したという噂がある。今回の首都電株の取得は、その復讐なのではという財界関係者もいるらしい。

しかし、鷲津はそんなつまらない理由で企業奪取をしない。鷲津が、リーマンショックの最中に仕掛けたアメリカン・ドリーム社買収の際、正義漢ぶったり、怒りを露わにしたりすることは何度もあったが、そのすべてが計算されたパフォーマンスだった。

だから、今度も復讐戦という噂を、鷲津は上手に利用するだろう。

財務省に張り付いている野路が情報を送ってきた。

〝財務省の幹部は、首都電を鷲津に預けてもいいと考えているようです。官房長周辺と主計局の経産担当からの情報です〟

〝国は首都電を見捨てたのか〟

本当は電話で話したいのだが、首都電の社用車内では、さすがにメールの方が安心だ。

〝この状況で鷲津氏と株の争奪戦をやるのは無駄だと。また、財務省は濱尾会長の影響力を快く思っていないので、毒を以て毒を制したいと考えているとか〟

なるほど——。面白い話だな。

〝その件、裏取りをやってくれ。俺は、代々木上原の濱尾会長宅に連れて行かれるそうだ〟

今度は麻生からメッセージが入った。

〝濱尾会長のこの動きは、国から切り捨てられるのではないかという危機感ゆえでは、と元役員が見立てています。

エネ庁は、首都電国有化の受け皿となる機構作りを急いでいますが、その場合、濱尾会長以下現経営陣全員の更迭が最低条件だと考えているようです〟

濱尾の命運が尽きようとしている——。そういう認識を持ってよさそうだ。

だとすれば、俺は濱尾の起死回生策に加担させられるために呼ばれているのかもな。

渋滞にもつかまらず、車はスムーズに濱尾邸に近づいていた。

ここから先は当たって砕けろだ。

大通りをそれた車が鬱蒼とした枝道に入ると、いかにも〝財界総理〟らしい大豪邸が姿を現した。

大門の手前には、多数のメディアが待機していたが、北村は首都電の社用車に乗車していたので、分からなかったはずだ。

車が停止すると、陰険そうな男が北村を迎えた。

「お忙しい中、恐縮です。会長室長の丸鍋でございます」

北村が「どうも」と言う前に、丸鍋は背を向けた。

高級旅館のような廊下を丸鍋について歩いた。そして行き止まりの部屋に案内された。

北村が中に入ると、スリーピースのスーツを着た長身の男が立ち上がった。

「わざわざどうも、濱尾です。無理なお願いをお聞き届け戴き、感謝しています」

丁寧すぎる濱尾の口調に、北村の警戒心が募った。

「濱尾会長には、お会いして色々と伺いたいことがたくさんあったので、ありがたいご指名でした」

「そう言ってくれると、私も気が楽ですよ。では、あなたからの質問には後ほどじっくり応じるとして、まずは私の話を聞いてもらえますか」

肘掛けの椅子を勧められたが、座り心地は抜群に良い。ノートを開き、テーブルに

ＩＣレコーダーを置いて録音の許可を求めた。

「しっかりと録音して下さい。それで、あなたをお呼びしたのは、弊社の先行きについて、お話ししたかったからです」

何事も、本人主導で事を進めたがるのは、権力者の特徴だ。

「弊社は今、名古屋電力と陸奥電力とによる三社統合を考えているんですよ。関係方面への根回しも順調に進んでいます」

11

二〇一一年四月一七日午後八時一三分　東京・日本橋

遅い夕食を摂っていると、鷲津の携帯電話が振動した。ディスプレイには〝暁光新聞　北村〟とある。

会食相手に断って、個室の外で応答した。

「濱尾会長は、陸奥、名古屋と首都電力を統合する話を進めているそうです。ご存じでしたか」

ふざけたハッタリを。

「それで、大株主としてのご意見を伺いたいのですが」

「ナンセンスでしょう。というより、もし私が陸奥や名古屋電力の株主だったら、統合を進める経営陣に対して、株主代表訴訟を起こします」

「両電力が首都電力と統合したら、企業価値が下がるからですか」

「それどころか、両電力が倒産する危険すらありますよ。陸奥電力と名古屋電力の幹部は何と？」

「寝耳に水だと」

「つまり、濱尾会長のブラフじゃないのかな」

「かも知れません」

「だったら、暁光新聞として記事にするのは、おやめになった方がいい」

「いや、だからこそ、濱尾会長のコメントを掲載します。事故と経営危機に対して余りにも無責任な経営者の発言は、許しがたい」

そして、政官財が大騒ぎになる、か……。

「それが、ジャーナリズムの正義ですか」

北村が笑った。

「弊社にまだ、そんなものが残っているとしたら、そうかも知れません。ともかく鷲津さん、コメントをお願いします」

ここは、北村の心意気に乗っておくか。

「首都電応援団の一人として、濱尾会長の発言を残念に思う。自社の危機に真摯に向き合ってこそ財界総理の名に相応しいのに、会長は災厄を電力業界に蔓延させようとしている。今すぐ退陣して欲しい」

「そのまま掲載して大丈夫ですか」

「何か問題があるのかな」

「最大株主、首都電会長に退陣要求という見出しが立つかも知れません」

「望むところだ」

「分かりました。明日、お時間を下さい。ここまで踏み込んだコメントを出すわけですから、大株主のインタビュー記事も欲しいところです」

それについては秘書から連絡させると言って電話を切った。

どうやら濱尾がやけっぱちになっている。面白くなってきた。

会食の席に戻ると、主賓席に座っている美人が、地熱発電の素晴らしさを熱く語っていた。

「繰り返しになりますが、古谷総理は原発の代替エネルギーとして太陽光発電や風力発電を挙げておられますが、ナンセンスです。地熱発電だけが、原発の代替電力たり得るんです。もし、私たちの経営参画をお認め戴ければ、弊社としてしかるべき額を投資致します」

熱弁を振るう女性社長は、かつては米国投資銀行の雄、ゴールドバーグ・コールズ系列のファンドに在籍していた。それが、地熱発電会社の経営に携わったことで独立し、地熱発電という地味な事業会社を束ねるグループ企業を率いている。

相手が美人だからではないが、彼女が情熱を注ぐ地熱発電なるものを少し勉強してみたくなった。

「野上（のがみ）さん、改めてじっくりレクチャーして戴けますか」

「ほんとですか！　ありがとうございます」

野上社長が起立して頭を下げると、随行の男性役員二人もそれにならった。

12

二〇一一年四月一八日午前二時四七分　東京・霞が関

深夜の緊急呼び出しで資源エネルギー庁に登庁した湯河は、洗面所で顔を洗ってから長官室に入った。冷水で頭を冷やさずにはいられなかった。

暁光新聞に掲載された濱尾会長の単独インタビュー記事のせいだ。記事はエネ庁に向かうタクシー内で三度読み返した。

読む度に怒りが増幅した。

長官室には、エネ庁関係者に加え、経済産業省大臣官房からも数人顔を出していた。

「湯河君、一緒に来てくれるか」

状況の説明もなくそれだけ言うと、生駒は部屋を出て行った。おそらくは、佐伯経産大臣に呼びつけられているのだろうと解釈して、すぐに後を追った。

「濱尾会長の発言について、長官には事前相談はあったんですか」

思わず湯河は聞いてしまった。

「まさか。あれば、身を挺して止めているよ。官邸も大臣も、誰もご存じなかった。陸奥や名古屋も寝耳に水で、大騒ぎになっている」

つまり、関係各所に、事後承諾させる腹だったというわけか。

「実現の可能性はあるんでしょうか」

いきなり生駒が振り返った。

「冗談を言うな。そんなことは絶対にさせない！」

生駒の腹の内には、首都電の経営危機を機に、一気に電力の自由化を加速させたいという企みがある、と湯河はみている。なのに、濱尾は、それに逆行するような大電力連合を仕掛けたのだ。怒るのはもっともだった。

「暁光のスクープを読んだメディアが、濱尾と首都電に殺到するだろう。濱尾が白々しく会見を開く可能性もある。そんなものは断固阻止だ」

だが、濱尾の暴走は、簡単には止まらないかもしれない。

「保守党のエネルギー族の反応は、どうなんでしょうか」

「さすがに、この時刻に、国会議員を叩き起こすわけにもいかないだろ」

エネルギー行政に対しては、長年政権を担っていた保守党が民政党政権下でも影響力をしっかりと維持している。濱尾の独断も、彼らの後押しがあってのことならば、さらに面倒になる。

庁舎を出ると、公用車が待ち構えていた。どうやら目的地は、隣のビルではないようだ。

「官邸に呼ばれているんですか」

「総理が、激怒している」

この国で起きるすべての出来事をいち早く知っておきたい性格である上に、首都電と経産省が大嫌いな総理としては、当然のリアクションであった。

案の定、古谷総理の怒りは手がつけられない状態だった。

今なお、地下の危機管理センターから出ようとしない古谷の前で、安東事務次官が現状報告をした。

「昨日、暁光新聞の記者が濱尾会長宅で単独インタビューを行ったことは確認できました。ただ、濱尾会長の発言内容については、首都電内部でも誰も知らされておらず、門脇社長は対応に苦慮しているようです」

「一刻も早く社長会見を開かせて、あのバカげた大嘘を否定させろ！」

貧乏揺すりをしながら古谷が叫んだ。

「悪いアイデアじゃないかも知れないなあ」

佐伯が、能天気な発言をした。

「なんだと！」

「だって総理、このままだと鷲津とかいうチンピラ野郎が、首都電のオーナーになる可能性だってあるんですよ。それを防ぐためには、国は莫大な公的資金を入れる必要がある。でも、陸奥と名古屋が面倒を見てくれるなら、それは助かりますよ」

佐伯は何を考えているんだ。

数日前、首都電国有化のハンドルを我が省が握るべく全力を尽くせと、経産省幹部らにハッパを掛けたばかりだぞ。

「お言葉ですが大臣、それでは陸奥も名古屋も連鎖破綻します」

生駒が、感情を圧し殺して発言した。

「じゃあ、近畿電力も巻き込んだらどうだ」

佐伯を上回るバカがいた。だが、古谷は冗談で言ったわけではなさそうだ。

「総理、そんな独占企業を生んでよろしいんでしょうか」

「それで税金の無駄が減るなら、東西統合ってのもいいんじゃないの？」

原発事故対応参与として古谷が任命した経営コンサルティング会社の社長が、輪をかけた無責任論を吐いた。

国難を議論する場に、こんな得体の知れない民間人を置く古谷は、どうかしている。

「首都電の将来についての議論は、改めてじっくり行うべきかと存じます。ひとまずは、濱尾発言の火消しです。ここは一刻も早く門脇社長に事実無根という記者会見をするように、総理からお話し戴ければと思います」

生駒の提案を、古谷が受け入れようとしたら待ったがかかった。

「そんなことに総理を利用すべきじゃないな。そもそもこんな暴走を許したのは、経産省の監督不行届きでしょう。だったら佐伯大臣が連絡すべきですな」

コンサルのアドバイスに古谷が頷き、佐伯が渋々受け入れた。すかさずコンサルが固定電話の受話器を上げた。

「まさか、ここから電話するのか」

佐伯が驚いている。

「佐伯、一刻を争うんだ」

古谷に強く言われれば、佐伯も従うしかない。

「ああ、夜分失礼。佐伯です。濱尾会長の件ですが、今すぐあなたが会見を開いて事実無根と否定して下さい。――え？　なんですって！」

佐伯がそこで送話口を押さえた。

「濱尾会長がこれから会見するそうで、首都電本社に向かっていると」

どこまで迷惑な男なんだ！

「だったらその前に社長が会見しろと言え」

古谷の言葉を佐伯が伝えたが、電話の向こうで渋っているようだ。堪えきれなくなって古谷が受話器を手にした。

「ああ、古谷です。門脇さん、私がまたそっちに行って怒鳴りつけなきゃなりませんかねえ。とにかく今すぐ会見をお願いします」

電話を切ると古谷は、「首都電に行け」と生駒に命じた。

「ただし、午前九時から首都電再生の議論をしたい。それまでにここに戻ってきてくれ」

勝手なことを。しかし、誰も抗議しない。

「そうだ、湯河君、ちょっと残ってくれ」

いや、残りたくない！　という気持ちが全身からにじみ出たのか、生駒にしっかりやれ、と肩を叩かれてしまった。

「私の知らないところで、首都電再生の陰謀が進んでいるそうじゃないか」

部屋にいるのは古谷とコンサルと湯河だけだ。

「陰謀とは、穏やかではありませんね」

「私に隠して何かを画策すれば、それは陰謀だろう」

「経営破綻は不可避と考えている首都電を、どのように救済するか様々なアイデアを持ち寄っているだけです。総理のお耳に入れていないのは、まだ、検討に値するスキーム案がないためです」

疑心暗鬼の塊になっている古谷には、理解できないのかも知れない。

「鷲津に首都電を丸投げする方向で、最終調整をしているんだろ」

またもやコンサルが不穏な発言をした。体格が良くスポーツマンに見えるが、性根は相当腐っているに違いない。

「初めて聞きます」

「ウソをつけ！」

古谷の怒鳴り声も、もはや慣れて何とも思わなくなった。

「鷲津氏が、首都電の株を半数近く保有しているというのは動かぬ事実です。それを無視は出来ません」

「銀行が資金を回収して、首都電を潰してしまえばいい」

古谷がいなければ、コンサルを殴り飛ばしていた。

「無理です。首都圏への電力供給が滞る可能性があります」

「いいじゃないか、それはそれで」

「総理！　冗談でもそんなことは」

「僕は本気だよ。なあ、湯河君、国民はずっと浪費に明け暮れて、電気のありがたさと怖さを忘れていたんだ。だから、原発事故が起きても、反省しない。国民にお灸を据えるためにも、一ヵ月ぐらい停電したらいい」

どうやらここにも、退任した方が良い権力者がいる。

「そうすれば、エネ庁が企んでいる電力小売り自由化も、スムーズにいくぞ。何しろ、首都電以外からの電力供給を国民は望むだろうからね」

返す言葉がなかった。

13

二〇一一年四月一八日午前三時四一分　東京・芝浦→丸の内

午前三時半から首都電力本社で始まった門脇社長の緊急記者会見は、僅か一〇分で終了した。

暁光新聞朝刊一面に掲載された濱尾会長への独占インタビューの内容を、「事実無根」と断じただけの会見だった。

未明にとんでもないスクープ記事を飛ばされて怒り心頭の記者が、門脇に詰め寄ったが、警備員と社員がスクラムを組んで社長を守った。

もはやこれ以上の取材は無理だと判断した北村は、会見場を後にした。エレベーターホールで、むさ苦しい髭面の男が近づいてきた。

「あんただけが、なぜ特別扱いされたのか。その理由を教えてもらえませんかね」

「おたくは？」

名刺が差し出された。

日本通信　経済部　八島強

とあった。

「これはこれは、兜町の伝説的な凄腕記者にお声がけ戴き光栄だな」

「伝説的なは余分だけどね。で、北村さん、なんでおたくだけが濱尾会長に会えたんだ」

初対面の先輩記者に、タメ口で話してくる。なるほど、うちの経済部の記者が「傲慢で強引な勘違い記者」と毛嫌いするわけだ。

「広報を通してくれ」

それでは納得してくれないようで、北村の行く手に立ちはだかった。

「おたく、鷲津の御用記者なんだろ。濱尾は、あんたを通じて鷲津にメッセージを送りたかったんじゃないのか。体よく利用されたんだ」

ばかばかしい。

その時、エレベーターの扉が開いた。

「あんたこそ、どっち向いて仕事してんだ。凄腕記者の名が泣くぞ」

そう捨て台詞を吐いて、北村はエレベーターに乗り込んだ。

「鷲津のような男の片棒を担いでたら、いずれ天誅が下るよ」

扉が閉まる直前に八島が言った。

天誅ね。どんなものか、一度味わってみたいもんだ。


本社に戻ると、門脇社長の会見の原稿は首都電担当の後輩に任せて、北村は仮眠室のベッドに潜り込んだ。濱尾会長単独インタビューについての関係者の反応を取材するつもりだが、夕刊の早版の締め切りは午前一一時過ぎだ。その前に、鷲津へのインタビューもある。とにかく今は、一時間でも二時間でも眠っておきたかった。


午前七時にベッドから這い出た北村はシャワーを浴びて、皺だらけのワイシャツに再び袖を通し、編集局のフロアに行った。

ほとんど人がいない。この時間帯は、新聞社には珍しいのどかなひとときだった。

「日本通信が、たわけたニュースを配信したぞ」

岐阜市出身のデスクがそう言いながら、プリントアウトを北村に渡した。

首都電再生、ファンドへ丸投げか
財務省、政権がお荷物を切り捨て

扇情的な見出しだった。

財務省は公的資金の支出を最小限に抑えたいという理由で、一方の官邸は単に首都電を懲らしめるという理由で、半数近い首都電株を取得しているとみられる投資ファンドに、首都電再建を委ねると断定していた。

筆者は、あの髭面凄腕記者だ。

「この八島という記者は、『飛ばし記事』の常習犯だから俺は信じないが、志摩さんあたりの目に触れると厄介だから、答えを準備しておけよ」

デスクのアドバイスに頷いてから、北村はノートパソコンを開いた。

首都電買収取材班の誰よりも先に仮眠したので、門脇社長会見後の関係者のリアクションについては知らない。それらは、取材班で共有しているメーリングリストに取材メモが送られているはずだった。

それを順次開いてみたが、日本通信の記事を裏付けるようなメモはなかった。大半が、濱尾の三電力統合案に憤りと戸惑いを抱いており、ひとまずは首都電からの正確な情報を待っているらしい。

さて、日本通信の記事に対しては、どうしたものか……。

八島という記者は、どうしても鷲津を悪の権化にしたいようだ。だが、ニュースとして問題視されているのは、瀕死の首都電の再生スキームで、鷲津が悪い奴かどうかは、この際どうでもいい話だった。

他社の朝刊のチェックを終えたところで、北村は社を出た。コンビニで買った朝食を皇居前広場のベンチで食べて気分転換しながら、鷲津へのインタビューの流れを確認したかった。

肌寒さを感じたが、まだ半ば眠った状態の頭と体の血行を覚ますには丁度良かった。

14

二〇一一年四月一八日午前八時二三分　東京・日本橋

「政彦にしては、やけに地味なプランだけど、私はそれを成長だと評価するわ」

早朝に米国から帰国したリンは、休憩もそこそこに鷲津の首都電買収プランを確認していた。投宿先のホテル、マンダリン・オリエンタル東京のミーティングルームに揃っているのは、他にはサムと前島だけだ。

「問題は、リンは地味だと言うが、それなりに俺らしい派手なディールになるはずだ」

リンに言わせると、あなたが旧態依然とした日本流の根回しや駆け引きが出来るかどうかね」

リンに言わせると、鷲津の中身は米国人で、日本人のウエットな情緒や内向的な狡猾さが全く理解できていないらしい。

「そこは、リンとサムにしっかりアドバイスしてもらうさ」

サムとは、たっぷりと時間をかけて作戦を練ってきた。

「鷲津政彦は世論の非難を甘んじて受ける覚悟だというのだから、挑戦してみてもいいと思う」

「そこが私も成長の跡だと評価したところ。ええかっこしいのところがあるから、またぞろ、日本を救うためだとか正義漢ぶるんじゃないかと心配していたからね」

二人揃って好きなことを言いやがって。

「前島、門脇社長との面談のアポはどうだ？」

昨夜遅くから、前島は首都電のＩＲ担当役員に連絡を取り続けていた。

買収の挨拶のためだ。そして、ただちに臨時の株主総会を開くよう交渉する。門脇は拒否できないはずだ。

「二〇分ほど前に、ＩＲ担当役員の秘書から、時間調整をしているので待って欲しいという返信が来ました。首都電では、午前中、緊急の取締役会が招集されるようです」

「やはり、濱尾会長解任動議か」

「そのようです」

前島の答えに続いてサムが口を開いた。

「濱尾会長には勝ち目がなさそうだね。あまりのスタンドプレイに、幹部連中が一斉に異を唱えた。それに、官邸からも相当なプレッシャーが掛かっているようだ」

「さっき、保守党の東海林先生から電話があってね。濱尾は終わったとのたまっていた。ここからは、俺のお手並み拝見だそうだ」

保守党のエネルギー族や米国を含む原発マフィアが、濱尾を切り捨てた。だからといって、鷲津の首都電奪取を全面支援すると決めたわけではない。東海林の言葉通り「お手並み拝見」した上で、判断するのだそうだ。

それを聞いて、リンが鼻で笑った。

「米国のエネルギー関係者だけでなく、ホワイトハウスも濱尾に対しては失望しているわ。私たちに、首都電を委ねるのを歓迎するそうよ」

「だが、星条旗の下で経営なんてやるつもりはない」

「当然でしょ。私たちは、米国政府の御用商人じゃないんだから。ただ、彼らの目と耳は至る所に張り巡らされている。こちらにもスパイや裏切り者がいるかも知れないと考えるべきよ」

東海林はもちろん、原発マフィアの番頭的存在と言われている甲斐、さらにはCIAなどという厄介な連中が束になってかかってくるのは間違いない。その上、官邸と経済産業省はコミュニケーション不全に陥っているし、財界の反応もはっきりしない。

だからこそ表立った交渉ではなく、政府と水面下で首都電再生のスキームを決めてしまいたかった。しかも、可能な限り迅速に。

布石を打ち終え、政府側に接触しようとした矢先、濱尾が先手を打ってきた。だが、余りにも独断専行がすぎ、業界はおろか、社内のコンセンサスすら得られそうにない。

こんな絶好のチャンスを逃すわけにはいかなかった。

「例の日本通信の記事ですが。何か手を打ちますか」

前島が、八島とかいう記者の憶測記事を気にしていた。

「暫く、無視だ。その方があのハイエナ記者は燃えるだろう。奴の背後には、濱尾がいる」

サムが身辺調査をした結果、ギャンブルの借金を処理してもらった恩があり、八島は濱尾のイヌとして忠誠を誓っているらしい。それに、元々ファンドや投資銀行嫌いだったこともあり、徹底的な鷲津叩きにいそしんでいるようだ。

「奴の情報源は濱尾だ。ならば、俺や再生スキームを検討する政府関係者への悪口をもっと書かせた方が、奴の化けの皮を剝ぐ時に効果的だろ」

「メディアの利用がお好きだけど、連中はなかなか思い通りに動かないわよ」

リンは、以前からメディアと距離を置くようにと訴えている。

「そこも、サムの言いつけをちゃんと守るよ。それよりリン、総額でどれぐらい集められそうだ？」

リンの米国出張は、米国の原発マフィアやロビイスト関係者からの情報収集と、資金調達が主目的だった。

「五兆円ほど。今の首都電の株価からすると、充分でしょう」

元々の資金も残っているし、新たに五兆円もあれば大丈夫だろう。他の投資家が拒否権を行使できない三分の二超を保有できたら、言う事なしだ。

ひとまずは目標とした半数は超えていた。ここからどこまで買い増すかは、リン次第だ。

秘書の村上が声を掛けてきた。

「そろそろ暁光新聞の北村記者の取材のお時間です。写真撮影もしたいそうなので、お着替えされた方がよいのでは？」

シャワーを浴びて清潔だったが、ポロシャツに短パンという格好では、北村がびっくりする。

鷲津が立ち上がると、リンも続いた。鷲津の服はリンがすべて見立てている。

「今日は、落ち着いたシックな感じがいいわね」

15

二〇一一年四月一八日午前九時〇二分

高級ホテル、マンダリン・オリエンタル東京の小宴会場に通された北村は、眼下に見える日本銀行の建物を眺めながら待っていた。我ながら意外なほど落ち着いている。

カメラマンがセッティングを終えた直後に、鷲津が現れた。

「北村さん、少しお会いしない間に、逞しくなったんじゃないですか」

いきなり力強く握手してきた鷲津は、黒の高級スーツに身を包んでいた。かつては、わざとワンサイズ大きい上着を羽織ったりして、野暮ったく目立たない印象だったが、ずいぶんとイメージが変わっている。

「単刀直入にお尋ねします。首都電力の買収を、ご決断されたと考えてよろしいですか」

「まだ、何も決断していませんよ」

「先日、お電話した時に鷲津さんは、政府が首都電を国有化するなら、相手にとって不足はないとおっしゃいました」

「そうだったかな」

「ええ。録音をお聞かせしてもいいですよ。あれは、国と首都電を奪い合うという意味では？」

鷲津の返答に、間があった。もしかして、あの時の発言は、うっかり漏らしてしまったのだろうか。

「北村さん、ちょっと先走りでは。あれは、筆頭株主として、資本家の利益を守るために闘う、という意味で申し上げたんだけどなあ」

市場でも霞が関でも、鷲津は首都電株を四〇%以上保有しているという噂が流れている。なのに、お惚(とぼ)けか。

「つまり、買収の意志はないと？」

「私は、一投資家として、首都電の国有化には絶対反対なんです。大手老舗企業の経営がピンチになると、すぐに国がしゃしゃり出るのは、資本主義の理屈に合わない」

「でも、首都電は特殊では？」

「地域独占という特権を得る代わりに、その地域に滞りなく電力を供給しているからですか」

言葉にされると、首都電は、企業として特別扱いされているようにも響く。

「だったら、最初から国営企業にすればいい。市場に上場し、優良企業として様々な債券も発行している企業なんだ。自らの危機は、自らで落とし前を付けるのが筋でしょ」

「だから、鷲津さんが、国有化に反対とおっしゃるのは分かりました。でも、尋常ならざる事態が起きて、破綻危機に陥っているから、政府は国有化を検討しているんです。それを阻止するには、鷲津さんが買収するしかないのでは？」

苦笑いを浮かべられた。

「それは、選択肢の一つでしょ。現状で、首都電を買収するのは、我々の顧客が許さないかも知れない。時期尚早の気もする」

買収は選択肢の一つだと。これは、本気でやる気だな。

「では、どのような事態なら、首都電買収という選択肢を選ぶんですか」

うつむき加減で座っていた鷲津が顔を上げた。視線は北村の背後にあるカメラに向けられていた。

「それは、簡単です。欲しくなった時ですよ」

16

二〇一一年四月一八日午前九時五四分

秘書の村上が入ってきて、メモを差し出した。

〝証券取引等監視委員会（SESC）が、大手町の本社に家宅捜索に入ったそうです〟

なんだと……。

「じゃあ、北村さん、今日はこれで。記事を楽しみにしています」

鷲津は足早に部屋を出るなり、廊下で待機していた前島にメモを見せた。

「容疑内容を確認しろ」

やはり、一筋縄ではいかないか。

ミーティングルームに戻った時には、前島は確認を終えていた。

「大量株を取得しながら、適正に関東財務局に申告しなかった容疑だそうです」

バカな。

「弁護士は？」

「さっそく対応しています」

顧問弁護士も本社と同じ大手町ファーストスクエア・イーストタワー内にオフィスを構えている。

誰の差し金だ。

鷲津は、関係者の顔を次々と頭の中で巡らせた。

サムと目が合った。

「財務省が、金融庁を焚き付けたそうだ」

「濱尾じゃないのか。あるいは、官邸か？」

「今、加賀にも探らせています。いずれにしても、寝耳に水だった」

引退したとはいえ、サムは長年ＣＩＡ東京支局で、情報部員（エージェント）と情報提供者（アセット）を多数使って、日本の政官財に情報網を持っていた。それらは、いまだに生きている。

そのどこからも、警報（アラート）が鳴らなかったわけだ。

こんなことがあり得るのか。

「ＳＥＳＣの調査官が、ボスに任意同行を求めているそうです」

村上の声が震えていた。

「任意同行なら断る。村上さん、それで突っぱねてくれ」

サムが強い口調で命令したが、村上は動かなかった。

「サムの指示に従ってくれ」

鷲津がそう言うと、村上は覚悟を決めたように唇を強く結んで部屋を出た。

「サム、さっき財務省の仕業だと言ったが、俺には濱尾の悪あがきに思えるが」

「それも可能性の一つだな。いずれにしても、今すぐホテルを脱出しよう」

「いや、俺はここから動かない」

「政彦、つまらない意地を張るな。今は撤退あるのみだ」

鷲津は、会議テーブルの議長席に腰を下ろした。

「裏口から逃げたりしたら、世間は敵前逃亡だと思う。そんな印象を与えたくない」

「世間の印象なんて、今はどうでもいい」

「そうはいかない。まもなく首都電買収の重要な交渉が始まるんだ。世論を敵に回せば、貧乏くじが回ってくるだけだ。この罠は、俺を卑劣な逃亡者だと思わせるのが目的かも知れない。だとしたら、そんな手には乗らないよ」

そもそも「大量株を取得しながら、適正に関東財務局に申告しなかった容疑」程度で、身柄を拘束するのは人権問題だった。

「サム、俺は極めて冷静だ。今は動くよりも、もっと情報収集をすべきなんだよ。前島、萩原弁護士（はぎわらせんせい）に連絡して、大至急来て欲しいと頼んでくれ」

萩原直樹（なおき）は、「無罪請負人」という異名を持つ弁護士だった。過去に大物政治家や官僚の汚職事件を担当し、無罪を勝ち取っている。

サムライ・キャピタルの企業買収の時に、リーガル・アドバイザー（LA）を務める顧問弁護士の青田（あおた）から紹介されて、何度か会っていた。

その際に「鷲津さんは、いずれ国家の敵というレッテルを貼られる時が来るでしょう。その時は、遠慮なくお呼び下さい」と言われている。

サムはそれ以上抗わず、代わりにノートパソコンを開いている。

「政彦、どうやら首都電株を代理で買い漁っていた証券会社が裏切ったようだぞ」

「たとえ証券会社に捜査のメスが入っても、依頼主が誰か分からないように手を打ってあります」

そう返したのは前島だ。

首都電力株は、国内外の七人の投資家が個別に証券会社を通じて取得している。いずれも、サムライ・キャピタルとは何の繋がりもない。鷲津のビジネス仲間の一人で、サンフランシスコを拠点に、プライベートバンクと調査会社を経営しているサンディ・ジョーダンが取り仕切っているから、万が一の時でも安心なはずなのだ。

そのシステムは、サムも承知している。

「だが、証券取引等監視委員会（SESC）の調査官の一人が、証券会社からのタレ込みだと断言しているんだが」

「タレ込んだ証券会社名が知りたい」

ウソの告発という可能性もある。

村上が戻ってきた。

「ひとまず、SESCの皆さんは、お帰りになりました。ただ、次に来る時は、逮捕状と共にいらっしゃるとのことです」

勝手にほざけ。

胸の内で毒づいてから、大手町の家宅捜索に立ち会っているという青田に連絡を入れた。

「そちらにも、調査官が行ったようですね」

「任意同行だったから、追い返した。この程度の容疑で、なぜガサ入れの令状が下りたんだ」

「不可解ですね。それより、一刻も早く大量株取得の申告をしましょう」

後手に回ってはいるが、やっておくに越したことはない。

「前島に行かせる。そちらから、誰か同行者をお願いしたい」

ＳＥＳＣや国税局の査察対応の経験もあるベテラン弁護士を関東財務局に向かわせると言う。

「前島、大至急関東財務局に行ってくれ。向こうで青田君と合流しろ」

前島はただちに部屋を出て行った。入れ替わりにリンが入ってきた。

「政彦、すぐに記者会見を開きましょう。ＳＥＳＣの横暴について断固たる抗議をすべきよ」

普段なら、そういう行動を止める側のリンが本気で怒っていた。

「いや、リン、それはやぶ蛇だぞ」

慎重派のサムが反対しても、リンは意に介さない。

「こういう濡れ衣は、速攻反撃が重要なの。久しぶりに私が会見を仕切る。村上ちゃん、すぐに手配して」

リンが怒りのパッションをたぎらせている。

17

二〇一一年四月一八日午前一〇時〇七分

北村がエレベーターに乗り込んだ時、携帯電話が振動した。社会部デスクの固定電話からだ。

「北村です」

「SESCが、サムライ・キャピタル本社をガサ入れした。噂では、鷲津を逮捕するようだぞ」

容疑を聞いて、さらに驚いた。

「つまり、首都電株を買い漁るに当たって不正を働いてたんですね」

「そうだろうな。おまえは、今どこだ」

「ついさっきまで、鷺津氏にインタビューしていました。もう一度彼に会って、コメントを取ります」

一階に到着してもエレベーターを降りずに、先程までいたフロアに折り返した。小宴会場を覗いたが、ホテルスタッフが後片付けをしているだけだった。

ダメ元で鷺津の携帯電話にかけてみたが話し中だった。秘書にかけても同様だ。

「あの、さっきこの部屋で鷺津さんに取材をした者なんですが、鷺津さんに渡さなければならないものがあるので、客室番号を教えてもらえませんか」

片付けをしているスタッフに尋ねたが、「お教え出来ない」とつれない。

「だったら、これを渡してください」

〝容疑について、コメント下さい！〟と書いて、社の封筒に入れてスタッフに押しつけた。

引き続き、二人の携帯電話へ交互にかけてみた。数回繰り返したところで、秘書と繋がった。

「先程、お世話になった暁光新聞の北村です。ＳＥＳＣの家宅捜索について、鷲津さんからコメントを戴きたいのですが」

「その件については、まもなく記者会見を開きますので、そこでお願いします」

一分でいいので、お話しさせて下さい、と言う前に電話は切れた。

それにしても、ＳＥＳＣのこの電光石火ぶりは、なんだ。しかも、しょぼい容疑で。

株の大量保有を隠したくらいで、家宅捜索に入った例なんて過去にないはずだ。それが、このタイミングで強行された。

なんらかの政治的意図が働いたと考えるべきなのだろうか。

18

二〇一一年四月一八日午前一〇時二五分　東京・霞が関

資源エネルギー庁長官室のテレビで、湯河はサムライ・キャピタルの家宅捜索の様子を見ていた。

「鷲津氏が逮捕されるという情報もあったのですが、現在のところは、当局が行方を追っている状況のようです」

リポーターの報告をスタジオで聞いたキャスターは「逃亡した可能性もあるのでしょうか」と尋ねた。

「まだ、分かりません。首都電力の経営危機を救うとされるキーマンに対して、このタイミングで家宅捜索を行ったことについて、関係者の間では、なんらかの政治的意図が働いたのではないかという声が上がっています」

秘書官が入室してきて「三〇分ほど前から、長官のコメントを求める電話が鳴り止みませんが、何か対応致しますか」と問うた。

「コメントする立場にないだろ。それより、なぜこの事実を我々は事前に聞かされていなかったのかを、SESCに尋ねてくれ」

生駒は不機嫌そうに言ってから、テレビを消音（ミュート）にした。

「どう思う？」

「鷲津氏が、非合法すれすれで首都電株を買い漁っていたのは、周知の事実でした。その摘発にSESCが、こんなに早く動いたというのが解せません」

そう答えながらも、湯河自身も混乱して、考えがまとまらない。

「彼に、首都電のオーナーになって欲しくない勢力が動いたのかな」

それは、誰を指すのだ。

「具体的には、どんな勢力をイメージされているんですか」

「多すぎて、分からんよ。濱尾会長かも知れないし、保守党のエネルギー族の誰かかも知れない。それとも、総理かな」

不穏当な発言だが、言下に否定は出来ない。

「SESCの思惑はともかく、鷲津氏が逮捕されると、首都電再生に大きな影を落とします」

湯河の懸念に、生駒も大きく頷いた。

だが、今すぐにエネ庁として対応できることはない。

「長官、首都電の濱尾会長がお見えなのですが」

秘書官の背後に濱尾がいた。さすがに追い返すわけにもいかず、生駒は濱尾を迎え入れた。

代わりに湯河が退出しようとしたが、両者から止められた。

「ニュースはご覧になったでしょう。やはり、鷲津という男は、卑劣漢だったようだね。そこで生駒さん、ここはエネ庁長官が率先して、あの男が不正に取得した株を買い上げて戴きたい」

濱尾が上機嫌なのが、不愉快だった。

「濱尾さん、藪から棒になんですか。我々が、そのような行動に出なければならない意味が分かりかねます」

「首都電がハゲタカの餌食になるのを、SESCが救ってくれたんですよ。ならば、迅速にエネ庁と財務省がタッグを組んで善処なさるのが、筋では？」

それは、濱尾にとっての善処に過ぎない。

「事実確認もまだ出来ていないこの段階では、何も判断できません」

「これだから、役所は困る。民間は、一分一秒が死活問題なんだ。鷲津が保有している首都電株を国に無償供与したら罪には問わないと、今すぐ交渉するべきだ。こんな絶好のタイミングを逃してはならない」

それはつまり、この騒動の黒幕が、濱尾だと言っているようなものだ。だが、巨大企業とはいえ、一民間企業の会長がSESCに家宅捜索を命じられるものだろうか。

「濱尾さん、言葉を慎まれた方がよろしいのでは？」

「生駒君、立場を弁えたまえ。本来であれば、君が陣頭指揮を執って、速やかに我が社に公的資金注入の筋道を作るべきなんだ。それを、あろうことか鷲津のような男に翻弄された挙げ句、奴にくれてやろうとまでしている。国賊ものだと罵られても仕方ないぞ」

あまりにも侮辱である。湯河は我慢ならなかった。だが、生駒を差しおいて発言は出来ない。

「濱尾さん、僭越ながら、速やかに会長職を辞して戴きたい。首都電の経営危機を救済するために、国民の血税を注入するなど、あってはならないと私は思っています。本当に首都電を救済したいと思われるのであれば、それが唯一の方法です」

生駒が一気に言い切った。濱尾が呆然としている。

国難に際して生駒の覚悟の程は理解していた。だが、財界総理であり、エネルギー界のドンである濱尾に、いきなり退任を迫るとは。

「貴様、何を言ったか分かっているんだろうな」

「重々承知しております。濱尾さん、今、ここで辞意を表明して下さい。そうすれば、少しは公的資金注入の可能性も高まる」

濱尾が勢い良く立ち上がった。

「私の目が節穴だったようだ。もう君には頼まない。失礼する」

濱尾は、大股で部屋を出て行った。

「濱尾会長、お待ち下さい」

慌てて追いかけようとする湯河を、生駒は「放っておけばいい」と引き留めた。

「あの方には、日本の電力供給を担おうという責任感なんて、もはや微塵もない。あるのは保身だけだ。おかげで私は腹を決められたよ。首都電は、鷲津氏に託そう。濱尾という大悪を駆逐するには、それ相応のワルが必要だ」

確かにそうかも知れない。

鷲津という男は信用ならないが、日本のエネルギー安全保障のためにも、濱尾バスターが必要だ。

秘書官がまた姿を見せた。

「長官、財務省の松田(まつだ)事務次官が首都電問題について協議したいので、財務省にお運び下さいとのことです」

19

二〇一一年四月一八日午後〇時三八分　東京・日本橋

記者会見の準備を進めているさなかに、日本通信が再び厄介な記事をアップしたという情報が飛び込んできた。

関東財務局から戻ってきたばかりの前島が、ミーティングルームのスクリーンに記事を映し出す。

鷲津氏、首都電の負の遺産、国に押しつけか
財務省、経産省幹部との折衝でゴリ押し

「あの八島という記者は、未来を覗く望遠鏡でも持っているのか」

「どうやらこのチンピラは、政彦を日本一の悪漢に仕立てたいみたいね」

リンも余裕だ。

むしろ、これで交渉がやりやすくなるというものだ。

「日本の中心に俺がいるというのは、気分の良いものだな。それで、門脇社長だが」

「午後二時にアポが取れました」

なるほど、記者会見を見てからお会い下さるわけか。

「それから、内閣府の湯河という課長が、こちらに見えています。大至急面会したいと」

ミスター原発までご登場か。

「いいだろう。ここに呼んでくれ。前島と俺で会う」

リンが立ち上がった。

「政彦、湯河氏はあなたに批判的よ。ほどほどにね」

湯河の目的は、迅速に政府との折衝を進めて欲しいという提案だろう。少なくとも政府の代表として来たと考えるべきだ。しかも、俺を毛嫌いしているから、取り扱い注意だ。

鼠色の背広と同じぐらいくたびれた湯河が現れた。

「お忙しい中、無理をお聞き届け戴きありがとうございます」

湯河は丁寧に謝意を口にした。だが、鋭い目は鷲津を睨んでいる。

「大急ぎでお邪魔したのは、他でもありません。鷲津さんが、大量に株を保有されている首都電力についてです。ご案内のとおり、首都電力は、首都圏の電力供給という重要な役目を担った企業です。東証に上場する一般企業ではあるのですが、同時に政府と二人三脚で日本のエネルギー政策を担ってきた重要なパートナーでもあります。ついては、鷲津さんとエネ庁、財務省との間で、密にコミュニケーションを取りながら、首都電再生にご尽力戴きたいと考えております」

「もとより、その所存です」

湯河は、鷲津の返答に驚いたようだ。言葉に詰まっている。

「何か問題でも？」

「いや、まさか、そんなお言葉を戴けると思っていなかったので、驚きました」

「湯河さん、世間は私を、カネの亡者とか、火事場泥棒などと決めつけています。まあ、それは私自身の日頃の行いや言動に問題があるからでしょう。それでも、私は日本人なんです。お国の危急存亡の秋(とき)に、少しでもお役に立ちたい。それが偽らざる本心です」

そんな巧言令色は信じないぞと、目が訴えている。この男は不信感を隠そうともしないな。面倒な奴だ。

「それでは、早急にエネ庁と財務省との交渉の場を設けたいと思うのですが、よろしいですか」

「ぜひ、お願いします。そして、今日中に、エネ庁の生駒長官と財務省の松田事務次官に、ご挨拶に伺いたいと思っています。お取りはからい戴けますか」

「大至急調整の上、お返事を致します」

早くも湯河は腰を浮かせて、出て行こうとしている。

「湯河さん、一つお尋ねしてよろしいですか」

「なんなりと」

「日本に、原発は必要だと思われますか」

湯河がソファに深く腰掛けた。スイッチが入ったようだ。

「日本が今後も先進国の一員でいたいならば、原発は必須です」

「しかし、国民は恐怖に戦(おのの)いていますよ。政府と首都電に騙されたとする発言が、インテリ層の間でも広がっています。それを払拭する手だてはあるのですか」

＊

鷲津が投げてきた問いは、資源エネルギー庁内でも、事故発生以来ずっと答えを探し続けている問いでもある。

「我々は、先端科学の恩恵に浴して生きています。今さらそれを棄てるのは不可能ではありませんか」

どこまでホンネをぶちまけるべきか、湯河は迷った。鷲津にはいずれ日本の電力事業の最前線に立ってもらわなければならない。ならば、原発行政の基本姿勢を伝えなければ。

「文明社会とは先端科学のリスクを承知で利用し、万が一事故が起きても乗り越える技術と知性のある社会を指すのではないですか。だとすれば、今回の原発事故を乗り越えることこそが、先進国ニッポンの矜恃です」

「矜恃で、命は守れない。原発事故を乗り越えるとは、具体的に何を指すんですか」

鷲津がかなりデリケートな領域に踏み込んできた。精神論を認めないという鷲津の姿勢は間違っていない。

「イチアイで、なぜ事故が発生したのか。そして、今なお収束できないのはなぜかを、我々は徹底究明しなければなりません」

「湯河さんがそう仰ってくださって、ようやく安心しました。政府や官邸は、あの事故とまともに向き合おうともせずに、善人ヅラをして原発撤廃を叫んでいる。そういう無責任さが、私には我慢ならないんですよ」

意外な発言だった。鷲津という男は、思ったよりもまともな考えの持ち主なのだろうか。

「まったく、同感です。事故原因が究明されたなら、原発の安全新基準も提示できます。原発は再び電力の主力に返り咲くでしょう」

「それが、湯河さんの野望ですか」

「野望などという大それた発想はありません。日本国民に豊かな生活を届け、国益を守るのが国家公務員の使命です」

鷲津が口元を緩めた。

「あなたに原発の守り神というあだ名がつくわけだ。その強い信念は、賞賛に値するな」

この男に褒められても嬉しくはないが、原発事業を託せるだけの最低限の理解があるのは、ありがたかった。

「湯河さんのお考えは分かりました。そこで一つお願いがあります」

鷲津が合図すると、背後に控えていた体格の良い女性がノートパソコンを湯河の方に向けた。ディスプレイには、日本通信の記事があった。

鷲津氏、首都電の負の遺産、国に押しつけか
財務省、経産省幹部との折衝でゴリ押し

また、あいつか。

「どうやら、この男はよほど私のことが気に入らないようだ」

鷲津も呆れている。

「それで、お願いとは」

「湯河さんや関係者の皆さんはこの記事を否定しないで欲しいんです」

「それは、あなたにとって不都合では？」

「私の都合は、どうでもいい」

「私は、黙殺すべきレベルだと考えますが、鷲津さんとしては、もう少し踏み込んだ対応をご希望なんですか」

「可能ならば。今は答えられないと言って戴けると嬉しいですね」

それは記事を肯定するのと同意なのに。

どうせ、何かを企んでいるんだろう。やはり得体の知れない男だ。

「畏まりました。では、この件を含めて迅速に対応致します」

投げられた賽は、またたく間に転がっていく。行き着く先を知っているのは、余裕綽々で湯河を見送るこの男だけなのかも知れない。

20

二〇一一年四月一八日午後一時一五分

二〇〇人は着席可能なマンダリン・オリエンタル東京の大宴会場が、メディア関係者で埋め尽くされていた。メディア各社には会見内容を伏せて、記者発表を案内した。にもかかわらず、なかなかの反響だ。

暁光新聞からは北村だけでなく、首都電買収取材班の麻生と津本も出席している。

記者会見の予定時刻は過ぎているのだが、始まる気配がない。そのせいか、会場は騒々しかった。

「日本通信の記事の影響ですかね」

原発事故以来、首都電の経営問題を追及している社会部の麻生は、日本通信の記事を気にしている。

「八島の記事に信憑性は全くない。あの程度の憶測記事は誰も気にしないだろう。それより、証券取引等監視委員会（ＳＥＳＣ）のガサ入れについて、どう説明するかを考えあぐねて、時間が掛かっているんじゃないのか」

「金融庁担当から連絡が入ったんですが、鷲津氏に対する逮捕状請求はないそうです。また、ガサ入れの理由は、株式の大量保有についての隠蔽疑惑だと。……逮捕はなしか。結局、虚仮威（こけおど）しだったようですね」

経済部の津本が、ノートパソコンを見ながら言った。

北村も、津本と同じ印象を持っている。それよりも財務省に張り付いている野路からの一報の方が気になる。

〝ＳＥＳＣのガサ入れについて、財務省は激怒しています。事前の声がけもなかったようで、国家的危機の最中に、なぜ無理筋のガサ入れをしたのか、と。首都電再生は、延岡という大臣官房参事官が担当しているのですが、延岡参事官はＳＥＳＣに怒鳴り込んだとか〟

政府内で、首都電再生についてのコンセンサスが出来ていないのだろうか。あるいは、財務省やエネ庁までもが鷲津に首都電を託す方向に傾きつつあるのに反発する一部の謀反か。

あのガサ入れは、鷲津に首都電を渡したくないという政府の奇策だと思っていた。だが、事情はもう少し複雑なようだ。

「皆様、大変お待たせしました。まもなく、サムライ・キャピタル会長、リン・ハットフォードによる記者会見を開催致します」

司会者が登壇者の名を告げると、大きなどよめきが起きた。

「まさか、鷲津氏は登壇しないなんて、そんなのアリっすか」

麻生同様の疑問の声が至る所から上がっている。それをよそに白人女性と、日本人男性が壇上に現れた。男は、鷲津ではなかった。

司会者が、サムライ・キャピタルの顧問弁護士、青田大輔を紹介した。

「鷲津氏は、どうしたんだ！」

「逮捕されたのか！」

「メディアの皆様、サムライ・キャピタルで代表取締役会長を務めますリン・ハットフォードと申します」

騒然とする中、ハットフォードが流暢な日本語を発すると、会場が静まりかえった。

「ご心配戴いた鷲津でございますが、ご安心下さい。逮捕されたわけではございません。ただ、本日の会見には、皆様の格好の餌食になるため、本人の出席を認めませんでした。ご理解下さい。さて、弊社は株式会社首都電力株について、本日ただ今より三十日までの期間に株式公開買い付け（ＴＯＢ）を行うと表明致します」

何を今さら。

北村は呆れたが、会場は大騒ぎになった。多くの記者が質疑応答を求めたが、ハットフォードは取り合わなかった。

「買い取り価格は一株当たり三五〇〇円で、経営権を掌握できる五〇％超えが目標です。なお、一部メディアに弊社が不正に首都電株を取得したという記事が出ましたが、事実無根です。私が弊社の会長を務めている限り、そんな幼稚な違法行為は断じて許しません。さらに、ＳＥＳＣに対して、名誉毀損の告訴を検討しております」

やることが徹底している。また、この反応こそが、鷲津潔白の裏付けにもなる。

司会者が、質疑応答に移ると告げた。

「御社が保有されている株式数は？」

日本政治経済新聞の記者が口火を切った。

「先に、関東財務局に届け出た一四％に加え、市場で五％を買い増し致しました。従って、合計で約一九％になります。また、本日、関東財務局に追加申告致しました」

そんな少ないわけがないだろ！

誰もがそう叫んでいる。

それでも、ハットフォード会長は、悠然としている。

「このタイミングで、ＴＯＢを行使される理由は？」

「私どもは、首都電力を政府が国有化するという愚行を止めたいのです。それには、一刻を争います。悠長に市場で購入している余裕がなくなりました」

金髪碧眼の女性が淡々と説明すると、やたらと威圧感があって、心なしか男性記者が怯んでいる。

「財務省と御社の間で、首都電再生のためのスキームが出来たから、経営権奪取に走られたのではないのですか」

東西新聞の秋野が尋ねた。相変わらずシリアスな質問をぶつけやがる。

「事実無根です。もし、そんなデマをお書きになったら、即刻威力業務妨害で告訴します」

おおっ、怖っ！

秋野も顔を引きつらせている。

「原発事故が収束しない上に、損害賠償額は天文学的数字に上ると言われています。それでも、首都電取得に、経済的合理性があるわけですか」

秋野が強気で立ち向かっている。

「ございます」

具体的な理由を尋ねたが、「まだ、お答えするタイミングではありません」と一蹴されて、さすがの秋野も撃沈した。次の質問者に移った。

「日本通信の八島です。弊社は、鷲津氏が財務省や経産省との折衝で、首都電の負の遺産を国に押しつけ、それを呑ませたという記事を配信しました。その点について、コメントを下さい」

「答えるに値しないでしょう」

「なぜですか」

「あの記事は、すべてが噂と憶測で書かれています。事実(ファクト)がまったくない。つまり、デマでしょ。デマに答える義務はありません」

見事なもんだと、北村は妙に感心した。

鷲津ではなくハットフォードが会見に臨んだ理由が分かった気がした。彼女は、挑発に一切乗らない。さらに、言葉が常に確信的で、相手に付け入る隙を与えない。

それでも、往生際の悪い八島が食い下がった。

「ファクトはありますよ。我々は財務省と経産省の複数の幹部から情報を得て記事にしたんです」

「では、その情報源の方の所属と名前を教えて下さい」

「なるほど、あなた方の常套句ですね。では、鷲津がいつ、霞が関の方々と会ったのかを教えて下さい」

「それもお教え出来ません」

会場から不満の声が上がった。あっという間に八島は、孤立無援状態となった。

「教えるも何も、そんな事実はありませんから。では、次の方」

あれだけ自信満々だったのに。なぜ、黙っているんだ。

八島はしばらく突っ立っていたが、次の質問者が立ち上がった時に、同僚とおぼしき記者が慌てて席に引き戻した。

「毎朝新聞の和田(わだ)と申します。首都電の経営陣とはお会いになっているのですか」

「まだです」

「ちなみに今回の買収は敵対的ですか、友好的ですか」

「もちろん、友好的です。弊社はいまだかつて敵対的買収を行ったことはございません」

よく言うよ、という声が上がった。だが、それが鷲津のポリシーだった。もっとも、友好的という意味が若干異なるが。

「首都電の濱尾会長は、御社の買収が敵対的であると、昨夜弊社の記者に述べていますが」

「濱尾会長にとっては、敵対的に見えるのではないですか。なぜなら、ご自身の宝物を我々が奪ったとお考えのようですから。私が申し上げる友好的とは、首都電のステークホルダーの大半の方にとって、という意味です」

その発言は、濱尾を切り捨てるという意味に取れる。やはり、和田もそこを攻めた。

「ご想像に任せます。ただ、あれだけの大事故を起こした上に、いまだに収束できていない以上、しかるべき立場の方に、その責任を負って戴くのは当然だと考えます。いずれにしても、その点については、第三者機関による事故調査委員会（TOAI）の調査結果を待ちたいと思います」

司会者が質問を切り上げようとした時、北村は立ち上がって手を挙げた。

「暁光新聞の北村と申します。政府は首都電の国有化を進めています。それを阻止するためのＴＯＢだとおっしゃいました。しかし政府が権力を振りかざして首都電を国有化しようとしたら、どうされますか」

「愚問ですね。政府にどんな力があるのか存じませんが、市場のルールを破る力なんて存在するんでしょうか」

ハットフォードが不敵な眼差しでこちらを見ている。見つめられたら、体が石になってしまいそうな眼力だ。

「首都電が倒産したら、国有化できますが」

「私どもが倒産させません。もし政府が力ずくで首都電を潰したいというなら、受けて立ちます」

21

二〇一一年四月一八日午後一時四七分　東京・芝浦

リンの記者会見の映像を、鷲津はアカマ自動車の最高級車マーヴェルの車内で見ていた。そして、彼女が暁光新聞の北村の質問に対して啖呵を切ったのを見届けると、首都電力本社前に車を着けるように言った。

助手席では前島が首都電の社長室長相手に電話している。

「社長がお待ちしているとのことです。ただ、正面玄関はメディアが大勢いるので、通用口からお願いしたいと言ってますが」

「俺は御用聞きじゃないよ。本木さん、正面に着けて下さい」

運転手に言ってから、鷲津は靴紐を締め直した。このところ室内にこもりがちだったせいで、腹回りに脂肪がついた気がする。

明日は、朝からひと泳ぎだな。

首都電本社に近づくと、路肩にずらりと黒塗りのハイヤーやテレビ中継車が停まっているのが見えた。おかげで、車は徐行を余儀なくされたが、鷲津の存在に気づいた者はいないようだ。

首都電本社に入る手前で、警備員に停車を求められた。前島がパワーウインドウを下げた途端、カメラのストロボが光った。

だが前島はまったく気にせず、警備員に名刺を差し出した。

「サムライ・キャピタルの前島と申します。午後二時に、門脇社長とお約束しています」

「サムライ・キャピタルだって！」

背後で叫ぶ声が聞こえた。それに反応して、あっという間にカメラマンが殺到して、シャッターを切った。

警備員が警笛を力強く吹いた。たちまち警備員が三人駆けつけて、車の走行路を確保した。

ストロボの大歓迎を受けながらマーヴェルはのろのろと車寄せを移動した。後続のＳＵＶも続いている。

正面玄関に到着しても、すぐには後部席のドアを開けなかった。先に後続車に乗っていた者が降り、そちらの方にメディアが群がった。

その時、車のボンネットに誰かが飛び乗った。鷲津は苦笑いを浮かべてカメラのレンズをまっすぐに見つめた。

「本木さん、写して」

運転手が慌てて携帯電話を取り出し、カメラマンに向けて数回シャッターを切った。

数人が真似しようとしたが、警備員に阻まれた。今度は後部席の窓ガラスを叩く音がした。それを無視すると、ガラスにレンズを押しつけて、車内を撮影しようとする。

そのカメラマンが警備員に引きはがされたところで、前島がドアを開けた。

鷲津はゆっくりと車を降りる。

「やっぱり、鷲津だ！」

叫ぶ声がした方に顔を向けた。

無数のＩＣレコーダーが顔の付近に突き出された。

「鷲津さん、買収の挨拶ですか」

鷲津は黙って社屋に入った。前島がついてくる。

「ようこそおいで下さいました。社長室長の茂木でございます」

男が慌てて駆け寄ってきて、両手で名刺を差し出した。

「サムライ・キャピタルの鷲津です。この度は、急なお願いを申し上げて大変失礼致しました」

「とんでもないことでございます。門脇の方からご挨拶に伺わなければならないところ、足をお運び戴き、恐縮致しております」

堅苦しい挨拶が、そのまま首都電の社風を表しているのだろう。

首都電の社員と鷲津の取り巻きの一団がエレベーターホールに移動した。後続車から降りた母袋が鷲津に駆け寄り、その手にメモを握らせた。

〝エネ庁の生駒長官と財務省の松田事務次官が午後三時にホテルニューオータニでお会いしたいと、湯河氏から連絡がありました〟

最上階にある役員フロアには、赤い絨毯が敷き詰められていた。噂には聞いていたが、スノビズムと権威主義が徹底している。

案内されたのは、役員会議室だった。

門脇社長以下、防災服に身を包んだ男たちが待ち構えていた。鷲津らが入室すると、彼らが一斉に立ち上がった。ただ一人、長い楕円形の会議テーブルの中央に陣取ったスーツ姿の男だけは鎮座している。

「鷲津君、ようこそ」

会長の濱尾が不貞不貞しい笑みを口元に浮かべ、正面の席に座るように促した。だが、鷲津はそれを無視して、門脇に近づいた。

「お忙しい中、突然お邪魔して申し訳ございません。サムライ・キャピタルで社長を務めます鷲津政彦と申します」

濱尾が完全に無視されている状態に、門脇は戸惑っていた。しかし出席者すべてが鷲津と名刺交換をする間、濱尾は微動だにしなかった。

鷲津は上座に案内されたが、腰を下ろしたのは門脇の正面だった。

「鷲津さん、濱尾の正面にお座り下さい」

門脇に促されても「こちらで結構です」と譲らなかった。

「君の交渉相手は、門脇ではなく私だよ、鷲津君」

「申し訳ないのですが濱尾さん、すでに私どもと御社の間に、交渉すべき用件はありません。また、私の経営権奪取を後押し戴いている方々から、今後の経営方針については、門脇社長と話すようにとアドバイスを戴いております」

「そんなバカげた助言をしたのは、どこのどいつなのかな」

経団連会館で初めて会った時と比べると、濱尾は別人のようだ。黒々としていた髪に白いものが増えているし、身だしなみも雑になっている。また、皺が増え、目の下の涙袋が大きく腫れているように見えた。さすがの財界総理もお疲れのようだ。

「宮永大臣、そして、東海林先生のアドバイスです」

「宮永はともかく、東海林先生が君にそんなことを言うわけがないだろう」

ほう、驚いてくれたな。

前島が用意していた文書を手に立ち上がると、濱尾に手渡した。エネルギー族のドンである東海林が記した、首都電の経営を鷲津に託すという委任状だった。

濱尾は暫く目を見開いて文書を睨み付けていた。

「こんなものが何の役に立つ。そもそもこれを東海林先生がお書きになったという確証がどこにあるんだね」

「ご不審な点がおありなら、直接お尋ね下さい。本日は、ご自宅におられます」

東海林と面談して、自陣につくとの確約を取った後、鷲津は東海林に対して二つの贈り物をした。

富士山の世界遺産登録についてユネスコのしかるべき筋と交渉し、「次回申請があれば、必ず承認する」というお墨付きが、まず一つ。

富士山の世界遺産登録は東海林の悲願だ。

富士山こそ日本の魂と主張する東海林はあらゆる手を尽くして、世界遺産登録を画策していたが、静岡側の麓にある大量の製紙工場の存在が禍して、成果を出せずにいた。

もう一つ、東海林がライフワークとしている苦学生の留学を支援する財団に、匿名で三億円の寄付をした。

濱尾は携帯電話を取り出すと、席も外さずに電話をかけた。

「ああ、東海林先生、濱尾です。今、サムライ・キャピタルの鷲津君が弊社にお見えでして」

そこで、事実の確認をした。

「なんと。先生、それは重大な裏切り行為ですぞ。ご自分が何をなさっているのか、ご承知なのですか!」

「さて、門脇社長、先程弊社の会長、リン・ハットフォードが記者会見で申し上げたとおり、弊社は首都電力の株式の過半数取得を目的に株式公開買い付けを致します」

「おい、鷲津君、失礼だぞ。私はまだ電話中なんだ」

携帯電話の送話口を手で押さえながら、濱尾が怒っている。それも無視した。

「本日お邪魔したのは、そのご挨拶と御社の経営の立て直しについての要望をお伝えしたいからです。つきましては、まずは弊社が推薦する三名の取締役就任をはじめ、七つの要望をこの場でご承認戴きたい」

「いや、待ちたまえ。そんな要望は受け入れられない」

電話を終えた濱尾が、激怒している。

「濱尾さん、我々の要望のいの一番は、あなたの会長及び取締役解任です。それも、東海林先生はご了承済みです。なので、暫く黙って戴くか、この場からお立ち去り戴きたい」

いい顔をしているな、濱尾さん。俺はあんたの、そういう取り乱した顔が見たかったんだ。

「バカな。私は代表取締役会長だ。君のようなグリーンメーラーの命令になんぞ従わん」

「今の無礼な発言は、突然の解任通告に動揺したためだと解釈しましょう。ただし、これ以上の無茶をなさるようでしたら、あなたの退席を求めます」

この間に、前島から門脇へと要望書が手渡された。

「鷲津さん、ご丁寧なご挨拶をありがとうございます。ただ、何分、突然のことで、弊社としても事態を把握できておりません。暫くお時間を戴けないでしょうか」

「門脇、何を言っている。こんな奴の要望を検討する必要などない。そもそもまだ一九%しか保有していないんだ。即刻お引き取り戴くんだ！」

濱尾が怒鳴っても、門脇は冷静に鷲津を見つめている。

門脇は、まともな経営者のようだ。もしかすると、心中では濱尾という獅子身中の虫を排除したいと思っていたのかも知れない。

「鷲津さん、ご理解戴けますか」

「では、二四時間お待ちします」

「もう少しお時間を戴ければと思うのですが」

「それ以上は待てません。なお、次にお会いする時は、そちらで喚き散らされている方の同席を認めません。よろしいですか」

門脇にとって地獄のような選択だろう。だが、それは門脇が首都電の将来を取るのか、濱尾の威光に屈するのかを示す重要な踏み絵でもあった。

「門脇、何を悩んでいる。こんな奴の話に耳を貸すな」

濱尾は感情が抑えられなくなっている。今にも門脇に摑みかからんばかりだ。一方の門脇は、テーブルの上に置いた両手をじっと見つめていたが、やがて意を決したかのように顔を上げた。

「委細承知致しました。それまでの間、この七箇条の要望について、メディアへの公表を控えて戴けませんか」

本社前で待ち構えているメディアに、鷲津は要望書を公表するつもりだった。

「ご理解戴きたい。この内容が公表されてしまうと、弊社内での調整が難しくなります。二四時間で結構です」

門脇が立ち上がって深々と頭を下げた。釣られるように濱尾以外の列席者が、社長に倣った。

「我々が要望書を提出したことは公表します。また、濱尾会長の解任要求についても」

憤然として濱尾が出て行った。慌てて二人の社員が続いた。

室内の緊張感が一気に緩んだのを肌で感じた。それだけ濱尾の存在は、社員に威圧感を与えていたのだろう。

「鷲津さん、濱尾の解任要求の公表についても、お待ち戴きたい」

門脇の再度の懇願には答えず、部屋を出た。

首都電の社員に囲まれるようにして正面玄関まで戻ってきた鷲津は、待ち構えていた記者の取材に応じた。

「たった今、門脇社長以下、首都電力首脳に、株を公開買い付けするご挨拶を致しました」

「つまり、鷲津さんが首都電の社長になるんですね」

若い放送記者が勢い込んだ。

「私がどのような立場で首都電再生に関わるかは不明です。まだ経営権を掌握したわけではありませんからね。ただし、首都電再生のためなら、何でもやりたいと思っています」

「それは、日本人としてこの危急存亡の秋を乗り越えるために、尽力したいという意味ですか」

もし、本気でそんなことを考えているとしたら、そいつは相当おめでたい。

俺が尽力するのは、首都電を思いどおりの会社にして、大きな富を得ることだ。

「私は常に、どのようにしたら日本のお役に立てるかを考えて生きてきました。それをこれから皆さんにお見せ出来るのではないかと思います」

22

二〇一一年四月一八日午後二時四四分　磐前県立田町・Ｊファーム

「郷浦君、今日のサッカー教室は中止になった」

Ｊファーム所長の永射は、申し訳なさそうに言った。

子どもたちがフィールドの一角に集まり、あかねからサインをもらっているのが所長室の窓から見える。ここまで二人を連れてきてくれたアンソニーは、その様子をビデオに収めている。

「あの状態で、中止なんて無理ですよ」

「私もそう言ったんだが、東京からのお達しでね。それに、君ら二人は、大至急帰京するようにとも言われた」

「東京って、具体的にはどなたの指示ですか」

「広報室だ」

「稲葉課長ですか」

「いや、室長さんだ。首都電にＴＯＢをかけた投資家がいて大騒ぎになっている。だから、メディアの前に、君やあかねちゃんを晒さないようにというのが理由だ」

今日の昼、二人は弁当を食べながら、サムライ・キャピタル会長の記者会見のニュースを見た。

「ここにいる記者が、そんなことをしますかねえ。それより、中止した方が騒ぎますよ」

「そうだろうなあ。だが、私としては東京の意向には逆らえないんだ。悪いな」

永射が出かける準備を始めた。

「ちょっと県庁まで出かけるんだ。だから、よろしく頼むよ」

秀樹の返事を待たずに、永射が所長室を出て行った。

もう一度窓の外を見やると、テレビカメラや記者があかねを取り巻いている。

ヤバイ！

秀樹は駆け出して、フィールドに向かった。

「その件については私は分からないので、お答えできません。そろそろ教室を始めるので、よろしくお願いします」

首都電にＴＯＢがかけられたという報道に対するコメントを求められたようだ。

「新しい経営者は、サッカー部を廃部にするかも知れない。それについては、どう？」

あかねが応じる様子はない。彼女は子どもたちと共にランニングを始めた。

「あれ、郷浦君じゃない。なんでここにいるの？」

事故発生直後からJファームに詰めている記者に気づかれた。

「どうも、ご無沙汰です。今日は、サッカー教室の事務局役です」

あかねに向けられていたカメラの大半が、今度は秀樹に狙いを定めた。

「郷浦君、サムライ・キャピタルが首都電をTOBするって発表したけど、それについてのコメントをもらえないかな」

「ご冗談を。僕はぺえぺえですよ。そんな難しいことが分かるわけがないでしょ」

「君は、濱尾会長のお気に入りだろ。会長は、この買収をどう思っているんだろうか」

この人たちの脳の構造はどうなっているんだろう。確かに会長室に在籍しているが、しょせんは平社員だ。会社の買収だの、それについての会長の思いだのが分かるわけないじゃないか。

「そんな難しい話は、会長に直接お尋ね下さい」

あかねのランニング姿を目で追いながら、アンソニーも子どもたちと一緒に走っているのに気づいた。彼に取材すればいいのにと思ったが、自分たちの恩人なのに、正体をバラすのは、人としてあり得ないな。

「じゃあ、僕も軽くランニングしてきますんで」

秀樹は記者の集団を振り切った。

ランニング中にアンソニーは、サムライ・キャピタルが首都電に買収提案した件について解説してくれた。

――ハゲタカだとか、カネの亡者なんて非難する人もいるけど、リンもボスも、とても誠実な人だよ。だから、何の心配もいらない。きっと首都電をもっと素晴らしい会社にしてくれる。

アンソニーはそう断言したが、秀樹としては鵜呑みには出来なかった。それでも会社が経営危機にあり、倒産や国有化を避けられるのであれば、サムライ・キャピタルに助けてもらうのは悪い話ではないと思っている。

唯一の不安は、会社の合理化が進んで、MPアトムズが廃部を余儀なくされる可能性だ。もっとも、あれだけの原発事故を起こしてしまった以上、当分の間は女子サッカー部だけではなく、駅伝部やラグビー部なども活動を自粛するだろう。

だとすれば、あかねにはもっとサッカーに集中できるチームに移籍して欲しい。だが、何よりも首都電を守ることを最優先とするあかねは、たとえ女子サッカー部が廃部になっても、移籍なんて絶対にしないだろう。

どうやって説得すればいいのか。

「よし、じゃあ柔軟体操するよ。二人一組になって」

あかねのかけ声で、子どもたちはペアを作った。

「僕と組んでくれますか」

息を切らしながらアンソニーが近づいてきた。

「もちろん。でも、ケネディさん、一緒に参加して大丈夫？　あなたの正体がばれたら大変だと思うよ」

「正体って？」

「サムライ・キャピタルの社員なんでしょ」

「まあね。でも、僕は首都電買収については何も知らないから、困らないよ」

暢気なもんだ。

あかねの笛の音で子どもたちがストレッチを始めると、メディアの一団がこちらに向かってくるのが見えた。

23

二〇一一年四月一八日午後三時　東京・紀尾井町

約束の時刻ちょうどに、部屋の呼び鈴が鳴った。会話が止み、室内が静まり返る中、湯河が鷲津を招き入れた。同行者は三人いる。

「資源エネルギー庁長官の生駒です」

「お目にかかれて光栄です。サムライ・キャピタルの鷲津と申します」

今日の鷲津には湯河と会った時のような不敵な態度はなく、卑屈でさえある。

鷲津の同行者が紹介された。

「全米原子力発電技術研究所理事で、原発事故の専門家であるショーン・マクギリー博士です。ご存じですか」

大柄で癖の強い金髪の老人を見ても気づかなかったが、その名には聞き覚えがあった。第三者機関（TOAI）による事故調査委員会で、委員の候補に挙がっていた人物だった。

一九七九年に米国スリーマイル島で発生した原子力発電所事故の調査委員会の一人

で、旧ソ連で八六年に起きたチェルノブイリ原発事故の国際調査団のメンバーでもあった。

取っつきにくそうだというのが、湯河の第一印象だった。

「ご高名はかねがね」と英語で挨拶した生駒の顔が引きつっている。

なぜ、こんな人物がここにいるんだ！　湯河に向けられた生駒の視線がそう訴えていた。

マクギリー博士は、日本式の挨拶をして名刺を差し出した。

残りの同行者はサムライ・キャピタルのリーガル・アドバイザーの青田と、マネージング・ディレクターの前島だ。

迎える政府側は、エネ庁からは生駒と湯河の二人、財務省からは事務次官の松田、大臣官房参事官の延岡のほかに課長補佐が一人同席している。

「この度は、無理なお願いをご快諾戴き、心からお礼申し上げます」

鷲津が、丁重に言った。

「お礼を申し上げなければならないのは、我々の方です。実りある交渉を期待しております」

時に官邸すら動かせるほどの実力派次官の松田も、そんな片鱗すら見せずに控えめな態度だ。

「まず、御社が首都電株の過半数取得を目指すＴＯＢを行使された理由は、経営権奪取が目的である――という認識でよろしいですか」

生駒が単刀直入に尋ねた。

「いかにも。その旨は、先程首都電にご挨拶に伺い、門脇社長にもお伝えしました」

濱尾ではないのか。

「なるほど。経営プランをご提案されたとも伺いました」

「それについては、内容の開示を二四時間待って欲しいと、門脇社長から言われております。なので、ここではお話し出来ません」

もちろん、その内容は首都電力の社長室長から湯河に伝わっており、ここにいる者は承知している。

「門脇社長から、私に相談がございました。ですのでお気遣いはご無用です。内密にされる必要はありません」

「生駒長官、私は門脇社長から二四時間の箝口(かんこう)をお願いされました。したがって、皆さんが私の要望の内容をご存じだったとしても、私の口からは何も申し上げられません」

正論ではある。

「では、鷲津さんが我々にご相談されたい内容について伺えますか」

「私は、日本のエネルギー行政について詳しくありません。そこで、いろいろと勉強したいと思っております。まず伺いたいのは、原子力発電に対する政府のお立場です」

ド直球が来るかと構えていたのに、いきなり緩いカーブが投げられたようで拍子抜けした。だが、生駒は平然と応じた。

「電力会社は皆、政府のエネルギー政策に則って発電事業を行っており、原子力発電についても、政府の指導の下で推進してきました」

「この度の原発事故における政府の責任については、どのようにお考えですか」

今度は剛速球が来た。

「重く受け止めています」

「それは、事故が起きたことに対してですか。それとも、いまだに事故を収束できない現状に対してですか」

「事故の発生自体は、千年に一度と言われる大災害の発生によって引き起こされたわけですから、致し方ない面はあるでしょう。ただ、検証し反省すべき点はあったかと思います」

鷲津が言質を取りに来ているのは、生駒も分かっているだろう。

「事故は想定内」だったという立場に立って、政府は首都電から強く求められた原子力損害賠償法第三条第一項による免責を拒否しているにもかかわらず、官邸をはじめ多くの政治家や官僚は、今回の震災を「千年に一度の想定外の大災害」と発言している。

したがって、生駒がここで「震災は想定外」と答えてしまうと、鷲津は免責条項を振りかざす可能性がある。

その一方で、「事故が想定内だった」と発言すれば、「監督官庁として今回の事故についで政府にも責任がある」として賠償責任を政府にも強く求めてくる。交渉役としては頭の痛い状況だ。

「では、なぜ、あの事故を防げなかったのでしょうか」

外角一杯に投じられた直球に、まったく反応できない――。見事に追い込まれてしまった。

「事故が収束し、原因が解明されるまでは、お答え出来ません」

鷲津が満面に笑みを浮かべた。

「冗談も程々にしましょう。あれは事故じゃない。人災です」

なんだと！

いきなり前島が、ノートパソコンを開いて操作すると、音声が流れた。

〝絶対に海水注入など認めない！　原子炉が使い物にならなくなるだろ！〟

〝しかし、すでに外部からの冷却水注入可能時間が限界です。これ以上、電源回復を待つ余裕がありません！〟

〝ダメだ。とにかく電源回復に努めよ！〟

これは、なんだ。こんな音声は初めて聴く。

室内は、異様な緊迫感に包まれた。

「海水注入を認めないと叫んでいるのは首都電の濱尾会長です。声紋検査でも、確認されています。一方、海水注入を必死で求めているのは、首都電原子力本部技術部長の舎人健輔氏で、こちらも確認済みです」

生駒は、膝の上に置いた両手を白くなるほど握りしめている。

「失礼ですが、これはなんですか」

湯河は叱責を承知で介入した。

「事故発生一時間後の濱尾会長と舎人部長の通話記録です」

鷲津は平然と答えた。

「そんなものが、なぜ、あなたの手にあるのですか」

「そちらにはないのですか」

「なくて当然でしょう。大事故発生直後の緊急時でも、私たちは盗聴なんてしませんよ」

鷲津がこれ見よがしにため息をついた。

「湯河さん、舎人部長は首都電本社の緊急対策本部内で、濱尾会長と電話で話しているんです。緊急対策本部が立ち上がると同時に、室内での会話、電話、すべての音声が自動的に録音されると私は聞いていますが、そうではないんですか」

そうではある。だが、首都電は「なぜか、録音システムが作動しなかった」と報告している。

「まさか、録音装置が作動しなかったという首都電のウソを信じたんですか」

「それについては答える義務はありません。それより、なぜ、こんな重大な情報をお持ちなのかを知りたいんですが」

「情報は力です。私たちは、首都電の経営権を手に入れようとしているんです。その過程で、徹底的な調査を行うのは当然では？」

その調査には首都電の盗聴も含まれていたのでは、とすら思ってしまった。だが、たとえ盗聴していたとしても、こんな事故直後の通話データなど、事故前から大がかりな盗聴システムを施さなければ不可能だ。

それは、あり得ないだろうから、首都電内に鷲津のスパイがいるのかも知れない。

「鷲津さん、この録音の真偽や入手方法については、ひとまず脇に置きましょう。ただ、たとえこのような会話があったとしても、イチアイでは、所長の独断で海水注入を行っています」

生駒が立ち直った。

「ですが、注入が遅すぎた。それは、濱尾会長のこの発言が原因では？　まあ、この件については、いずれ我々が首都電社内で徹底的な調査を行いますが。ただ、この一点だけで、イチアイの事故を人災としているわけではありませんよ」

前島が、ノートパソコンの画面を生駒の方に向けた。

「これは、米国第七艦隊の特殊部隊が、予定されていた作戦（オペレーション）を中止した際の報告書です。そこに、事故発生直後に、米国大使が官邸に古谷総理を訪ねたとあります。そして米軍の特殊部隊による事故収拾を申し出たにもかかわらず、拒否されたと」

湯河の脳裏に、米国大使の説明が蘇った。

――海兵隊の特殊部隊一二名は、地震によって貴国の磐前第一原発がＳＢＯ（全交流電源喪失（ステーション・ブラックアウト））を起こしたと察知した直後、空母ロナルド・レーガン艦上で、原発事故収束のための事前訓練を行い、準備を整えております。総理の許可を戴ければ、一五分以内に空母を飛び立ち、一時間以内に事故を収束致します。

なのに、総理は拒否したのだ。

「沖縄の基地問題や貿易交渉、安全保障問題交渉の席上で、奴らからさりげなく原発事故を救ったのは誰なのかと仄めかされる」という理由で。

鷲津の視線が、湯河に向けられていた。

「こんな極秘文書までお持ちとは、一体どういうことです？」

生駒が尋ねても、鷲津は同じ言葉を繰り返すばかりだ。情報は力――。ふざけた奴だ。

「まあ、この話は、湯河さんから後程じっくりとお聞き下さい。いずれにしても、イチアイの事故はこれらの愚行によって拡大し、今なお収拾がついていない。これは政府にも大きな責任があるのではないですか」

「確認を取るまでは何とも申し上げられません。また、たとえ米軍の支援を頼んだとしても、事故が収まっていた保証はない」

生駒の言葉は、ど真ん中のストレートを見逃しておいて、審判にボールだと抗議しているようなものだ。すでに俺たちは、バッターアウトになっている。

「では、なぜいまだに事故が収束しないんですか」

「事故を起こした原子炉付近は、莫大な放射能漏れが起きており、人が近づけないからです。それは、あなたもご承知のはずでしょう」

「現状把握は、出来ているんですか」

「もちろんです」

そんな適当な返事はダメだ！

生駒の苦し紛れの返答を聞いて、湯河はなぜここにマクギリー博士が同席しているのかに気づいた。こいつらは、まだとんでもない情報を持っているんだ。

「では、ぜひ伺いたい。原子炉内の冷却水はとっくに蒸発して、炉心溶融（メルトダウン）が起きているはずなのに、なぜ水蒸気爆発が起きないいんです」

なんだと！

「おっしゃっている意味が分かりません」

「生駒さん、あなたは日本でも有数の原発のエキスパートだ。そのあなたにも分からないんですか。本来起きているはずのメルトスルーによる水蒸気爆発が起きていない理由が」

水蒸気爆発とは、事故直後に発生した水素爆発とは異なる。原子炉内の冷却水が失われると、核燃料が過熱して溶融する。そして、原子炉の圧力容器の底に溜まった状態をメルトダウンと呼ぶ。

メルトダウンを起こした後、さらに熔け落ちて核燃料が格納容器の水に接触すると、大爆発を起こして原子炉や建屋の屋根を吹き飛ばし、膨大な放射性物質を四方に飛散させる。これが水蒸気爆発だった。

イチアイで甚大な事故を起こしている一号機と三号機の原子炉では、メルトスルーが発生していると考えられるのだが、なぜか水蒸気爆発が起きていない。理由は定かではないが、何らかの抑制が利いて、爆発を防いでいるのではないかと推測されていた。

生駒は、鷲津に詰め寄られても口を開かなかった。答えようがないのだ。

「マクギリー博士、お願いします」

鷲津が言うと、マクギリーが雀の巣のような金髪をかき上げた。

「イチアイの一号機から四号機までの原子炉は、ユニオン・エレクトリック社製のアーティカル1と呼ばれるマシーンです。まず、これを見て下さい」

再び前島が準備をして、ノートパソコンの画面を生駒の方に向けた。

「ご存じだと思いますが、我が国は、自国で生産した原子炉すべてのメルトダウン実験を、ネバダの実験場で行っています。これは、アーティカル1の実験映像です」

24

二〇一一年四月一八日午後三時二二分

その映像は、粒子が粗く、とても見にくかった。だが、イチアイの一号機から四号機と同種のアーティカル1の原子炉であるのは見て取れた。それが振動している。そして、原子炉の底付近から水が漏れていた。

「このタイミングで、原子炉内で核燃料の炉心の半分ほどが水面上に露出したと思われる」

マクギリー博士は機械のように淡々と説明する。

「ここからは、映像を早送りする」

動画のタイムカウンターが一時間ほど進んだ時、炉の底が崩落した。そして赤く溶融した核燃料が原子炉から零れ出た。映像は全体的に灰色でくすんでいるのに、その赤だけが鮮やかで生命を宿しているようだ。

湯河は過去に、別のタイプの原発の爆発実験映像を見たことがあった。その時も恐ろしいと思ったが、今回の映像はそれとは比べものにならない恐怖を感じた。マクギリーは実験映像と説明したが、湯河にはイチアイの記録映像そのものに思えてならなかった。

財務官僚の誰かが「あ」と叫んだと同時に、燃料が床に落ちた。周囲に水が溜まっているのかは見えない。だが、次の瞬間に起きるはずの水蒸気爆発はなかった。

どういうことだ。なぜ、爆発しない。

「アーティカル1を設計した際、何らかのトラブルで水が漏れても、核燃料と接触しない仕組みにしたようです。そのため、炉心溶融（メルトダウン）して核燃料が原子炉の底から流れ出ても水と接触せず、水蒸気爆発が起きなかった」

「失礼ですが博士、ユニオン・エレクトリック（UE）社からも首都電からも、そんな説明を受けた記憶がありませんが」

湯河が堪らず尋ねた。

「UE社内の極秘事項だったから当然だね」

「なぜ、そんな重大事項が極秘にされていたんです!?」

湯河には由々しき問題に思えるのだが、マクギリーは平然とした態度を崩さない。

「原発は、事故を起こさないものだから」

言っている意味が分からなかった。

「日本には、言葉にすると現実になるという言霊信仰というのがあるでしょう。アメリカにも、それと似たような発想があるようです。私には、馬鹿馬鹿しく思えますが、UEの設計者や幹部はそれを信じているそうです。だから、万が一の備えについては、敢えて言及しない。いずれにしてもこの仕組みは、構造として自動的に働くわけだし、事故が発生したら建屋になんて立ち入れないから、運転員ですら知らなくていいと考えたのでしょう」

鷲津が代わりに説明すると、マクギリーは頷いて追認した。

「たとえそうだとしても、少なくとも日本政府のしかるべき人物には伝えておくのが筋では？」

「知っている人がいないわけではないようですよ。私だって、しかるべき人物から聞いたんですから」

生駒に視線を向けると、長官には思い当たる節があるようだ。だとすると、エネルギー族の誰かは知っていたのか……。

「それはともかく、あなたがたは大事な情報を何一つ与えられず、現状把握すら出来ていない。マクギリー博士、この燃料は今、どうなっているんでしょうか」

「メルトスルーしたあと、各建屋の基礎部分、さらに地中を突き抜けて、地下水のある場所で、安定化したのでしょう」

「失礼ですが生駒長官、政府はイチアイ周辺一帯の地下水の水質調査や井戸の使用禁止を発令しているのでしょうか」

鷲津が、さらに詰め寄った。

「そういう情報を得ていません。おそらくは、いずれも行っていないと思われます」

「ならば明らかに失政ですね。これは、まずい状況です」

責める口調ではなく、鷲津は冷静であったが、それが政府側の出席者を打ちのめした。

「鷲津さん、あなたの調査能力と現状把握力には感服しました。素直に我々の不備をお詫びすると共に、反省も致しましょう。だが、それが今後のあなたの首都電経営と、どのような関係があるのでしょうか」

それまで沈黙を守っていた財務省事務次官の松田が口を開いた。

「さすが、松田次官、冷静でいらっしゃる。では、ご質問にお答えしましょう。官邸、政府、そして首都電の度重なる失態によって、原発事故は拡大し、国民は今なお恐怖に戦く日々を送っています。さらに、事故被害の拡大は、首都電という企業の資産喪失となります。したがって、首都電の再生のために、同社が今後抱えるであろう負の遺産のすべてについては、政府が責任を持ってご負担戴きたい」

「バカな。それとこれとは、話が違うだろ。

「つまり、政府の不祥事を黙っている代わりに、我々にバッドカンパニーを押しつけるということですか」

「首都圏という日本国の心臓部の電力供給をパーフェクトに担う首都電の役割は、大変大きい。したがって、その使命を果たすための障害は我々の方で取り除きますので、政府にはその後始末をお願いしたい」

「後始末とは、何を指すんですか」

松田が尋ねた。

「イチアイを、買い取って戴きたい」

まったく予想もしていなかった言葉が飛び出した。

「それだけかね？」

松田の回答にも仰天した。この人は、鷲津の要望を理解しているのか。

鷲津は薄笑いしている。

「買い取り価格は、総額で一円で結構です」

どういう神経をしているんだ！

「そんな値段でよろしいのですか」

「本当は、ゼロ円でもいいのですが、価格とは言えないので、一円は戴きたい」

「イチアイを買い取れということは、事故の被害の補償すべてを国が負えという意味ですか」

生駒の圧し殺した声には、堪えきれない怒りが溢れ出ている。

「もちろん、そういう意味です。事故の被害に関する費用一切、強制的に避難させられた方々へのお見舞い金、慰謝料、さらには産業的損失補償、そして、廃炉費用も含めて、すべてお願いします。なので、本体価格は、一円で結構」

そして、その本体で起こった大事故の後始末代は一〇兆円近い……。

「そんな虫のいい話が通るとでも？」

湯河が抗議しても、鷲津は薄笑いを止めない。

「あれだけの失態を犯したんですよ。それを埋め合わせるのが義務では？　先程、生駒長官は――電力会社は皆、政府のエネルギー政策に則って発電事業を行っており、原子力発電についても、政府の指導の下で推進してきました――とおっしゃった。だとすれば、首都電が事故の収拾に失敗したのは、指導的立場にある政府に責任がある。無論、現在の首都電経営陣にも、しっかり責任を取って戴きますので、ご安心を。でも、まずは、国としてのおとしまえをつけて戴きたい」

やはり、冒頭で政府の原子力発電に対する立場を質したのは、我々の言質を取るためだったのか。

「原発事故の責任について、首都電が一切お構いなしなんて理屈が、国民に受け入れられると思うんですか」

「延岡参事官、首都電も責任を負うと申し上げたじゃないですか。ただし、それは私たちではない。現経営陣です。それで、国民の皆様には、納得して戴きます。なので、ご安心下さい」

「そして、あなた一人が丸儲けするわけですな」

延岡の侮蔑的な非難を、鷲津は笑った。

「忘れないで下さいよ。私は、ゴミくず同然の首都電株を約四兆円分ほど購入しているんです。再生に失敗すれば、それが消えてなくなるんですから」

消えてなくなるものか。損害賠償の負担が消えれば、電力会社はカネのなる木なのだから。

「ご要望は、それだけですか」

松田が念押ししたが、もはや負け惜しみにしか聞こえない。

「あと二つほど。まず、原発稼働の新安全規準を策定してください。国際原子力機関(IAEA)が驚くほどの厳しいものなら言うことなしですね。そして原発は安全になると総理から発表して戴きたい」

再稼働を狙っているのか。

「申し訳ないが、今の総理は原発廃絶をお考えのようですから、今のご提案は無理です」

松田も負けていない。

「ならば、総理を交代して戴きたい。先程の米軍の報告書を、ワシントンポストかニューヨークタイムズに売り込むぐらいのお手伝いは、私の方でやってもいい。そうすれば、総理は退陣するしかないでしょう」

それは面白いと言いそうになって、自重した。

「鷲津さん、残念だが政治の世界では、さすがのあなたの勝手も通用しません」

松田が突き放した。残念ながらその通りだと、湯河も思う。

「だからこそ、あなたがたにお願いしているんです。原発の再稼働は、日本経済の復活につながります。そんなことぐらい、重々ご承知でしょう」

「だとしても、我々が総理に退陣を迫るなど、無理です」

「では、古谷総理のご退陣は、私が担当しましょう。その代わり、一刻も早く新安全規準を策定して下さい」

傲慢もここまで来ると、お笑いだな。総理の首をすげ替えるだと。頭がイカれすぎている。

「新安全規準の作成については、現在鋭意進めています」

「生駒長官、鋭意では困ります。一ヵ月以内でお願いします。そして、稼働年数の浅い原子炉から順次再稼働して戴きたい。その際、首都電保有の原発を除外しないでください」

「ご冗談を。首都電の原発を再稼働するだなんて、未来永劫、国民が許しません」

鷲津は反論しなかった。

「それから第二の要望ですが、国内の電力会社間で、発電所の売買を認めて欲しいんです」

「つまり、他電力の発電所を首都電が買うんですか」

生駒は呆れながら質した。

「そのとおりです」

「それは、無理ですよ。ご案内のとおり、日本国内の電力供給は地域独占です。各発電所は、エリア内の電力を供給するルールです」

「原則論は、承知しています。だが、物事には例外があるのが、世の常でしょ。特に原発の場合、あれだけの電力需要があるにもかかわらず、首都電管内に原発は一基もないじゃないですか」

誰もが黙り込んだ。

「首都電としては、現在保有しているタイプとは異なる原発が欲しいんです」

「つまり、加圧水型原子炉(PWR)ですか」

「湯河さん、そのとおり。沸騰水型原子炉(BWR)の原発は、リスクが大きいし、国民も怖がっています。ならば、ＰＷＲを保有して、リスクヘッジしたいんです。本来なら、新規で原発を建設すればいいんでしょうが、そんな長時間は待てません。だとすれば、近畿電力の一部を買収したい」

だから、素人は困る。そもそもＢＷＲしか運転してこなかった首都電の社員に、Ｐ

ＷＲの運転なんて出来っこない。それに、近畿電力が売るはずもない。

「法律を見渡したところ、発電所の売買は禁止されていない。だが、やろうとするとあなた方が横槍を入れるに違いない。ならば、自由にしてよいというお墨付きが欲しいんです」

「遥か離れた他エリアで原発を取得して、長距離を送電するのは、好ましくありません」

「では、伺いますが生駒長官。下北半島の突端から東京までと、敦賀から東京までのどちらが遠いんでしょうか」

首都電は、青森県下北半島に新規の原発を建設中だ。確かに、そこより福井県敦賀の方が近い。

「地域に供給する電力は、地元で発電するのが当然でしょう。なのに原発だけは、遥か遠い場所に建設している。つまり、電気は欲しいが事故のリスクとはまったくの無関係でいたいわけだ。私は、そんな理由からエリア外の発電所が欲しいのではない。様々なタイプの発電所を保有したいだけです。ご理解戴けますか」

「検討しますが、即答しかねます」

生駒の返答が最善だろう。

「結構です。では、これも一ヵ月以内でお願いします」

これほど腹立たしく屈辱的なやりとりは、交渉とは呼べない。湯河の脳裏に、ここに来る車中で生駒が漏らした言葉が蘇ってきた。

――監督官庁としてではなく、国家のエネルギー安全保障を共に支えるパートナーとなる。

実際は、パートナーどころか、鷲津という皇帝が臣下にご託宣を下し、俺たちは頭を垂れて服従しているという図じゃないか。

鷲津氏との交渉に当たっての我々の立ち位置は、それが精一杯の気がする。

「最後に、ただ今の交渉については、厳秘でお願いしたいと思います。万が一、情報がメディアに漏れた際は、当方としては、厳格な対応をとる所存です」

情報をリークし、鷲津はワルだと喧伝するという対抗策を湯河は考えていた。それも、皇帝陛下は、お見通しか。

「今後は、三日に一度、定期的に情報交換をしましょう。必要なら、費用は当方で持ちます。如何ですか」

鷲津は立ち上がると、松田の前に右手を伸ばした。

松田が不機嫌そうにその手を握りしめた。

「お互い日本のために、良い汗をかきたいですね」

25

二〇一一年四月一八日午後四時一三分　東京・永田町

第三者機関による事故調査委員会の調査部長の加賀と技術顧問の伊予が揃って、TOAIの委員長室を訪れた。

「委員長、少しお時間を戴いてもよろしいでしょうか」

「どうぞ」と芝野が言うと、加賀が神妙な顔で入ってきた。

どうやら、嬉しくないニュースが開陳されそうだ。

「いったいどうしたんです」

「先程、マクギリー博士の使いの方が、資料を届けにきました。ぜひ芝野さんにもご覧戴きたい内容で」

加賀はそう言いながら、DVDデッキとテレビを準備した。

「米国では原発の新型機を発売する場合、必ず炉心溶融（メルトダウン）の実験を行うそうです」

そんな話題は、TOAI委員選考の面談では出てこなかった。芝野が驚くのを見て、伊予が渋い顔で頷いた。

「噂には聞いていましたが、それは米国政府のトップシークレットなんだそうです。それで我々は手に入れられないと諦めておったんですが」

それをマクギリーは、入手してくれたのか。

映像は粒子が粗かったが、それでも原子炉の様子や異変は確認できた。

映像を見つめるうちに気分が悪くなってきた。一ヵ月余り前にイチアイで起きた事故を実際に見ているような錯覚に陥ってしまったからだ。

やがて、原子炉に亀裂が入り、真っ赤な核燃料が流れ落ちていく。そして、そのまま爆発も起きず、燃えさかる燃料は地中に消えていった。

「マクギリー博士が注目して欲しいとおっしゃっているのは、事故が起きたイチアイの一号機から四号機に使われているアーティカル1という機種は、メルトダウンが起きても、水蒸気爆発しない点です。この映像が、その証拠であると」

伊予の説明が、芝野にはすぐには理解できなかった。

「芝野さん、つまり、イチアイはとっくにメルトダウンしているけれども、水蒸気爆発の可能性は下がっているんです」

加賀が補足してくれて、ようやく事の重大さを理解した。

「最悪の状況は免れました。もっとも、これはあくまでも実験ですから予断を許しませんが、ひとまず我々の大いなる疑問は解消された気がします」

ＳＢＯ（全交流電源喪失(ステーション・ブラック・アウト)）が起きて冷却水による核燃料の冷却が止まった以上、メルトダウンが起きたのは間違いない。にもかかわらず水蒸気爆発が起きない事実に、多くの専門家が首をかしげていた。

「なぜ、水蒸気爆発が起きないんです？」

「それについては、説明がありませんでした。博士に電話を入れてみましたが、繋がりません」

マクギリーは、ＴＯＡＩの委員就任を快諾している。こういう情報を入手できる専門家の参加は、心強い。

「当分、日本にいらっしゃるんだよな」

「はい。今日は一日、所用があるそうですが、明日朝の会議から、参加されます」

世間は首都電の買収劇で騒いでいるので、ＴＯＡＩは集中して作業を進められる。

予定している一〇人の委員のうち半数以上はすでに内定している。あとは、宮永大臣が推薦する人物二人で、他にロシアのエネルギー関係者がいるが、彼らについては日ロ両国の政府の承認待ちだった。

「それと、一つ確認して欲しい点があると、博士から言づかっております」

英文の走り書きだった。

〝首都電とエネ庁の技術責任者に、事故直後のイチアイのブタの鼻の状況を要確認！

その際、ブタの鼻から出ていた蒸気の状態についてもヒアリング〟

「ブタの鼻とは何だね」

「原子炉建屋の壁面に設置した穴です。ここから排出される蒸気によって非常用復水器の作動状態が確認できます」

伊予が図面を広げて説明をした。

非常用復水器とは、原発がＳＢＯを起こした時に最後の切り札として、原子炉内を冷却するシステムで、それが正しく作動すると、ブタの鼻から蒸気が出るという。

「エネ庁や首都電が把握していたという情報があったかな」

「我々の知るところでは、一件だけあります」

加賀が分厚い文書のあるページを開いた。

「イチアイの事故発生直後から免震重要棟に残り、棟内の様子を記録した首都電社員の手記です」

ＩＣ(イソコン)の作動を確認するために、一号機のブタの鼻の確認作業を行う。鼻からは蒸気が出ていることを確認——と記されていた。イソコンとは、非常用復水器を指すらしい。

「この記録を、お伝えすればいいのかな」

「この手記は、すでに英文化されており、博士もご覧になっています」

なのに、資源エネルギー庁や首都電の技術責任者に確認せよと言うのか。

「伊予さん、これはどういう意味なんでしょうか」

「もしかしたらイソコンが作動していなかったのではないかと疑っています。ただ、手記を読む限りでは、私の見解違いかと思っておりましたが……」

マクギリーは、この手記の報告に疑問を抱いているということか。

「なるほど、では、これは湯河君に伝えます」

そして、このDVDを宮永にも見せるべきだと思い、芝野は二人に同行を求めた。

26

二〇一一年四月一八日午後四時四四分　東京・紀尾井町

ホテルニューオータニでの交渉を終えた鷲津は、青田弁護士と共に車に乗り込んだ。前島とマクギリーは熱海に向かうため、一足先に移動している。

「松田事務次官は、面白い男だな」

青田は、鷲津の感想に大きく頷いた。

「財務省には、ミスター財務省と呼ばれる強者が時々現れるそうですが、松田次官もそういう男なんでしょうね。一見すると優男ですが、一筋縄ではいかないようです」

真っ向から闘いを挑んでくれる人物となら、闘いは楽しいし、負ける気がしない。翻って、お公家のようなつかみどころのない相手は厄介だった。

濱尾もそういう部類だし、東海林もまたそれに近い印象がある。

「つまらない官僚風を吹かせませんし、政治家を恐れていません。彼の判断基準はただ一つ、日本に利するか否か、だけです」

「日本を買い叩きたい俺には、最強の敵だな」

青田が軽やかに笑い声を上げた。

「もはや鷲津政彦に、敵はいないでしょう。それに、いくらミスター財務省でもこの一大事に、あなたとハードネゴシエーションをするほどの余裕はない」

会うまではそう思っていた。だが、あの男からは、国家が危急存亡の渦中にあるという切迫感が感じられなかった。

「それはどうかな。俺には、うっかりすると足を掬われそうな印象があるな。俺が、イチアイを一円で買ってくれと言った時、一瞬だけ奴の目が笑ったんだ」

あれは負け惜しみではなく、俺に対して興味を持った目だ。

「本当ですか。私なんか、皆の驚愕した顔が嬉しくて、思わずテーブルの下で拳を握りしめたのに。それは、いわゆる余裕の笑みですか」

「というより、珍獣を見るような目だった」

「それが事実なら、大したもんだなあ。まぁ、珍獣ってのは間違ってませんけれど」

青田はまた笑った。

「いずれにしても、俺たちの新しいスキームが国益になると判断したら、松田次官は邪魔はしないだろう」

「我々の企みの全貌が判明したら、一気に攻撃を仕掛けてくるかも知れないわけですね」

それに備える必要があるな。

だが、カネや名誉が交渉道具にならないのだとすると筋を通すしかないか。

「要は、この震災で、どの程度の損失を松田は覚悟しているか、だな」

「財務省の知人に探りを入れてみます。鷲津さんの方にも情報源はあるんでしょうね」

「もちろん」

しかしサムや母袋だけでは、無理だな。本人は嫌がるだろうが、京都の老人にも、もう一肌脱いでもらうか。

「それはそうと、君の古巣の動きはどうだい？」

現在の肩書きはM&Aに特化した法律事務所のトップだが、青田のキャリアスタートは検察庁だ。首都電の新経営陣となる鷲津が旧経営陣を特別背任で告発した場合、東京地検特捜部は捜査に着手するかどうかを、青田に探らせていた。

「難しいようです」

「なぜだ？」

「事故対応のまずさを、特別背任と認定することに難色を示しています」

「あの右往左往ぶりは犯罪の構成要件としては充分だろう」

この点は、青田がスカウトした元特捜部の検事数人との激論の末に、告発に値するだけの要件を固めたのだ。

「鷲津さん、それとは違う次元の話なんですよ」

「どんな次元だ」

「震災が起きるまで、検察庁では不祥事が続いていました。証拠の改竄（かいざん）や自白のでっち上げなどです。今、特捜部はリスクを取って大きな事件に挑むより、事なかれ主義で時間をやり過ごしたいと思っています。これだけの災害が起きて、誰もが特捜部の不祥事なんて忘れてくれているわけで、何も好きこのんで震災絡みの事件に関わる必要はないだろうと」

バカな。

イチアイの事故に関しては、明らかに発生時から失敗と過失の連続だった。その上、打算や誤魔化し、さらには優先順位を誤ったことで被害が拡大したのだ。

こんな事態を起こした連中を放置して、何が法治国家だ。

「メディアで叩いてみるか」

「いや、現状ではそれも時期尚早ですね。メディアも今は、原発の冷温停止にしか関心がありません。そして、津波の被害を確定すると共に、国と国民が一丸となって復興に邁進する。そこに、企業の傲慢によって生じた犯罪告発なんて入る余地がないんです」

なんとバカげた話なんだ。日本の正義は死んだのか！

「もう少し時間を下さい。検察の上層部に話を持ちかけてみますから」

青田が検察庁を退職してから一五年以上が経過している。彼と関係が深かった直属の上司や同期の中には、権力の階段を着実に上っている者もいる。

限られた人物にしか番号を教えていないスマートフォンが振動した。ディスプレイの表示を確かめてから電話に出た。

「鷲津です」

「お疲れ様です。森上です」

首都電原子力本部の管理部長を務め、現在は、濱尾の側近中の側近としてそばに控えている森上だ。彼は、震災の発生前から鷲津が味方に引き込んだ重要情報源の一人だった。

「いやあ、さすがに今日は痺れました。今、会長は社を出ました」

「では、自宅に？」

「そうではないようです。運転手からの情報では、ミカドホテルに行けとおっしゃったとか」

27

二〇一一年四月一八日午後六時一一分　栃木県宇都宮市

長時間に及ぶ会議がようやく終わった。

震災が発生した直後は、困った時はお互い様という精神から、栃木県内のホテルや旅館の多くが、被災者を受け入れた。しかも、宿泊だけでなく、食事まで無償で提供した。

だが、震災発生から一ヵ月余りが経過し、県旅館組合として、今後の方針を決める必要が出てきたのだ。

というのも、被災者の受け入れが長期化して、これ以上の無償提供が難しくなっていた。そこで被災者にも宿泊費は半額、朝食以外の食事代については別途請求することで合意した。

被災者に対して、石もて追い払うことになりかねないのだが、バブル崩壊以降、低迷を続けている日光鬼怒川地域としても、この辺りが限界だった。

会議中に、何度も日光ミカドホテルの支配人の財津から電話が入っていたのが気になって、貴子は廊下に出るなり折り返した。

「一時間ほど前に、首都電力の濱尾会長からご連絡があり、本日から暫く日光ミカドホテルに投宿したいとのことです。今、こちらに向かっておられるそうです」

今日、鷲津による首都電の経営権奪取で東京が大騒ぎになっているのは知っていた。それと関係しているのだろうか。

「お部屋のご用意は、出来ますか」

「いつもご利用戴いている特別室を確保致しました。ただ、本日、投資ファンドのサムライ・キャピタルが、首都電力を買収しました。それに関連してひとつ懸念があります」

「どういうこと？」

「メディアの取材攻勢がかかるかもしれません」

先週、中禅寺湖ミカドホテルにフリーランスのライターとカメラマンと称する人物が現れて、同ホテルが首都電社員を匿まっているのではないかと質してきた。

たまたま貴子が居合わせて、二人には丁寧に対応し、お客様の個人情報については、一切お答え出来ないと言って引き取ってもらった。ただ、この二人組は、現在も日光市内に滞在して、様子をうかがっているらしい。

「前回同様の対応をしましょう。私たちが心を砕くのは、お客様に快適な時間を過ごして戴くことだけです」

とはいえ、そう遠くない将来、中禅寺湖の状況は、メディアに漏れるだろう。また、濱尾の滞在が長期になれば、察知される可能性は高まる。

東京の騒動が日光に飛び火するのは願い下げだ、という財津の気持ちは痛いほど分かる。実際、中禅寺湖ミカドホテルでは首都電社員の滞在が発覚するのを防ぐために、スタッフは神経をずいぶんと消耗させている。

かといって、出て行けとも言えない。

とにかく大至急戻ろう。

貴子が戻ると、濱尾はすでに到着していた。そしてチェックインを済ませるなり、焼却場に向かったと言う。

「今は使っていないでしょ」

「小さな焼却場があったのをご存じだったようで、どうしても使わせてくれとおっしゃったので」

すぐにホテルの裏庭に向かった。真っ暗闇の中で、オレンジ色の炎が揺れて見えた。近づくと、濱尾の顔も炎に照らされて火の色に染まっていた。

「いらっしゃいませ」

十分に近づいてから声をかけた。濱尾がハッと顔を上げた。その形相は険しく、湯川でフライフィッシングを楽しむ濱尾とは別人のようだった。

「やあ、勝手をしているよ」

28

二〇一一年四月一八日午後八時一一分　磐前県磐前市

食事を終えて磐前市内のホテルに戻った秀樹に、アンソニーが「話があるんだけど」と声をかけてきた。

あかねは自室に戻っているし、とっさに断る理由が思いつかず、秀樹はアンソニーの部屋までついていった。

「この映像を見て欲しいんです」

部屋に入るなりアンソニーがノートパソコンを開いた。

今日のサッカー教室の模様を収録した映像が映されると思っていた秀樹は、粒子が粗い映像に戸惑った。

「これは？」

「後で説明するんで、まずはじっくりと見て下さい」

薄暗いモノクロ映像だった。何を映し出しているのかが分からず、秀樹は目を凝らして映像を見つめた。

どこかで似たようなものを見たことがある、と思った。だが、それがどこなのかが思い出せなかった。その時、いきなりコンクリートの壁のようなところから勢い良く蒸気が噴き出した。

「あっ」

思い出した。これは、ブタの鼻だ。秀樹の脳裏に、イチアイで確認に行った時の記憶が蘇った。あの時と様子が全然違う。

「これが、何だか分かりますか」

「原発のブタの鼻ですよね！」

「イチアイと同じタイプの原子炉の、IC（イソコン）（非常用復水器）起動実験の映像なんです。あの時とこの映像を見比べて、違いはありませんか」

「違いって？」

「噴き出す蒸気の勢いです」

あんな頼りなげな蒸気でいいのか——ずっと気になっていた。だが、串村所長の口調は「問題ない」というニュアンスだった。それを、今、ここで「違う」というのは、何か取り返しのつかないことのように思えた。

「どうかなあ、分からないです。それより、なんで、こんなものを見せるんですか」

それに対する答えはなく、さらに別の映像を見て欲しいと言って、アンソニーがパソコンを操作した。

今度は前より画質は良くなった。ただ、映像が安定せず前後左右に揺れている。

「これが、何の映像かは分かりますよね」

秀樹は息が止まるほど驚き、硬直してしまった。

分かるけど、答えたくない。

アンソニーが同じ問いを繰り返したが、答えるまで許してくれそうもない。

「郷浦さん、これはイチアイの一号機の映像ですよね？」

「いや、そんな映像があるなんて聞いたことがありません。そもそもあれほど大量の放射性物質に汚染されている時に、誰が撮影したっていうんです」

「米軍のドローンですよ」

「無人機、ですか」

「事故が起きた直後から、米軍はイチアイの状況をずっとウォッチしていました。そして、ドローンを何機も飛ばして現場を撮影していました」

「どうして、米軍がそんなことを？」

「グリーン・ニューディールと銘打って、アメリカでは一九九三年以来の新規の原発建設が始まっていました。そんな中で、原発大国ニッポンで甚大事故が起きては困るからです」

「日本政府は知っているんですか」

「知らないと思います」

「じゃあ、アメリカは日本政府の許可も得ないで、勝手にドローンを飛ばしていたと？」

「詳しいことは知りません。それより、この映像は、あなたが手記で書かれていたブタの鼻の状態と同じではないですか」

アンソニーは、あの日のブタの鼻の状態に問題があったと証言させたいらしい。だが首都電社員として、断じて答えるわけにはいかない。

「分かりません」

「分からないわけがないでしょ。じゃあ、これを見て下さい」

今度はワードの文書が表示された。

「あなたが、広報室長に提出したイチアイの事故リポートです。このマーカーの部分は、最終的に首都電が発表した手記では削除されていますよね」

秀樹の血の気が引いた。

なんで、こんなものまでコイツが持っているんだ!

マーカーが引かれていたのは、「イソコン作動を確認するために、一号機のブタの鼻の確認作業を行う。イチアイ所員と共に蒸気を確認。ただ、気になるのは、蒸気噴出の状態。本来あるべき状態を知らないので確信が持てない。その後一号機で起こったことを考えると、ここは精査が必要」と書いた箇所だ。発表された手記では、「ただ」から「必要」までが削除されていた。

「こんな文書は知りません」

そう言うしかない。

「郷浦さん、あなたはウソつきですか」

「なんだって」

「あなたは、松永安左エ門に憧れて首都電社員になったと聞いています。事故の真相を認めようとしないあなたの態度を、天国の松永翁はどう思われるでしょうか」

「余計なお世話だ！　こんなことをして何になるんです」

「日本人は、イチアイの事故の真相を知るべきだとは思いませんか」

「あなたは、日本人じゃないでしょ」

「確かに。でも、会社を守るために現実から目を逸らすような人にはなりたくないとずっと思っています」

何を偉そうに！　首都電買収のために偽善行為を続けていたハゲタカファンドの社員に、説教をされる筋合いはない。

「おっしゃっている意味が分かりません。失礼します」

「逃げるんですか」

「逃げるわけではなく、あなたの言いがかりにおつきあい出来ないだけです」

「本当に言いがかりですか。では、もう少し先程の映像に補足します。最初にお見せしたのは、アメリカ政府が自国内にある原発の事故対策のために実験した、記録映像です」

そんなものが、あるのか!

「アメリカという国は、用意周到なんですよ。機械は必ず故障して壊れる。だったら、それに備えるべしという発想です。だから、実際に事故を起こし、それを記録する」

日本では考えられないが、米国ならやりそうに思えた。

「最初の映像は、SBOが起きた後、イソコンが作動していた場合を撮影したものです。お分かりだと思いますが、凄まじい勢いの蒸気が噴出するそうです」

だとしたら、やはりあの時、イソコンは作動していなかったのか……。

「郷浦さん、もう一度お見せしましょうか」

「いや、もう結構です。あなたは、僕に何を言わせたいんですか」

「ドローンの映像は、あなたが確認しに行った時と同じ日に撮ったものだ。それだけです」

「僕には分かりません」

「日本で炉心溶融(メルトダウン)が起きたことはない。また、串村所長が先程の実験映像を見ていないのは、僕らの調査で確認済みなんです。もっと言えば、ブタの鼻から出る蒸気の正しい状態を知る首都電社員は皆無なんです」

そんなことが、まかり通っていたとは……。

「串村所長を糾弾するつもりはありません。ただ、あなたが心配して言及した箇所を平気で削除する首都電の上層部を、僕は許せない」

29

二〇一一年四月一八日午後八時三一分　東京・霞が関

夜になって再び、資源エネルギー庁の長官室に、関係者が顔を揃えた。疲労困憊している生駒と湯河とは対照的に、財務省の面々はどこかさばさばとした表情だった。

「国の負担が五兆円までなら、鷲津氏の要望を呑むべきだというのが我々の結論です」

席に着くなり財務省大臣官房参事官の延岡が切り出した。

「五兆円では、収まりませんよ」

湯河は即答した。

「経産大臣への具申では、イチアイの事故被害額は、五兆円程度と聞いています」

「あれは、大臣のご機嫌とりのためにかなり低く見積もった額です。実際は、五兆円を軽く超えるでしょう。長官のご意見は違うかも知れませんが、私は一〇兆円を超えても驚きません」

「根拠は？」

冷たく端的——というのが財務省の事務次官、松田のモットーなのだろうか。

「除染費用が、最低でも三兆円。あるいは、五兆円以上かかるかも知れません。また、損害賠償で約三兆円。イチアイの廃炉費用が二兆円で、しめて一〇兆円」

「そんな額は出せないと、以前に言ったはずですよ」

それは覚えているが、もはや事態は日々深刻になるばかりなのだ。

「しかし、鷲津氏の提案を呑むならば、そうなりますよ、延岡さん」

生駒が冷たく言い放った。生駒は、鷲津に首都電を託すつもりでいる。首都電相手に大ナタを振るうなどという胆力を持っているのは鷲津唯一人だという判断からだ。

「一〇兆円ねえ。財源を複数にすれば、何とかなるでしょう」

　松田があまりにもあっさり受け入れたのが驚きだった。財務省として事故の被害総額を、すでに的確に算出していたのかも知れない。

「ただし、最初は三兆円だな。それで、先方からの申告を受けて対応します。よろしいですな」

「そのやり方が、最良だと思います。松田さんの度量に感謝します」

「別に度量が大きいわけではありませんよ。過去の惨憺たる経験から、公的資金は中途半端に出し惜しみすると、被害を大きくするだけだと学んだんです」

　なぜか松田は余裕綽々（しゃくしゃく）だ。

　そんな莫大な額を一民間企業にくれてやると言う松田の気が知れなかった。

「湯河さん、ここは何を優先するかという問題ですよ」

　湯河の憤りが顔に表れていたらしい。延岡が苦笑いしている。

「つまり、費用よりも、鷲津氏起用の方が重要だと？」

「あなたが首都電に乗り込んで、彼より上手に再生できる自信があるとおっしゃるなら、話は別ですがね」

「私には、そんな重責は果たせませんよ」

「ご謙遜を。経産省内で首都電の再生者として誰が最適かを検討しましたところ、湯河さん以外にいないだろうという結論に達しました」

それは、光栄なのか？　全然嬉しくないのだが。

「だから、あなたに伺いたい。鷲津氏の案よりも低予算で合理的に再生可能ですか」

「私は、役人です。あんな複雑怪奇な企業を再生する力はありません。ただ、我々と弁護士が組むという選択肢はあるかも知れないと考えています」

執拗な松田に、湯河は苛立った。

松田が大きな吐息をついて足を組み替えた。代わりに、延岡が口を開いた。

「倒産弁護士に、まともな企業再生なんて無理でしょう。彼らは、しょせん破産の整理屋です。首都圏への電力供給は、一秒たりとも滞らせるわけにはいかないんです。即断即決と、冷酷なまでのリーダーシップを有した者にしか委ねられない」

「だったら、芝野健夫氏はいかがですか」

鷲津よりは芝野の方が、エネ庁としては介入しやすい。

「事業再生家（ターンアラウンド・マネージャー）として、実績を残されているのは承知しています。だが、実務的な事業再生は出来ても、首都電という怪物を飼い慣らすのは無理では？」

延岡が言うと、松田が続けた。

「聞くところでは、第三者機関による事故調査委員会（TOAI）は、鷲津氏の発案だそうじゃないか。宮永大臣に芝野氏を推挙したとも聞いている。芝野氏が必要なら、鷲津氏が引き込むだろう」

松田は、一体どこから情報を得ているのだろう。TOAI設立の背景については、ごく限られた関係者しか知らないのに。

「湯河、それぐらいにしよう。松田さん、私も鷲津氏こそ、首都電再生の最適任者だと思います。ただ、懸念はあります。先ほど延岡さんがおっしゃったとおり、首都圏の電力供給にストップはあり得ない。だとすれば、すべてを氏に委ねたくない」

ついに生駒が踏み込んだ発言をした。

「野生動物ですからな、彼は。我々のコントロールの及ばぬ行動を取る可能性はあるでしょうな」

生駒の考えに松田も同意した上で、続けた。

「我々からいくつか条件を提示しましょう。まずは、湯河さんには専務取締役として首都電再生に参画してもらう」

生駒からも似たような命令を受けていた。

――君には首都電内に入って、鷲津の監視役を務めて欲しい。

だから、湯河は大げさに異を唱えなかった。

「私に何をやらせたいのですか」

「首都電は、現状ではすぐに破綻する。そこで、まず三兆円分の公的資金を注入し、それを株式として保有する。つまり、君は大株主である政府の代理人として、鷲津氏の経営に目を光らせて欲しい」

それは、楽しそうだ。

「さらに、電力事業の悪しき利益構造と呼ばれる総括原価方式を廃止する」

なんだと！

電気料金は、発電、送電、電力販売費、人件費等、すべての費用を「総括原価」とし、その上に一定の報酬を上乗せした金額で決まる。

この方式を採用すると、電力会社の発電事業はあらかじめ利益が保証されることになる。

一般企業では、あり得ない方式なのだが、安定供給が求められる電気、ガス、水道などの公共サービスで採用されている。

安定した電力供給を維持するためには必要ではあるのだが、これは絶対に損をしない方式でもあり、消費者やメディアの一部からは批判の声が上がっている。

とはいえ、財務省の実務トップが、総括原価方式を「悪しき利益構造」と呼ぶのは、聞き捨てならなかった。

「松田次官、お言葉ですが」

松田の右手がわずかに上がり、湯河の反論を止めた。

「鷲津氏が、首都電を手に入れたい理由は、これなんだ。だとしたら、旨い汁を吸わせないためにも、大改革を行うべきでしょう」

そういう発想は、理解できる。それでもこの問題は、首都電再生とは違うレベルの話だ。何より、近畿電力をはじめ、残りの九電力が黙っているとは思えない。

「さらに、電力各社に発電税的な課税を行う。電力会社は儲けすぎなんだ。一方で、財政赤字が膨らんで、いつ国家破綻が起きてもおかしくない状況だ。そんな最中に、甚大な震災が起きたんだ。財源確保は重大な課題だし、発電税があれば電力会社の経営体質改善にもなる。それは、エネ庁の望むところでしょう」

それでも、やり方が乱暴すぎる。せめて、生駒でも反論してくれないかと、視線で訴えたが、生駒は厳しい顔つきで腕組みをしたきりだ。

「当分の間、原発の再稼働は難しくなる。今、稼働中のものも、定期検査後は休眠状態となるでしょう。そこで、国民にもいっそうの省エネに努めてもらうために、消費者にも電力利用税を新設する」

どさくさに紛れて、財務省は新規財源確保という宿願を実現するつもりか。

鷲津を火事場泥棒のようなハゲタカだと考えていたが、ここにはハイエナがいた。

「新税については、鷲津氏が首都電再生を本格的に始めるまでは伏せておく方が良策なので、そのおつもりで」

松田はそれで役目を終えたとでも言いたげに、体を背もたれに預けた。

「その程度では、鷲津氏を制御できませんよ」

「ほう。では、生駒さんのアイデアを傾聴したいですな」

「その前に、鷲津氏が提案してきた近畿電力の原発買収についてですが、法的には彼を止められません。ただ、近畿電力の源田(げんだ)社長は、原発を売るつもりはない、と断言していますし、他の電力会社にもエネ庁としてアドバイスはしていきます」

「別に買いたいというのであれば、売ってやればどうですか」

もしかして松田は、裏で鷲津と繋がっているのだろうか。

「それでは、従来の地域独占による電力の安定供給という絶対的精神が失われてしまいます」

「生駒さんだって電力自由化推進論者じゃないですか。鷲津氏のせいにして、宿願も果たせるのでは？」

松田の合理主義にもほどがある。自省に利益をもたらすだけではなく、電力制度改革という面倒事を他人任せにすることに、何の躊躇いもない。

「松田さん、色々とよくご存じですね。ただ、電力の自由化を進めるためには、まだまだ土壌整備が必要です。鷲津氏のように経済的合理性で突き進まれては、安定供給に支障が出るかも知れません」

「その時は、その時です。生駒さん、釈迦に説法だろうが、ピンチはチャンスですよ」

「もう少し考える時間を下さい。ひとまず原発買収については、状況の推移をしばらく見守りたいと思います」

発電量の半分以上を原発に頼っている近畿電力が、原発を売却する可能性は低い。だが、発電需要が少ない地域の電力会社であれば、鷲津が提示する額次第では、売却するかも知れない。それを、エネ庁が阻止するのは難しいが、当分、原発の再稼働が難しいのも事実だ。さすがの鷲津もその状況では動かないだろう。

「それから、鷲津制御に関しては、震災特例法の一つとして、首都電再生法を制定し、首都電の再生についてのガイドラインの決定と、第三者機関による経営監査を義務づけてはどうかと考えています」

「なるほど……。あとは総理の問題だな」

生駒の提案を、松田はすんなり受け入れている。この人にはタブーがないのか。

「それについては、一つご提案があります。総理は、再生可能エネルギーに御執心です。それらを優遇して買い取る制度を法制化しようと意気込んでおられます。法案が実現すれば、総理を辞するとまでおっしゃっています」

生駒も腹をくくったようだ。

「だが、あれはとんでもない法案ですぞ。そもそも電力各社が到底呑まないのでは」

松田の指摘には、湯河もまったく同感だった。

「私が各社を回って説得します。とにかく、総理に退いて戴かないと、前に進めないんです。それに、これは首都電だけの問題ではなく、電力事業者すべての問題であることは、皆理解していますから、説得は可能です。ぜひ財務省としてもご支援戴きたい」

「あの阿呆面を見なくて済むなら、喜んで協力しますよ。いずれにしても、これで大きな山が動きそうですな。どうですか、乾杯でもしませんか」

30

二〇一一年四月一八日午後九時一四分　東京・日本橋

鷲津はマンダリン・オリエンタル東京の部屋で一服していた。

首都電の森上によると、首都電はパニックに陥っているらしい。さらに、門脇以下、大半の役員が濱尾の会長解任もやむなしと考えているという情報も得た。門脇は、鷲津が本格的に経営に乗り出した段階で辞任するようだ。

その時、前島が、別室に用意したミーティングルームに来て欲しいと声をかけてきた。

「日光ミカドホテルの協力者から、面白い映像が届きました」

夕闇の中を長身の男性が歩いているのがモニターに浮かんだ。建物の壁沿いを歩く男性はやけに先を急いでいる。やがて裏庭で、不意に立ち止まった。

男性は何かの容器を取り出すと、その内容物を振りまいている。液体のようだ。カメラが周囲の暗さに順応したのか、男性の周囲が鮮明に見えてきた。

「焼却炉か」

「そのようです。ホテルの裏庭に、使わなくなった小型の焼却炉があるそうです」

男性がライターの火を灯した。タバコを吸うようだ。その瞬間、男性の顔が炎に照らされた。

濱尾重臣（しげおみ）だ。

何度かうまそうに吸った後、タバコを焼却炉の中に投げ込んだ。一気に炎が上がる。濱尾は、鞄の中からファイルを取り出すと、次々と炉に投じていく。ファイルが四冊、さらにCDのようなディスクが数枚、見えた。濱尾は火かき棒で炉の中をかき回した後、不意に顔を上げて、カメラの方を見た。

撮影者を見つけたわけではないようで、すぐに炉内の焼却作業に没頭した。

途中、女性に声をかけられて慌てている場面もあった。

撮影者は濱尾が立ち去るのを待って、焼却炉の方に駆け出した。

映像はそこで終わった。

「証拠隠滅の動かぬ証拠だな」

「あの後、水を掛けて火を消してから、濱尾会長が投げ込んだ物を回収したそうですが、どれも原形をとどめていなかったと」

日光ミカドホテルの協力者は、長年ミカドホテルに勤めるベテランだった。鷲津がたまにお忍びでミカドホテルに泊まっていた頃に知り合った男は、謹厳実直を絵に描いたような人柄で、ミカドホテルを愛して止まないホテルマンだ。それだけに、ミカドホテルがフランスのリゾートグループに買収されても、創業者一族の松平（まつだいら）姉妹の奮闘を支えていた。

鷲津は時々、その人物を東京や熱海でもてなし、ミカドホテルの現況を聞いていた。

震災後、首都電社員の滞在先として中禅寺湖ミカドホテルを提供した頃、「首都電社員の態度は目に余る」と鷲津に連絡を入れてきた。そこで、何かと機会を見つけては彼の嘆きに耳を傾けてきた。

そして、濱尾がお忍びで日光ミカドホテルに投宿するというので、彼に監視を頼んだのだ。

その時、鷲津のスマートフォンが振動した。アンソニーだ。

「オヤブン、郷浦秀樹君にブタの鼻の件を確認しました」

どうやら濱尾にとって破滅へのスパイラルが止まらなくなってきたようだな。

「具体的には、何と言ったんだ？」

「米軍が事故後に撮影したイチアイのブタの鼻の映像を見せました。それを見て、郷浦君がイチアイで目視した状況に似ていると証言しました」

だが、原発事故のエキスパートである全米原子力発電技術研究所理事のマクギリー博士は、その程度の蒸気噴出では、ＩＣ（イソコン）（非常用復水器）は作動していないと断言している。

「マクギリー博士から提供してもらったイソコンが作動している状態の映像も見せました。郷浦君は、驚愕して暫く言葉を失っていました。そして、自分が見た時の状態とは明らかに違うと断言しました」

「アンソニー、郷浦君と萩本さんから離れるなよ」

濱尾を完全に追い詰めた。いや、首都電という会社の息の根を止めたようなものだ。もはや現経営陣には、鷲津と交渉する資格もない。

31

二〇一一年四月一八日午後九時三三分　東京・永田町

宮永大臣はしきりに扇子であおぎながら、芝野ら第三者機関による事故調査委員会（TOAI）の幹部を大臣室に迎え入れた。

そしてイチアイ一号機から四号機と同種の原子炉アーティカル1の炉心溶融（メルトダウン）実験映像を見せると、宮永は慌てて官邸に向かった。その後、芝野に連絡が入り、待機していて欲しいと言う。そこからが長かった。職員が用意してくれた夕食の弁当を、伊予と加賀の三人で食べ終わった頃に、ようやく宮永が戻ってきた。

「早速だが、官邸は判断を保留したいそうだ」

「保留とは、どういう意味ですか」

「あの映像が、イチアイの原発事故の状況に近いかどうか判断が出来ないそうだ」

「大臣、お言葉ですが、イチアイではあのとおりの事態が起きたんです。それを無視するなんてあり得ません」

普段は物静かな伊予が、色めき立っている。原発技術者として、官邸の現状認識の甘さが許せないのだろう。

宮永の扇子であおぐ手が止まった。

「無視したわけじゃないよ、伊予君。ただ、性急な判断は控えるべきだと言っている」

「つまり、官邸としては、イチアイがメルトスルーしたと認めないつもりですね」

伊予の代わりに芝野が詰め寄った。

「まっ、そういうことだな」

「たとえ断定できなくても、可能性が高いと発表するのが、官邸としての責任だと考えますが」

怒りは加賀にまで感染したようで、彼の言葉にも憤りが交じっている。

「まったく同感だ。だが、総理は認めないとおっしゃっている。いずれにしても、まだ原子炉には近づけない。だから、真実は闇の中の状態にしておきたいそうだ」

そんな人物が、一国を預かる総理大臣でいいのだろうか。

「総理がそうなさりたいのであれば、仕方ありません。しかし、今なお冷温停止するために、イチアイ内では原発の所員が格闘しているんです。せめて、彼らには、情報を提供すべきでは？」

「まあ、そこは経産省に任せましょう」

なんと暢気な。いまなお原発の水蒸気爆発の危険性は残っている。手に入れた情報は、ただちにイチアイに送るべきじゃないのか。

だが、宮永は「この件についての話は終わりだ」と言わんばかりの態度だ。

「それで、ブタの鼻ですが」

宮永を待つ間に、芝野はブタの鼻の状況について首都電に問い合わせていたが、一向に回答がない。何度催促しても、要領を得ない応対ばかりだった。

「ああ、それも、官邸とエネ庁から首都電をプッシュしているんだがな。暫く回答は無理じゃないかな」

「なぜですか。こんな重大な情報も無視ですか！」

あまりの無責任ぶりに、伊予と加賀は、抗う気力すら失ったようだ。

「もし、イソコンが正常に作動していないのであれば、事故はより深刻になります。即刻確認すべきですよ」

「確かにね。だが、エネ庁も首都電も今、サムライ・キャピタルによる買収問題への対応で、てんてこ舞いなんだ」

「宮永さん、次元が違います。買収問題の対応が少し遅れても、原発の事故に影響はありません。でも、イソコンが作動していなかったなら、より広範囲に避難区域を広げる必要だってあるんですよ」

だが、宮永に、芝野の危機感は届かないようだ。

「それぐらいは、官邸もエネ庁も分かっているだろう。なので暫く様子を見ましょうや」

それから宮永は、伊予と加賀に退席を求めた。加賀がドアを閉めたのを確認すると、宮永は棚からウイスキーのボトルを取り出して、二人分のグラスに注いだ。

「ちょっとリラックスしませんか」

「申し訳ありません。私は、酒を止めました」

妻がアルコール依存症になってから、芝野は一滴も酒を口にしていない。

「そうだった。失礼した。では、私も止めておこう」

宮永は残念そうに言いながら、芝野の正面に座り直した。

「先程、エネ庁の生駒長官に呼ばれましてね。それで、戻りが遅くなったんです。長官室には、財務省の松田君もいた。首都電の経営を鷲津氏に委ね、彼から提案されたとおり、イチアイを国で引き受けた上で、三兆円規模の公的資金を注入する方針だと聞いた」

妥当なところだ。だが、なぜそれをここで話すのだろう。

「芝野さんはどう思いますか」

「緊急避難的には英断かも知れません。ただ、政府が鷲津氏をコントロールしようだなんて思わない方がいいですよ」

「それも想定して、湯河君を専務取締役として送り込むそうだ」

また、湯河が貧乏くじを引いたのか。

「彼が経営に参画するのは、心強いですね」

「だが、パーフェクトではない」

芝野は話の方向を察知した。

「あれだけの大企業の再生にパーフェクトを望むのは無理な話です」

「それでも、考え得る限りのベストの布陣で、鷲津氏の暴走を阻止する必要はある」

「あの男を止められる者など、誰もいません」

「あなたがいれば何とかなると、湯河君は言っている」

やはり、そういう話か。だが、それは断固として拒否したい。

「宮永さん、TOAI委員長という重責を放り出せとおっしゃるんですか」

「毒にも薬にもならないTOAIの委員長より、首都電という日本のフラッグシップ・カンパニーの将来の方が、遥かに重要ですよ」

勝手なことを。

「そもそも鷲津氏は、私は首都電再生に不要と断言しているんですよ」

「そこは、生駒長官が説得するそうです。それに、総理の意向でもある」

「いつから、総理は首都電再生に関心が向いたんです」

「総理は、TOAIの委員長には、検察OB以外は認めないと言い出したんだよ」

何が何でも事故の責任を首都電に取らせたいと思っている総理の考えそうなことだ。

「つまり、私では力不足だと」

宮永は顔をしかめ、タバコに火を点けた。

「そうお考えのようだな」

馬鹿馬鹿しい。

「では、潔く席を譲ります。だからといって、首都電再生に従事するのはお断りします」

自分がTOAIの委員長を引き受けたのは、ベトナムでの原発プラント売り込みの際に、ベトナム政府に「日本の原発は、世界で一番安全！」と太鼓判を押した責任からだ。イチアイの事故の原因を徹底究明し、本当に日本の原発は世界一安全なのかを確かめたかったのだ。

「あなたが、なぜTOAI委員長という大役を引き受けてくれたのかは理解しているつもりです。だからこそ、首都電再生に尽力戴きたいんです」

「事故原因の究明と首都電再生は、別物です。そんな詭弁を弄さないで下さい」

「詭弁じゃない。はっきり言いますが、ＴＯＡＩの委員長が検察ＯＢに代わったところで、事故原因の究明が進むとはとても思えません。本当の究明は、首都電社内に飛び込んでこそ出来るのでは？」

長く人権問題の弁護士を務め、政界の荒波にもまれてきた宮永だけに、さすがに説得力がある。

「だとしても、私には首都電というモンスター企業の再生など無理です」

「湯河一人に、大変な役を押しつけるんですか」

「無理だと思うのであれば、官僚をもっと投入すればいい」

「鷲津氏が許すはずがないでしょう。せいぜいあと一人突っ込むのが精一杯だ。だとすれば、あなたしかいない」

あなたしかいない――。この甘言に乗せられて、俺は何度、愚かな選択をしてきただろう。

「原子力問題については、いくらでも新経営陣を指導できる。でも、企業再生となると、鷲津氏に太刀打ち出来るとは思えない、と湯河は言ってます。それは、我々関係者の一致した考えでもある。芝野さん、どうかこのとおりだ。この難役を引き受けて欲しい」

宮永はタバコを灰皿に押しつけ、テーブルに両手を突いて低頭した。

政治家が誰かに頭を下げるなんて朝飯前だが、宮永は本気で必死なのだと芝野は理解した。

32

二〇一一年四月一八日午後九時三五分　東京・丸の内

早版の締め切りが過ぎても、鷲津の首都電力に対する買収提案の内容は判明しなかった。さらに、財務省や資源エネルギー庁の幹部による首都電国有化問題の対策会議も続いているはずなのだが、どこからも情報は漏れてこない。

三年ほど東京を離れていたうえに、社会部出身の北村には、この期に及んで情報収集できるようなネットワークがない。出来ることといえば、鷲津に一〇分に一度メールし、二〇分に一度電話を入れることくらいだ。

「北村、ちょっと来い」

珍しくこんな時刻まで社に残っていた志摩が声をかけてきた。痺れを切らしたようだ。

「何をやってる？」

局次長室のドアを閉める前から、詰問が飛んできた。

「鷲津氏に、会って欲しいと連絡を入れてます」

「返事は？」

「完全無視です」

志摩は大きなため息をついて、スキンヘッドを撫でた。

「夕刊であれだけ派手に飛ばしたのに、朝刊は、焼き直しでお茶を濁す気か」

「こういう時こそ、志摩大明神が電話一本でネタを取ってみせて下さいよ」

「つまらん嫌みを言ってないで、足を使って取ってこい」

「行くあてがありません」

「おまえのネタ元は、鷲津一人だろ。だったら、鷲津に夜回りかければいいじゃないか」

ごもっともな意見だな。

「そうしたいのはやまやまですが、鷲津氏がどこにいるのか分からないんです」

その時、麻生が顔を覗かせた。

「お取り込み中、申し訳ありません。北村さん、ちょっと電話に出てもらえませんか」

「今、俺たちは重大なミーティング中なんだ。かけ直させろ」

志摩が怒鳴ったのを無視して、北村が言った。

「誰からだ？」

「名乗らないんですが、世紀のスクープを提供したいので、北村さんを出せと仰せなんですよ」

北村が答える前に、志摩が「ここで受けろ」と返した。

「この電話、録音できるんですか」

「当然だ。スピーカーフォンにしろ」

「お待たせしました、北村です」

麻生も部屋に戻ってきて、壁際の椅子に掛けてノートを開いている。

「いつも君の記事を楽しませてもらっているよ」

「ありがとうございます。それで、世紀の大スクープを戴けるとのことですが」

「その前に言っておくが、暁光新聞ともあろうものが、あんな偏った報道では困る」

「偏った報道と、おっしゃいますと？」

「鷲津のような売国奴を礼賛ばかりしているじゃないか」

「売国奴とは、手厳しいですね。でも、私には何の先入観もありません。鷲津氏を贔屓にしているわけでもない」

「そうかね。じゃあ、その言葉を証明してもらおうかな」

知的レベルの高い、そして傲慢な男という印象を受ける。もしやと思う男の顔が浮かんでいるのだが、さすがにこんな愚かな電話はしてこないだろう。

「鷲津君は明日、東京地検特捜部に金商法（金融商品取引法）違反の疑いで逮捕される」

そこで電話は切れた。

部屋の中に突然、強烈な重力磁場が生まれて、誰もが動けなくなってしまった。

最初に立ち直ったのは麻生で、交換手を呼んで発信者の番号を確認した。

「公衆電話からかけてきたそうです。それより、北村さん」

北村は受話器を取り上げると、司法クラブのボックスに電話を入れた。

「はい、暁光新聞司法クラブ」

眠そうな声が応じた。

「北村だ。キャップは？」

「北村？　どちらの？」

若い記者らしく、北村が誰か分からないようだ。

「ごちゃごちゃ言わずに、キャップの有藤(ありとう)を出せ！」

「今日は、上がりました」

なんで、そんな暢気なんだ。

「大至急連絡とって、編集局次長室に電話してこいと伝えろ！　麻生、証券取引等監視委員会(SESC)に知り合いはいるか」

「出向している検事と面識があります」

すぐに連絡して裏を取れと命じた。

「志摩さん、マンダリン・オリエンタルに行ってきます。今朝は、そこに鷲津氏がいたので。なので、有藤の方をお願いします」

「分かった。俺も検事総長に確認してみるよ」

北村は鷲津の携帯電話にかけた。相変わらず留守番電話が応答するだけだ。

「暁光新聞の北村です。鷲津さん、緊急事態です。今すぐあなたにお会いしたい」

社会部のフロアを出ると薄暗い廊下を走った。エレベーターは、節電で止まっている。七階から一階まで階段を下りながら、鷲津の秘書である村上、次に側近の前島に電話をかけてみた。どれも留守電だったので、同じ内容を吹き込んだ。

地下駐車場に待機していたハイヤーに乗ると、マンダリン・オリエンタル東京に行くように命じた。

33

二〇一一年四月一八日午後九時四〇分　東京・日本橋

無性にピアノを弾きたくなって、鷲津は大宴会場を借りた。

指馴らしに明るいアップテンポの曲を弾いた後、ビル・エバンスのナンバーを何曲か弾いた。

大一番の終局が間近に迫り、時々刻々と胸騒ぎが強くなってきている。このまま、すんなりと終わるはずがない、という警戒の虫が暴れているのだ。

それを鎮めたい。そんな想いが、鍵盤上の指にこもった。

不測の事態が起きないよう布石は打ってある。誰かが裏切っても、国家権力が牙を剝いても、大丈夫なはずだ。

だが、この静かすぎる夜が気に入らなかった。

何かが来る――。確信に近い予感があった。

「ほんと、年を取ると、エバンスの曲が染みるようになるわね」

いつからいたのか、広い宴会場の真ん中にリンが立っている。リンは、拍手の代わりに赤ワインのグラスを掲げた。

鷲津は、サイドテーブルに置いたラガヴーリンのグラスで応じた。

「そろそろ隠退生活を考えましょうかね」

「俺はいつでも隠退するぜ。もう、金儲けは飽きた。おまけに日本という国がどんどん嫌いになるしな。ヨーロッパの城でも一つ買って、ゆっくりするかな」

「そういうのを風呂屋の息子っていうんでしょ？」

「なんだ、それ？」

「湯ばっかり」

誰が、そんなつまらない駄洒落をリンに教えたんだ。

「ねえ、今度は明るいやつを頼むわ、大将」

「畏まりました、マドモワゼル」

「おくつろぎのところ、失礼します。ボスの予感が的中したようです」

前島が無粋な話を持ってきた。

暁光新聞の北村が前島や村上に連絡を寄越して、「緊急事態が起きて、大至急会ってお話しする必要がある」とメッセージを残しているという。

スマートフォンを手にしてみると、あちこちから着信があった。

最初にサムに電話を入れた。

「明日、東京地検特捜部が政彦を金商法違反で逮捕するという情報が、複数の情報源から入ってきた」

「そんなセコい罪で、俺を逮捕なんて出来るのか」

「そこは、青田君に聞いてくれ。私では分からない」

青田に聞くまでもない。ガサ入れをしたのだ。いつ、次の手を打ってきても不思議ではなかった。

だとすれば、行動あるのみだ。

「ウルトラプランBだな。前島、マンダリンに来いと北村に言え。取材に応じる」

リンの方を向いた。

「首都電の方は任せた。しばらく、おまえが面倒をみてくれるか」

「しょうがないわね」

リンに強く抱擁された。

「政彦、大丈夫なんでしょうね」

「俺を誰だと思っている」

「まあ、頼もしい。じゃあ、お手並み拝見」

リンが出て行くと、青田に連絡した。彼も逮捕の情報を、複数から手に入れたという。

「じゃあ、青田さん、一世一代の大勝負と参りましょう。官邸に連絡して下さい」

電話を終えると、村上が入口近くに立っていた。

「こんな遅い時刻に悪いな」

「お気遣いには及びません。今晩はこんな立派なホテルに泊まらせてもらうんですから」

総理官邸を訪問する準備のために、部屋に戻った。出陣前にシャワーを浴びてさっぱりしたかった。

「ボス、北村さんと連絡がつきました。あと一〇分で到着するそうです」

久しぶりにアドレナリンが全身を駆け巡っている。

34

二〇一一年四月一八日午後九時四四分　東京・大久保

満員の中央線快速電車の中で、湯河の携帯電話が執拗に鳴った。周囲の咎めるような目が気になって、ディスプレイを見た。エネ庁長官の生駒からだ。

「長官、すみません。電車の中です。五分後に折り返します」

中野で降りてホームの端まで行き、生駒に連絡を入れた。

「悪いんだが、すぐ戻ってきてくれないか」

「何かありましたか」

「鷲津氏に明日、逮捕状が出るらしい」

満員電車でかいた汗が、一気に冷えた。

「なんですって!?」

「証券取引等監視委員会（SESC）がガサ入れをしただろう。それを踏まえての金商法違反だ」

そんな程度の罪で、特捜部が動くのか？

「どなたかの意向でしょうか」

「それは分からない。いずれにしても、今後の対応を協議したい」

湯河はホームに入線した東京行きの電車に乗り込んだ。

鷲津が東京地検特捜部に逮捕されるなんて、どういう茶番だ。いや、これは悪夢だな。どうしても鷲津に首都電を渡したくない誰かの策略なのかも知れない。しかし、一体どこの誰が、特捜部を自在に動かせるというのだ。

まさか濱尾重臣か——。いや、いくら濱尾でも、一民間人が国家権力を行使できるわけないか。

だとすると、誰だ。

そんなことより、エネ庁にとっても、これは深刻な一大事だ。鷲津が逮捕されて身柄を拘束された場合、首都電再生を一から考え直さなければならない。

こんな冗談は勘弁してくれ。

新宿駅で降りた時に、また電話が鳴った。

「夜分に失礼。母袋です」

エネ庁の知恵袋と言われた大先輩だった。

「ちょっと君に紹介したい方がいるので、電話を代わります」

返事をする前に女性の声がした。

「初めまして、サムライ・キャピタル代表取締役会長のリン・ハットフォードです」

足が急に止まってしまい、背後から人がぶつかってきた。

「ああ、失礼」と詫びて、人の流れから外れた。ハットフォードが話を続けている。

「本来であれば、お会いしてご挨拶するのが筋なのですが、緊急事態なので、このままお電話でお話ししてもよろしいでしょうか」

日本語が堪能だとは聞いていたが、電話の相手が米国人とは想像し難かった。

「初めまして、エネ庁の湯河です。どうぞ、お話し下さい」

「お耳に届いているかと思いますが、弊社の鷲津に不測の事態が起きる可能性が出てきました。それでも、首都電の経営については、何ら支障はございません」

そんな穏やかな表現でいいのか。

「しかし、鷲津氏の首都電株の大量取得の申告義務違反が問われれば、御社の取得株についても問題が生じるのでは？」

「ご安心下さい。鷲津は逮捕されませんし、大量株取得は合法です。それに、鷲津は首都電の経営には参画しません」

「では、どなたが？」

「不肖ながら、私が務めさせて戴きます」

35

二〇一一年四月一八日午後一〇時二一分　東京・日本橋

北村がマンダリン・オリエンタル東京のエントランスに入るなり、村上という女性秘書が声をかけてきた。

「ご足労をおかけして、恐れ入ります」

上品な黒のスーツを着こなし髪にも乱れ一つない秘書は、軽やかな足取りで先導した。

案内されたのは広い宴会場で、部屋の片隅にあるピアノの前に、鷲津一人が座っている。

「夜分に失礼します」

「こちらこそ、お呼び立てして申し訳ありません。どうです、一杯？」

「戴きます」

鷲津自らが酒を作ってくれた。グラスを受け取り、勧められた椅子に腰を下ろした。

「東京地検特捜部が明朝、あなたを逮捕するそうです」

「らしいですね」

胸のポケットではＩＣレコーダーが作動している。おそらくは鷲津もそれを承知の上で、丁寧に話している。

「余裕ですね。驚かれないんですか」

「身に覚えのないことだから。誤解が解ければ、いずれ疑惑も消えると思っています」

特捜部は、そんなに簡単に引き下がらない。

「容疑もご存じなんですよね」

「大量株取得申告義務違反、でしたっけ？」

そんなところだ。暁光新聞の検察庁担当キャップの話では、悪質な乗っ取り屋による見過ごせない事件として余罪を含めて徹底追及すると、特捜部長の鼻息が荒いらしい。

「今まで、日本の国家権力と衝突した経験がないのですが、無辜の民に濡れ衣を着せるようなことはしないでしょう」

「特捜部を甘く見ない方が、いいですよ」

脅してみたが、表情一つ変えない。

「私は、プロの投資家なんです。自らのキャリアを棒に振るような愚行を犯すと思いますか」

日本の特捜部ごときに尻尾を摑まれるような幼稚な手法を取るわけがない——と言いたいわけか。

「私の無実を証明する証拠は揃っています。これを北村さんに、ご提供致します」

薄い書類袋が差し出された。中身を改めると、首都電力株の取得履歴を示す資料が入っていた。

「おそらく特捜部は、我々のダミー会社が、密かに首都電株を買い集めたと考えているのでしょう。だが、そんな会社は存在しません。首都電株を買い集めていた投資家が他にいるようですが、彼らとは取引したことがないんですよ」

資料の中には、この一ヵ月間で首都電株を大量購入した機関投資家の一覧表もある。それらの機関投資家は、すべて海外法人のようだ。これらを特捜部は追跡し、取り調べ、鷲津が有罪となる証拠を入手したというのだろうか。

　容疑者が外国にいる場合、様々な壁が立ちはだかり、捜査が難しい。しかも、やたらと手続きに時間がかかる。なのに、こんな早いタイミングで、クリアしたというのだろうか。

「弊社の特捜担当によると、国内数社の証券会社の社員にも逮捕状が出ているそうですが」

「私が、国内の証券マンとつきあうと思いますか」

　自信の一つはそれか。説得力がある。いかにも鷲津らしい。

「つまり、特捜部はガセを掴まされてあなたを逮捕しようとしていると？」

「それは、彼らに聞いて下さい。私はただ身の潔白を訴えるだけです」

「しかし、逮捕状が出るのは確実なようですよ」

「警察や検察庁の取材経験もある北村さんに伺いたいのですが、普通、明日逮捕状を取るなんて情報をメディアに流すものでしょうか。徹底的に秘密裏に行動し、逮捕状を取得した段階で、これから逮捕に行く程度のリークはしても、明日逮捕状が出るなんて重大情報を流すというのは前代未聞です。私が容疑者ならさっさと逃げますよ」

　確かにレアケースではある。

「過去の事例はゼロではありませんよ。ただ、鷲津さんが抱かれる疑問は、ごもっともです。私にも違和感があります」

　そうだろと言いたげに、鷲津が手にしたグラスを少し上げた。

「だとして、何がおっしゃりたいんです」

「こんなリークをしてまで、私が首都電の経営に参画するのを認めたくない誰かの嫌がらせだと思うんです」

　そんな大それた嫌がらせが出来る者なんているのか。

「どういう理由か知りませんが、本当に明朝、私が逮捕されたとします。すると、さすがにすぐには濡れ衣を晴らせませんから、その間、首都電の経営が宙に浮く。それを願っている人物がいるのでしょう」

「確かにそうですが、天下の東京地検特捜部を自由に動かせる人物なんて、そうそういませんよ」

　男は、そうでもないぞと言いたげに笑っている。

「いずれにしてもその人物には申し訳ないが、私にどんな災厄が降りかかっても、サムライ・キャピタルは予定どおり、首都電株を買い集めて、再生に乗り出します」

「逮捕された場合は、どうします？　拘置所から遠隔操作でもしますか」

「その時は、私自身は経営に参画しません」

「え？」

それこそ、想定外じゃないか。鷲津という金看板は、首都電という旧態依然とした企業の体質改善には重要ではないのか。

「会長のリン・ハットフォードが、陣頭指揮を執ります」

鷲津の公私にわたるパートナーであるハットフォードは、長年投資銀行の経営陣（ボード）に名を連ねた敏腕だと聞いている。その手腕は、緻密で冷徹だという。だとすれば、首都電にとって、鷲津以上の厄介者を抱えるのかも知れない。

「せっかくお呼びだてしたんです。手ぶらで帰すのは忍びない。とっておきのネタを提供しますよ」

今度は、ずっしりと厚みがある書類袋を、鷲津から手渡された。開けてみろというので、従った。

数枚の写真、一枚のＤＶＤ、さらには、告発状の写しが入っている。

粒子の粗い写真に写っているのは、暗がりの中、炎に照らされた老人の顔だった。

今一つ判別しづらかったが、告発状の名を見て、確認できた。

「濱尾会長を、特別背任で告発するんですか」

「イチアイでＳＢＯ（全交流電源喪失（ステーション・ブラック・アウト））が発生した時、濱尾会長は、水温が急上昇している原子炉に、海水を注入したいというイチアイ所長の申し出を無視した。東京本社で所長と応対していた原子力本部の技術部長に無視せよと命じた、音声記録が残っているんです」

「震災発生時、会長はサハリン出張中だったのでは？」

「衛星携帯電話でかけてきた会長の音声が記録されていました。それを彼は、焼却炉で焼いたんです」

つまり、罪を自覚しているわけか。

「また、震災が発生する約一年前に、イチアイの非常用電源の脆弱性が、社内の安全推進委員会の答申で挙がりました。それを、濱尾会長が独断で却下したのも分かっている。その答申では、非常用発電機がすべて沿岸や原子炉の地下にあるため、高潮や津波に襲われた場合に、機能不全を起こすと指摘している。また、イチアイに電源車を少なくとも三台は常駐すべしという提案も却下している。それらの記録も濱尾会長は、そこに写っている某ホテルの焼却炉で処分したんだ」

財界総理であり、日本の原子力エネルギー事業の総帥でもある人物が、そんな悪質な隠蔽工作をしたというのか。

「ＤＶＤには、映像も入っている」

「そのホテルとは、どこですか」

鷲津はそれに答えず、グラスを口に運んだ。

「鷲津さん、教えて下さい」

「それぐらい自分たちで探したまえ。いずれにしても、濱尾会長の専横は許しがたい。そこで、明日付で首都電は、濱尾会長を特別背任等四つの罪で、東京地検に告発する」

目には目を、か。

濱尾という怪物に、鷲津というモンスターが襲いかかる。想像するだけで、恐ろしい。

「ありがとうございます。では、しっかり紙面に反映致します」

「期待してるよ。鬼退治に乾杯だ」

鷲津は、愉しくて堪らないようだ。遠慮がちに乾杯して、鷲津に笑われた。

「水を差すようで恐縮ですが、万が一明日逮捕された時には、私を面会人のリストに入れるのを忘れないで下さい」

「安心してくれ。私はつかまらないよ」

「世の中に絶対はない。そのことを私は、あなたと、大震災から学びました。鷲津さん、一寸先は闇です」

「そうだな。だが、闇こそ我が戦場なんだ」

36

二〇一一年四月一八日午後一一時〇五分　東京・永田町

鷲津を乗せたアカマ・マーヴェルは、総理官邸の正門前で、機動隊員に停められた。

助手席に乗っていた弁護士の青田が、アポイントメントがあると告げた。身分証明書を求められ各自が免許証を呈示すると、機動隊員は容赦なく懐中電灯の光を車内に向けた。

「ありがとうございます。進んで下さい」

鷲津が車寄せで降りると、どこからともなく人が駆けてきた。

「サムライ・キャピタルの鷲津さんですよね。総理にどんなご用件ですか」

若い記者にマイクを向けられた。一斉にテレビカメラのライトが点灯する。

「総理に、緊急でお会いする用件があるんですよ」

「どんな緊急事態が起きたんですか」

「それは、お話し出来ません。いずれにしても、急ぎますので」

慌てて官邸内から防災服を着た十数人が駆け寄って、鷲津を誘導した。

エレベーターで四階に案内され、広くて窓のない会議室に通された。

鷲津はタバコを取り出すと火を点けた。

「相済みません、この部屋は禁煙です」

注意されたので、鷲津は喫煙室の場所を尋ねた。すると係官が上司とおぼしき人物に相談している。

そんなことすら、自分で判断できないのか。

「ご案内します」

女性係官が先導した。

母袋と共に喫煙室に行くと、係官が室内にいたスタッフを追い出し、鷲津らを案内した。

「なんとも息が詰まる空間だなぁ」

邪気を払うかのように、鷲津は勢い良く煙を吐き出した。

「まったく同感です。ここにいると時間の感覚が消えてしまいます」

母袋はしんせいという懐かしい銘柄のタバコを旨そうに吸っている。

「子どもの頃、総理大臣になりたいと思ったこともありましたけれどね。こんな場所で仕事はしたくない」

「鷲津総理のご活躍というのを、見てみたいですな。どうです。次は、この国をお買いになっては?」

真面目一徹に見えるのだが、母袋は時々、痺れるような毒を吐く。

「こんなところに押し込められるのは嫌だな」

「別の場所で執務すればよろしいんです。日本で最も優秀な官僚たちが、この場所でどんどん消耗し、そして夢も理想も失って果てていく。そして、私のようなボンクラだけが細々と生き延びる。そんな国は滅びます」

母袋はボンクラではない。叩き上げのテクノクラートで、資源エネルギー庁の知恵袋とまで言われた。だが、安全を無視したエネルギー政策を批判したとして、地方の閑職に追いやられた。

「総理なんて誰がなっても同じだと思っておりました。だが、この震災と原発事故を経験して、総理とは国民のために命をかけ、誠実に事に当たる人物でなければ国は立ち行かないのだと痛感しました」

国を良くしたいと思ったこともある。だが、誰も望んでいない気がしている。だったら、俺は金儲けをして、自由に生きてやる。

前島が顔を覗かせた。

「宮永大臣がお見えになりました」

会議室では、宮永一人が待っていた。古谷総理はもちろん、宮永の秘書の姿もない。

「この度は、無茶を申し上げました。ご配慮を感謝します」

「私も謝らなければならないんだ。総理の都合がどうしてもつかず、私が代理で話を聞きます」

俺も見くびられたものだ。

「東京地検特捜部が、私を逮捕するそうですが、それはおやめになった方がよろしいかと」

「安心したまえ。私の方で取りはからった。なので、心配ご無用」

「どのようになさったのです？」

宮永は硬い笑みを浮かべて、タバコに火を点けた。この部屋は、禁煙じゃなかったのか。

「執行を猶予した、と思ってもらえばいい」

「言い換えれば、いつでも私を逮捕できるという脅迫ですか」

「保険だと思っている」

弁護士でもある老政治家は、口が達者だ。

「何の保険です？」

「君が、政権や政府の行政指導を無視して、暴走しないための保険だよ」

鷲津は行儀良く座っていた姿勢を崩し、脚を組んだ。

「そんな保険には、何の効果もありませんよ。私を逮捕したところで、起訴できない」

「かも知れんね。だが、この国では逮捕されたと同時に、社会的に葬られる。君が首都電の経営陣に名を連ねるのも無理だ。つまり保険としては、効果を充分発揮する」

「呆れるほど軽薄で愚鈍な戦略だなあ。宮永先生の発案ですか」

「君の明日の逮捕はない。用件は以上だ」

力強く灰皿にタバコを押しつけ、宮永は立ち上がった。

「私は何もお話ししていませんが」

「負け惜しみを言いなさんな。あんたは、自分が逮捕されると聞いて、泡を食って飛んできたんだろ。だから、その心配は解消できたんだ。帰りたまえ」

鷲津が、用意した文書を掲げた。

「米軍第七艦隊司令官によるオペレーション・アトムの報告書です。どういう作戦かは、ご存じのはずだが」

宮永は文書を受け取ろうともせずに、険しい目つきで鷲津を見下ろしている。

「イチアイがＳＢＯ（ステーション・ブラック・アウト）を起こした直後に、米国が事故の拡大を防ぐために発令した作戦ですよ。第七艦隊の空母ロナルド・レーガン艦上で訓練を行った上で、イチアイに特殊部隊を送り込むというミッションだった」

「そんな事実はない」

「では、明朝以降、日本を含む世界の主要メディアの報道を楽しみにしていて下さい。その報告書には、駐日米国大使の要請を、日本の総理が拒否したことも記されています」

宮永が乱暴に文書を奪った。目を通すうちに宮永の顔が強ばっていく。

「国民の命を守るべき内閣総理大臣が、米国の原発事故対策の特殊部隊の派遣を拒否したと判れば、国民はどう思うでしょうね」

「これが、本物だという証拠があるかね」

「差し上げます。ペンタゴンにでも、米国大使館にでもお問い合わせ下さい」

次いで、前島がある録音を再生した。

イチアイ内で爆発が起きた時のものらしい。「ここから先は政府で対応して欲しい」という首都電の悲痛な叫びが会議室に響いた。

〝何を言ってる！　おまえらが犯した過ちは、命がけで自分たちで対処しろ！〟

紛れもない古谷総理の声だった。

「火事が起きたら、初期対応は火元となった当事者が責任を持つのは分かります。でも、それで対応できなくなれば、消防が消火活動に当たるのが当然です。なのに、原発事故については、最後まで当事者に事故を収束させるんですか」

宮永が腕組みをして目を閉じたまま動かなくなった。

「政府には原発事故発生時の事故対応策がなかった。だから、首都電に対応を押しつけるしかなかった」

「それは、保守党に言ってもらおう。原発を推進してきたのは、彼らだ」

「だが、民政党政権の時に事故は起きた。そもそも政権交代した直後に前総理は国連で、地球温暖化対策のために、原発を推進すると宣言されているんですよ。情けない言い逃れはおやめになった方がいい」

宮永の顔が、醜く歪んでいる。きっと、総理も連れてくるべきだったと後悔しているのだろう。

「また、防衛省幹部から、決死隊による事故収束活動を申し出たが、総理に却下されたという情報もある。これは、今一つ裏付けに乏しいんですが、メディアに提供する予定です。防衛省幹部への裏付け取材が成功すれば、報道されるでしょうね」

とどめに鷲津は、ブタの鼻のチェックミスに言及した。米軍が飛ばしたドローンによって撮影された事故当日のイチアイの様子を示す映像が、会議室のスクリーンに映った。

「事故から七時間後のイチアイの一号機の様子です。ＩＣ(イソコン)（非常用復水器）の作動が確認できるブタの鼻が映っています。ここから蒸気が噴出していると、電力がなくても原子炉内は冷却されているそうですね」

「だからどうしたんだね？」

すでに、宮永はこの映像を見ているはずなのに、この態度は救いがたい。

続いて、首都電の若い社員、郷浦秀樹のインタビューに切り替わった。

〝イソコンの作動確認のために、串村所長の命でブタの鼻を見に行きました。この映像は、その時のものに近いです。イチアイの免震重要棟に戻って串村所長に、様子を含めて報告したら、ホッとされていました〟

アンソニーが秀樹を説得して行ったインタビューは、事実誤認を認める重要証言だった。

「これを、全米原子力発電技術研究所理事で、原発事故の専門家であるショーン・マクギリー博士に見てもらいました」

マクギリー博士の厳しい顔が映っている。

〝この状態では、イソコンは作動していません。本当に作動していたら、沸騰したヤカンのように、勢い良く蒸気が噴き出す〟

「これらも、世界中のメディアに送る予定です」

「こんなものが、どうしたというんだね。そもそもブタの鼻の状況を誤認したのは、首都電関係者じゃないか」

なんだと。

「政府も政権も、SBO発生時のチェック項目すら知らなかったことを棚に上げて、罪を首都電だけに押しつけるんですか。それを、世界中の人々がどう思うか、楽しみだ」

「鷲津君、こんな脅迫をして、ただで済むと思っているのかね」

たっぷりと間を置いてやった。

「宮永先生、これは、脅迫ではありませんよ。取引(ディール)です。私は、どちらでも結構です。明日、私を逮捕するもよし、すべてを闇に葬るもよし。決めるのは、総理ご自身でしょうね」

＊

翌未明――、日本通信が特報を打った。

東京地検特捜部、鷲津政彦氏に対して、金商法違反で逮捕状請求

同じ日の暁光新聞の朝刊は、別の大見出しが一面を飾っていた。

首都電濱尾会長、原発事故関連の証拠隠滅か

特捜部が重大関心
今日にも、首都電が、背任で告発へ

東京地検特捜部は同日午前、次席捜査官と特捜部長が記者会見を開き、「鷲津氏に対して逮捕状を請求した事実はなく、今後もその予定はない」と、異例とも言える発表をした。

四月三〇日、サムライ・キャピタルのＴＯＢが成功、同社は首都電力の経営権を奪取した。

エピローグ

二〇一一年五月一〇日午前一一時〇二分　東京・芝浦

雛壇にミスマッチな顔ぶれが並んでいる。首都電社長の門脇を筆頭に、原子力事故対策及び調査担当大臣の宮永、資源エネルギー庁長官の生駒のいずれもが渋面をつくっている。そんな中、左端に陣取る鷲津だけが爽やかな笑みを浮かべている。

一人の勝者と、三人の敗者の図か……。

北村の頭に残酷な言葉が浮かんだ。

「ご案内のとおり、弊社の経営再建に当たり、株式の過半を保持されているサムライ・キャピタルの経営提案を受け入れ、首都電力は心機一転、消費者の皆様のご期待に応えるべく粉骨砕身して当たる所存です」

言葉の半分も気持ちがこもっていない門脇の挨拶で、会見はスタートした。

続いて、鷲津が政府と二人三脚で首都電再生に邁進したいと宣言した。

「なお、磐前第一原子力発電所を政府に売却し、廃炉に向けた取り組みや除染、さらには発電所周辺の皆様への損害賠償については、新たに政府が立ち上げる原発事故賠償機構が担うことになりました」

「濡れ手で粟っていうんですよね、こういうの」

口の悪い麻生が隣で毒づいている。

若干意味がずれている気もするが、この先、鷲津がぼろ儲けするのは間違いない。

「ただし、想定外の大震災とはいえ、原発事故による甚大な損害を与えた責任は、首都電力にもございます。そこで、政府によって処理される磐前第一原子力発電所事故の損害費用の二割を、弊社で負担致します」

それでも、笑いが止まらないほど儲かると、暁光新聞の首都電担当は分析している。

「さらに、事故発生時の対応を誤ったとして、当時の最高責任者である濱尾重臣前会長以下一三人について、本日、東京地検特捜部に刑事告発を致しました」

濱尾の証拠隠滅記事が暁光新聞に出た直後から、濱尾は行方をくらましている。だが、鷲津は告発を断行した。

「また、現社長の門脇には、新体制が落ち着くまで、首都電社員の精神的支柱として汗をかいて戴く所存です」

続いて宮永が、政府として首都電の経営再建を支援するため、総額三兆円の第三者割当増資を行うと告げた。それによって、政府は首都電株の三分の一超を保有することになり、経営陣に対しての拒否権を持った。

そして生駒は、首都電の新体制設立に対して政府としての責任を全うするため、エネ庁から原子力と電力政策の専門家五人を出向させると発表した。

その代表は、エネ庁きっての原発政策のエースである湯河で、彼は原子力再生担当執行役員に就くという。

質疑応答が始まった。

質問の大半は、サムライ・キャピタルによる経営の具体的なスキームに集中したが、鷲津も宮永も「現在、関係者による新体制検討委員会で協議しており、一ヵ月後に予定している臨時株主総会で全貌を披露する」の一点張りで逃げ切った。

エネルギーや経済関係の記者の質問が一通り終わったのを待って、北村は手を挙げた。

「サムライ・キャピタルは、複数の役員を首都電に送り込むと伺っていますが、鷲津さんもその一人ですか」

「それも、新体制検討委員会で諮(はか)っている議題の一つですが、私自身は経営陣(ボード)入りを望んでいます」

鷲津が東京地検に逮捕されるという危機は、完全に去ったわけか。一体、どんなウルトラCを使ったのかも知りたかったが、この場で尋ねるのは自重した。

代わりに別の質問を投げた。

「鷲津さんは、以前から日本を買い叩くと豪語されていました。首都電は、日本の基幹企業の代表格です。そういう意味で、首都電を買収したのですから、その夢は実現されたのでは？」

「そんな傲慢な発言は忘れて下さい。それに、残念ながら現在の首都電は、日本を代表するエクセレント・カンパニーと言うのもおこがましい。今回は、日本のためにベストを尽くすべく、経営参画致します」

麻生が呆れるのももっともだ。かつて、アメリカン(A)・ドリーム(D)社の買収に意欲を見せていた時の鷲津は、「アメリカの強欲主義に天誅を下す」という姿勢があった。

だが、今回は明らかに火事場泥棒が、詭弁を弄しているふうにしか聞こえなかった。

──企業買収に、善も悪もない。世間がどう言うかは別にして、私は自分が正義の味方だと思ったことはない。欲しい企業だから買う。ただ、それだけだ。

鷲津に初めて取材した時の言葉が蘇ってきた。

「そういえば、いつも鷲津を挑発する髭野郎の姿がないですね」

麻生は会場を見渡して、日本通信の記者、八島を探している。

鷲津逮捕の「誤報」を打った日本通信は、サムライ・キャピタルから名誉毀損で告訴された。損害賠償請求額は、一〇〇億円だという。

さらにネットメディア上では、八島のせこいビジネスも暴露された。鷲津に対して執拗な攻撃を仕掛けた見返りとして、リーク元の濱尾から多額のカネを受け取っていたらしい。日本通信は事実無根と反論しており、八島を懲戒解雇にするという噂を耳にした。

それを麻生に伝えようとした時、東西新聞の秋野が立ち上がった。

「誰が考えても、経営再建など簡単には出来そうにない首都電に、膨大な資金をつぎ込まれたわけですが、投資に見合うだけの利益を回収するのに、どれぐらいの期間をお考えですか」

相変わらず秋野は、容赦しないな。

鷲津が苦笑いを浮かべている。

「三年から五年は見て下さい。必ず、見違えるような素晴らしい企業に生まれ変わりますよ」

「その暁には、首都電株を売り払うんですね」

挑発的な問いに、会見場がざわついた。

「いえ、そのつもりはありませんよ。私は、半永久的に首都電のオーナーでありたいと考えていますから」

そりゃそうだ。電力会社は、カネのなる木だからな。


二〇一一年五月一〇日午前一一時五五分　栃木県日光市

「日本の敵！　首都電の御用ホテルは、営業を辞めよ！」

日光ミカドホテル前に集結したデモ隊が、声を限りに罵倒している。かれこれ一時間になるだろうか。

社長室の窓から様子を眺めていた貴子は、大きなため息をついた。

首都電力社員が事故対応で傷ついた心身を癒やす隠れ家として、中禅寺湖ミカドホテルで独占的かつ特権的待遇を受けていると、先月末に週刊誌がスッパ抜いた。

おまけに「原発事故の責任者が証拠隠滅を図った現場」だと知れ渡り、デモ隊の怒りに火をつけた。

週末のホテル周辺を彼らに占拠されるようになって、かれこれ二週間が経つ。営業妨害になるから止めて欲しいというお願いは、完全に無視されている。

それどころか貴子が抗議に出ると、リーダーの女性から「おまえか！　濱尾に囲われていた女は！」と罵倒される始末だった。

そのデモ隊をメディアが取り巻いているので、風評被害が広がり、予約のキャンセルが相次いだ。

警察に相談したのだが、「ホテルの私有地ではなく、デモの申請にも不備はないので」と取り合ってくれない。

コンシェルジュが、執務室に顔色を変えて飛び込んできた。

「社長、来て下さい！　デモ隊と、お客様が揉めています」

すぐに警備員の詰め所に連絡を入れてから、正門に向かった。

「何度言ったら分かるの。あんたたち、文句があるなら、首都電の前でやりなさいよ。ここは、あんたたちに非難されるようなことは何もやってないわよ！」

妙齢の婦人が声を張り上げて、デモ隊のリーダーにくってかかっている。古くからホテルを利用しているエッセイストだった。

「うっせんだよ、ババア。おまえも、首都電の回しもんだろ」

エッセイストが、リーダーに摑みかかった。

「先生、おやめください！」と叫んで、貴子はもみ合う二人の間に体を割り込ませた。続いて警備員がエッセイストを後ろから抱きかかえて、デモ隊から離した。

「貴子ちゃん、こいつらの好きにさせておくことなんてないわよ。手前勝手な小賢しい理屈ばっかりこね回して、弱い者虐めするなんて最低なんだから」

「早坂(はやさか)先生、どうぞおやめください。私どもは大丈夫ですから」

「大丈夫じゃないわよ。こんな営業妨害されて黙ってちゃ、ダメ！」

貴子はエッセイストを宥めながら、ロビーに連れて行った。

何とかしなければならない。

だが、彼らと衝突すれば、逆効果になるばかりだ。

「姉さん、これはもうアイツに責任とってもらいましょう」

いつの間にかそばに立っていた珠香が言うアイツとは、現首都電社長のことだ。

いや、あの人と関わるのだけは、懲り懲りだ。

もっと、良い方法がきっとあるはずだ。貴子が玄関口から前庭の方を見た。新緑が輝き、ツツジが色を添えている。日光が一番美しい季節が始まろうとしていた。

シュプレヒコールは、まだ続いている。

＊

二〇一一年五月一〇日午後四時二九分　東京・永田町

第三者機関による事故調査委員会の委員正式決定に向けた最終調整会議を終えた芝野は、宮永大臣に呼ばれた。

大臣室内には、呆れるほど紫煙が充満していた。そして、芝野が室内に入るのに合わせたかのように、宮永は新たなタバコに火を点けた。

「申し訳ないんだが、芝野さんにはＴＯＡＩの委員長を辞任して戴く」

首都電力再生問題で中断していた委員選考が再始動して、上機嫌だった芝野は我が耳を疑った。

「どういうことですか。私の首都電入りがなくなった代わりに、このまま委員長を続けよとおっしゃったじゃないですか」

「とにかく辞表を書いてくれたまえ」

「そんな無責任は出来ません。湯河君が首都電の再生のために、事務局長を辞任したばかりなんです。TOAIの設立趣旨を理解する者がいなくなります」

だが、宮永は芝野の顔を見ようともしない。

「大臣、理由もなく私を解任するような蛮行は、スタッフに混乱を来します」

「混乱を来すから、君をクビにするんだよ」

辞任勧告ではなく、クビなのか……。一体、俺が何をした！

「私がクビにされるようなことをしたというのであれば、具体的におっしゃって下さい」

「重大なる国家公務員法違反、裏切り行為。それだけ言えば充分だろう」

芝野は民間人だが、TOAIの委員長はみなし公務員となるため、国家公務員法が適用される。そういう契約書に署名もしている。

しかし、身に覚えがない罪の押しつけに怒りを覚えた。

「どんな法を犯したと言うんですか」

「第一〇〇条違反だよ」

守秘義務違反だと？

「そんな覚えはありませんが」

「ＴＯＡＩの委員長の立場で知り得た情報を、せっせと鷲津にリークし続けたくせに、何を言っている」

「バカな。何を証拠に、そのような」

「証拠なんて必要ない。それより、辞表を書かないのであれば、君を検察庁に告発しなくてはならない」

鷲津の次は、俺が特捜部のターゲットなのか。特捜部も安くなったものだな。

宮永が立ち上がり、背を向けた。

「三〇分以内に辞表を提出し、荷物をまとめて出て行ってくれ」

全身がわななくほどの怒りを必死に堪えて、芝野は大臣室を後にした。事務局に戻ると、会津、加賀、伊予という芝野の側近たちも荷物をまとめていた。

「君らもか」

三人三様の悄然とした面持ちで頷いた。

確かに彼らを含め四人は、鷲津の強い推挙でＴＯＡＩ入りした。だが、ここで得た情報を鷲津に流すような背信行為をした者など誰もいないはずだ。そもそもまだ調査態勢すら整っていない現段階で、鷲津が知りたい情報なんてどこにあったというのだ。

「失礼します」

加賀が芝野の執務室に入ってきて、ドアを閉めた。

「宮永大臣からの突然の解雇通告に驚かれたのではありませんか」

「どうして我々が鷲津君に情報をリークしたなどという妄想に、大臣が駆られたのか見当もつかない」

「あれは、方便です」

加賀の言おうとする意味が分からなかった。

「政権は、事故の原因究明をうやむやにしたいんです」

「それは、国民が許さないよ」

「同感です。しかし、我々が排除された最大の理由は、それです」

「つまり、徹底解明にこだわる私が邪魔なのか」

加賀は明確に頷いた。

「日本は、未来に向けて進み始めた。だから、過去を振り返るべきではない。宮永大臣が、ＴＯＡＩの事務局長に就任した歌川さんにおっしゃったそうです」

バカな。それこそ重大な背信行為じゃないか！

芝野が抗議しようとドアに向かうと、加賀に止められた。

「やめて下さい。芝野さんの解任については、総理の承認も下りているんです。今さら騒いでも決定は翻りません。ここは撤退あるのみです」

これほど腐りきっているとは。情けない！

芝野は怒りをぶつけるようにして辞表を走り書きすると、加賀に託した。

「君から渡してくれ。私は一足先に失礼する。ここにある物には何ひとつ未練はないよ」

加賀と握手を交わして、芝野は部屋を出た。

はらわたが煮えくり返っている。しかも、この怒りは時間が解決してくれる類いのものではない。

政権と宮永の不実を社会に公表すべきだ――、それが、俺の使命だ。

「カッカきてますね」

エレベーターに乗り込んで目的階のボタンを押したら、背後にいた先客が声をかけてきた。

「そうでもありませんよ。理不尽なことにいちいち怒っていては、身が持ちませんから」

「芝野先生らしい、負け惜しみだな」

名を呼ばれてギョッとした。

「なんで、君がここに？」

「ちょっと所用がありましてね。いわゆる偶然という奴です」

世の中で一番偶然を信じない男が言ってくれるじゃないか。

「君のスパイという謂れなき疑いをかけられて、ＴＯＡＩをクビになったよ」

「どうです、奴に復讐しませんか」

詫びの一つもないのか。

「これ以上、君に関わりたくないね。私にとっては疫病神だから」

「そうかも知れません。では、お詫びのしるしに、首都電のＣＲＯ（最高再生責任者）をお願いしたい」

「私を首都電再生に巻き込まないという約束だったのでは？」

「君子豹変すってやつです。改めて考えると、ＣＲＯとしては、あなたが最適任者です。芝野さんがここで成功すれば、東大阪での失態も取り戻せる」

言ってくれる。

「兼務で、首都電内に設置予定の事故調査委員会の責任者をお任せしてもいいです」

エレベーターが一階に到着した。

「悪いが鷲津君、私は君の申し出を二度と引き受けるつもりはないよ」

そう返すと、鷲津政彦は、芝野が最も嫌いな薄笑いを浮かべた。

＊

二〇一一年一〇月三日午前九時〇二分　磐前県磐前市

古谷総理が突然辞意を表明した翌朝、秀樹は磐前市内のビジネスホテルの一室にいた。原発事故損害賠償センター（原賠センター）へ初出社するためだ。

サムライ・キャピタルによる首都電買収やその後の前経営陣への告発、政府の出資と続く激動がようやく先月で落ち着いた。

そして、政府機関である原発事故賠償機構の原賠センターに、首都電は社員三〇〇人の出向を決定、秀樹はその日のうちに自ら志願した。

「男は、勝負服で臨まなければならない時がある。そんな時のために」と洒落者の叔父がプレゼントしてくれた一張羅のスーツは、これまでは嬉しいことがある日だけ袖を通していた。だが、正式な辞令交付日となる今日はその前例を初めて破る。

——なんで、君のような社の期待の星が、誰も行きたがらない墓場に行くんだ。

新社長に就任した鷲津に呼び出されて、翻意を促された。

だが、秀樹の決意は固かった。

「短い期間ですが、私は誇りを持って首都電で働いてきました。だとすれば、未曾有の事故を起こし、迷惑をおかけした方々の生活を支援するのが、使命だと考えています」と返して、鷲津を呆れさせた。

ブタの鼻の件で証言したことに後悔はない。だが、結果としては、串村所長らの懸命な事故収束活動に水を差してしまった。そんな自分が、新生首都電の期待の星として社長室で勤務するというのは、あり得なかった。

だから、首都電の社員としての誇りを持って臨まなければならない場でありながら、あの日のことを忘れようもない職場で働きたかったのだ。

〝今の日本は、のぼったり、おりたり、ならまだいいが、高い頂上から谷底に転げ落ちたところだ。大ケガも仕方がない。まだ命があったのがめっけものよ。だがもう一度なんとか、この谷底から這い上がらぬ限り助からない。それも自力でだ、気力でだ、頑張りでだ〟

電力の鬼・松永安左エ門の言葉を、今度は自分自身が実行する——。

ドアがノックされた。

開けると、鷲津が人懐っこい笑みを浮かべて立っていた。

「社長……」

「少しいいか」

まだ、ロビーの集合時刻まで余裕はあった。

部屋に招き入れると、鷲津は窓際に立った。

「スーツが、よく似合っているな」

「首都電に就職が決まった時、叔父に勝負服としてプレゼントしてもらったものです」

いきなり鷲津の手が伸びて、襟の乱れを直してくれた。

「君にプレゼントがある」

鷲津が紙袋を差し出した。

開けろと言うので素直に応じた。中に入っていたのは、時計だった。

「スイスの腕の良い職人に作らせたものだ。サムライ・キャピタルでMD（マネージング・ディレクター）

になった社員に贈るのが恒例だ。チーム一丸となって同じ時を刻もうという願いを込めている」

「そんな貴重なものを戴けません。僕は、単なる平社員ですよ」

「いや、ぜひ受け取って欲しい。君は私に忘れかけていた勇気と正義を教えてくれた。そして、君の勇気がなければ、首都電に巣くっていた妖怪どもは退治できなかった」

鷲津が時計の裏側を見せた。

〝To you of courage! Masahiko Washizu〟とある。

「同じものを、君の恋人にも差し上げた」

萩本あかねとの関係を、鷲津は知っているのか。あかねも「原賠センターに行かせて欲しい。それがダメなら、サッカーもやめてボランティアで参加する」と頑固に訴えて、今日から原賠センター勤務となった。

「君たち二人は、首都電の希望だ。きっとこれから心の折れる作業ばかりが続くだろう。だが、君たちならきっと誠意を尽くし、辛い思いをされてきた事故被害者の皆さんと接してくれると思っている。期待しているよ」

こんなことを言う人だったのか……。

いまだに、鷲津に対して日本のメディアは厳しい論調が多い。

「大切にします！」

鷲津はもう一度笑みを浮かべると、秀樹の肩を強く叩き部屋を出て行った。

ロビーに行くと、原賠センターに向かうバスが到着していた。秀樹を待っていたあかねが、近づいて来た。

「秀樹さんのところにも、いらっしゃった？」

「社長か」

「びっくりしたわ。しかも、こんなものまで戴いて」

日に焼けた手首に、真新しい腕時計が光っていた。

「君は、首都電の希望だっておっしゃっていた。なんだか私、泣きそうになっちゃった」

「時計に恥じないようにベストを尽くそう」

外に出ると秋晴れだった。空を見上げると、大形の鳥が羽を広げて滑空している。

「あれは、イヌワシかな？」

鷲津には、そんな異名があると聞いた。

「あっ、そうかも。この季節に飛んでいるのを見るなんて珍しい」

これも鷲津との縁なのかも知れない。

首都電で働き続けるなんてバカだと、友人たちは本気で止めた。だが、バカで結構。僕らは、大切な電気をもう一度安全に届けるまで、踏ん張っていく。何と言われようとも、それでいいと思っている。

「いい人は、やめるんじゃなかったの？」

車内から若い二人を見ていたリンが、鷲津の頰をつねった。

「首都電の将来のためだ。方便も大事だろ」

「酷い男ね。そもそもいつから、スイスの時計をＭＤ就任祝いに贈る習慣が始まったのかしら」

鷲津は苦笑いしながら、ポケットの中からダイヤをちりばめた腕時計を取り出すと、リンの左腕にはめた。

「今日から始めたんだ、リン」

【了】

主要参考文献一覧（順不同）

『東京電力　失敗の本質』　橘川武郎著　東洋経済新報社
『原子力損害賠償制度の研究　東京電力福島原発事故からの考察』　遠藤典子著　岩波書店
『電力の鬼　松永安左エ門自伝』　松永安左エ門著　毎日ワンズ
『メルトダウン　ドキュメント福島第一原発事故』　大鹿靖明著　講談社文庫
『福島第一原発事故　7つの謎』　NHKスペシャル『メルトダウン』取材班著　講談社現代新書
『エネルギー・原子力大転換　電力会社、官僚、反原発派との交渉秘録』　仙谷由人著　講談社

※右記に加え、政府刊行物やHP、ビジネス週刊誌や新聞各紙などの記事も参考にした。

謝辞

本作品を執筆するに当たり、関係者の方々からご助力を戴きました。深く感謝申し上げます。

お世話になった方を以下に順不同で記します。

ご協力、本当にありがとうございました。

なお、ご協力戴きながら、ご本人のご希望やお立場を配慮してお名前を伏せさせて戴いた方もいらっしゃいます。

橘川武郎、大西正一郎、姉川尚史、田窪昭寛
小松聖斉、平田有毅
中島紀行、藤原和樹、田元俊之

田中博、深澤献、清水量介、片田江康男、坂間哲哉、森川潤
大澤遼一、岡本宇弘、金澤裕美、柳田京子、花田みちの
茂本ヒデキチ

【順不同・敬称略】
二〇一八年七月

解説

末國善己（文芸評論家）

日本周辺には北米、太平洋、フィリピン海、ユーラシアの四つのプレートがある。プレートの境界付近に大きな力が加わることが地震発生の原因の一つなので、日本は〝地震大国〟と呼ばれている。また降水量が多い日本は、安全な水が手に入る一方で、降水量が多い時季が偏り、地形が急峻なため水害も多い。

それだけに日本では毎年のように地震、水害が起きているが、一九九五年の阪神淡路大震災、二〇一一年の東日本大震災は、特に日本社会に大きな衝撃を与えた。

一九九四年のアメリカ合衆国ロサンゼルスのノースリッジ地震では、高速道路の高架が崩壊した。耐震基準が厳しく技術力が高いとされた日本では同じような事態は起きないとの見解が大多数だったが、阪神淡路大震災では阪神高速道路の高架が倒壊し、〝日本の技術は世界一〟との自信を打ち砕いた。折しも一九九五年頃はバブルが崩壊しており、結果的に阪神淡路大震災は、終身雇用、年功序列という独自のシステムで発展してきた日本経済の終焉を象徴する災害になってしまったのである。

そして東日本大震災では、津波による全電源喪失で東京電力福島第一原子力発電所（通称フクイチ）の一号機から三号機がメルトダウンを起こし、国や電力会社が莫大な宣伝費で作り上げた〝日本の原発は絶対安全〟との〝幻想〟を完膚なきまでに破壊した。フクイチの事故は、避難を余儀なくされた地域住民への補償と生活再建、フクイチの廃炉を含む今後の原発行政のあり方だけでなく、政府や大企業の危機対応の稚拙（ちせつ）さ、地域独占の上に、電気料金に事業経費と利潤が上乗せできる総括原価方式が認められていたので絶対に損をしない――つまり資本主義のルールを逸脱していた電力会社の体質改善の必要性などを露呈させ、日本社会の矛盾を浮かび上がらせたといえる。

世界的な企業買収家の鷲津政彦（わしづまさひこ）を主人公にした〈ハゲタカ〉シリーズの第五弾となる本書『ハゲタカ5　シンドローム』は、首都圏の電力供給を一手にまかなう優良企業が一転、東日本大震災で磐前第一原子力発電所（通称イチアイ）がメルトダウンを起こし、株価が暴落し続けるなど存続の危機に立たされた首都電力の買収劇を描いている。

これまでも真山仁は、中国を舞台に原発問題を描く『ベイジン』、フクイチの事故がありながら、原発輸出で経済再生を目論む日本政府に着目した『コラプティオ』、阪神淡路大震災を経験した小学校教師が東日本大震災の被災地に赴任し、教え子や被災した地域住民と向き合う『そして、星の輝く夜がくる』、続編『海は見えるか』などで原発と東日本大震災を題材にしてきた。そのため、この二つを経済の視点で再検討し問題の本質に切り込む本書を発表したのは、必然だったといえるだろう。

物語は東日本大震災の二年前から始まる。オランダ系のファンドＯＡＩが日本電力の買収に乗り出すが、経済産業省が外資規制を行使して頓挫した。ＯＡＩは持て余した株を鷲津がトップを務める日本企業サムライ・キャピタルに売却。鷲津は日本電力の買収を継続するが、その前に首都電力の会長にして経団連の会長でもある濱尾重臣（はまおしげおみ）が立ちはだかる。濱尾は東京地検特捜部を動かし、アメリカのＣＩＡともパイプを持つなど圧倒的な力があり、鷲津は日本電力の買収から撤退せざるを得なくなる。

そして運命の二〇一一年。震災当日に日本に帰国した鷲津は、イチアイで重大事故を起こし、国民の非難にさらされている首都電力の買収に着手する。

〈ハゲタカ〉シリーズは、ミステリーの手法を導入することでサスペンスを盛り上げてきた。『ハゲタカ』と『ハゲタカⅡ』では鷲津の腹心だったアラン・ウォードを殺した犯人を捜すフーダニットが軸になっていたし、中国の国家ファンドから日本の自動車メーカーを守ろうとする『レッドゾーン』と、リーマンショック前後を舞台に、超巨大企業アメリカン・ドリームの買収を目論む鷲津と、「市場の守り神」ことサミュエル・ストラスバーグとの壮絶な戦いを描く『ハゲタカⅣ　グリード』は、鷲津がどのような手段で敵の罠をかい潜り目的を達成するかに焦点を当てたハウダニットになっていた。これに対し本書は、これまでにない仕掛けが用意されている。

リスクがゼロだった電力会社の株は高値で取り引きされ、社債も高い人気を誇っていたが、イチアイの事故で首都電力は株価も信用も暴落した。連日のように株価が下がっていただけに、資金力があるファンドなら簡単に買収できる状況にあったが、首都電力の経営権を握ると、原発事故の被害者への補償、事故処理と廃炉にかかる費用といった兆の単位になると試算される莫大な負債を背負うことになる。リスクしかないといっても過言ではない首都電力を、なぜ鷲津は買収しようとしているのか？

著者は、このホワイダニットをクローズアップすることで、シリーズに新機軸を打ち立てたのである。終盤まで明かされない鷲津の真の動機に加え、あらゆる手段を使って首都電力の存続と自身の事故責任、経営責任の回避を狙う濱尾、首都電力を国有化して鷲津の買収計画を潰そうとする官僚と政府などとの頭脳戦、心理戦も繰り広げられるので、最後まで着地点が想像できないのではないだろうか。

鷲津が原発事故を奇貨ととらえ首都電力の買収を進めていくだけに、作中には、事故を起こしたイチアイを安全に停止させるべく最前線で作業にあたる首都電力社員たちの奮闘、専門家を遠ざけ原発にさほど詳しくない友人のアドバイスで動いたため対応が後手後手になる革新政党の首相、重大な事故を前にしながら原発推進の道を模索する官僚などの動きも活写されている。著者は、フクイチの事故当時の東電、官邸などをモデルに物語を紡いでいるだけに、当時の状況が生々しく感じられるはずだ。

作中には、戦後の日本に原発を持ち込んだジャーナリストで政治家の正力松太郎を彷彿させる保守政治家や、反共という共通の目的のためアメリカの援助を受け、いわゆる五五年体制を維持するため資金の提供や汚れ仕事を引き受けたとされる児玉誉士夫を思わせるフィクサーが登場し、日本の原発導入の背後にあるアメリカの思惑といった歴史も丁寧に描かれている。ここには、事故を引き起こした日本の原子力行政とは何だったのかを、原点にまで遡って問い直す意図があったように思える。

ただ本書は、単に当時の政治家や官僚、電力会社の上層部を批判しているだけではない。経済合理性と市場のルールに従って動く鷲津は、国家存亡の危機を前にしても、前例を踏襲するばかりで危機対応の新たなスキームが作れず、事態を鎮静化させるよりも自分と上役が責任を問われない方法を優先して考える――合理性でも、明確なルールもないまま、曖昧な情実で動き、後任に責任を押し付けるため対応を先送りにするなど、日本社会が今も抱えている〝病理〟を鮮かに暴いて見せたのである。

本書が文庫化された二〇二〇年は、新型コロナウイルス感染症（COVID-19）が世界的に流行し、日本でも多くの感染者を出した。日本は諸外国に比べると死者は少なかったが、専門家会議の提言を必ずしも政策判断に活かせなかった保守政権は、感染症予防の科学的な効果が判然としないまま全国の小中高校の臨時休校を要請したり、予防への有効性はもとより費用対効果も不明な布マスクを全戸配布したりと、ロジカルな政策決定を行わず迷走したが、政策の正当性を主張し続けた。これはフクイチの事故の初期対応を誤ったのに責任回避を続けた当時の革新政権と似ているので、本書が指摘する日本の〝病理〟は、革新政権でも保守政権でも変わらない普遍的で本質的な問題といえる。その意味で、新型コロナが流行した年に、「この国は開闢以来、学習するということを理解しないまま走り続けている」との一文で日本〝病理〟を描くと共に、治療に適切な処方箋を暗示した鷲津の活躍が文庫化された意義は大きい。

東日本大震災では、個人が簡単かつ自由に発信できるソーシャル・ネットワーキング・サービス（SNS）が、被災状況の把握、被災者の安否確認、必要とされている支援物資を知るためなどに使われ、効果を上げた。急速に普及していたSNSは、世論の形成にも大きな役割を果たすようになり、鷲津も、首都電力を原発事故を起こした悪徳企業と位置づけ買収を有利にしつつ、火事場泥棒的に首都電力の買収に乗り出したと批判されないようネット対策にも細心の注意を払う。世論を味方にして買収を有利に進めようとする鷲津は、「無辜（むこ）の被害者」になって中傷や不信感を広めたり、極論に走って違う考え方を批判したりする日本人の弱さも浮き彫りにしていく。

ＳＮＳが一般的になった二〇二〇年、新型コロナの不確かな情報が一瞬で拡散し、感染症を恐れる人と楽観視する人の分断を生み、双方が激しい言葉で相手を罵（ののし）ったことを思えば、本書は予言的ともいえる。本書は、事実や証拠よりも感情を優先して極論に走り、保身のあまり相手を攻撃するのは国や企業のトップだけの問題ではなく、すべての日本人が陥るかもしれない弱点であることにも気付かせてくれるのである。

鷲津は一貫して、すべての原発を即時停止、廃炉にするのは難しく、原発の発電量を自然エネルギーで代替するのも先の話になるので、設置基準を厳格にして原発を再稼働させる必要があるとの現実路線を主張している。ここには、漠然とした空気に流されたファナティックな反原発運動への疑義が込められているように思える。

極論で思い出されるのが、夏目漱石の講演録「現代日本の開化」（一九一一年）である。この中で漱石が、幕末の黒船来航から始まる日本の近代化を「内発的でない、外発的である。これを一言にして云えば現代日本の開化は皮相上滑りの開化であると云う事に帰着する」と端的にまとめたのは有名だろう。ただ漱石は「皮相上滑りの開化」を批判しているのではなく、「それが悪いからお止しなさいと云うのではない。事実やむをえない、涙を呑んで上滑りに滑って行かなければならない」として、日本文化を否定する西洋化、あるいは西洋化を否定するナショナリズムなどの極論ではなく、双方が納得できる穏当な落とし所を探る現実路線の重要性を述べているのだ。

もしかしたら、すぐに極論に走ってしまう日本人のメンタリティは、明治から変わっていないのかもしれない。このメンタリティが、独創的なイノベーションの誕生を阻害し、日本経済が長期低迷から抜け出せない原因の一つであることを思えば、そこに徹底したロジックで風穴を開けようとする鷲津の言動には、よりよい未来を作るヒントが詰まっているのである。

さて東日本大震災後も、保護主義的なアメリカ大統領の誕生、イギリスのＥＵ離脱、次世代通信（５Ｇ）をめぐる米中の覇権争い、そして世界的な新型コロナの流行など世界は常に激動に見舞われている。こうした状況に鷲津がどのように挑み、日本にどのような警鐘を鳴らしてくれるのか、新作の刊行を楽しみに待ちたい。

●本書は、二〇一八年八月に小社より単行本として刊行されました。文庫化にあたり改題し、一部を加筆・修正しました。

※本作品はフィクションであり、実在の人物、企業、団体などとはいっさい関係ありません。

|著者|真山 仁　1962年、大阪府生まれ。同志社大学法学部政治学科卒業。新聞記者、フリーライターを経て、2004年に企業買収の壮絶な舞台裏を描いた『ハゲタカ』でデビュー。『ハゲタカ』『ハゲタカII（「バイアウト」改題）』はNHK土曜ドラマになった後、2018年にもテレビ朝日系で連続ドラマ化。また、『レッドゾーン』も2009年に映画化されている。同シリーズはほかに『ハゲタカIV　グリード』『ハゲタカ2.5　ハーディ』『ハゲタカ4.5　スパイラル』がある。そのほかの著作として、『マグマ』『売国』『標的』『オペレーションZ』（いずれもドラマ化）、『プライド』『コラプティオ』『黙示』『そして、星の輝く夜がくる』『雨に泣いてる』『トリガー』『神域』など多数。

ハゲタカ5　シンドローム(下)

真山 仁（まやま じん）

講談社文庫

定価はカバーに表示してあります

2020年10月15日第1刷発行

発行者──渡瀬昌彦

発行所──株式会社　講談社

東京都文京区音羽2-12-21　〒112-8001

電話　出版（03）5395-3510
　　　販売（03）5395-5817
　　　業務（03）5395-3615

Printed in Japan

デザイン─菊地信義

本文データ制作─講談社デジタル製作

印刷───凸版印刷株式会社

製本───加藤製本株式会社

ISBN978-4-06-521241-7

講談社文庫刊行の辞

二十一世紀の到来を目睫に望みながら、われわれはいま、人類史上かつて例を見ない巨大な転換期をむかえようとしている。

世界も、日本も、激動の予兆に対する期待とおののきを内に蔵して、未知の時代に歩み入ろうとしている。このときにあたり、創業の人野間清治の「ナショナル・エデュケイター」への志を現代に甦らせようと意図して、われわれはここに古今の文芸作品はいうまでもなく、ひろく人文・社会・自然の諸科学から東西の名著を網羅する、新しい綜合文庫の発刊を決意した。

激動の転換期はまた断絶の時代である。われわれは戦後二十五年間の出版文化のありかたへの深い反省をこめて、この断絶の時代にあえて人間的な持続を求めようとする。いたずらに浮薄な商業主義のあだ花を追い求めることなく、長期にわたって良書に生命をあたえようとつとめるところにしか、今後の出版文化の真の繁栄はあり得ないと信じるからである。

同時にわれわれはこの綜合文庫の刊行を通じて、人文・社会・自然の諸科学が、結局人間の学にほかならないことを立証しようと願っている。かつて知識とは、「汝自身を知る」ことにつきていた。現代社会の瑣末な情報の氾濫のなかから、力強い知識の源泉を掘り起し、技術文明のただなかに、生きた人間の姿を復活させること。それこそわれわれの切なる希求である。

われわれは権威に盲従せず、俗流に媚びることなく、渾然一体となって日本の「草の根」をかたちづくる若く新しい世代の人々に、心をこめてこの新しい綜合文庫をおくり届けたい。それは知識の泉であるとともに感受性のふるさとであり、もっとも有機的に組織され、社会に開かれた万人のための大学をめざしている。大方の支援と協力を衷心より切望してやまない。

一九七一年七月

野間省一